本書は拙著、『本当に人を楽しませる！エンタメ作家になる』（秀和システム）の増補改訂版である。二〇一四年に刊行した旧版は、私の他の著作と同じように独自の創作法（榎本メソッド）を紹介していたのだが、それだけではない。専門学校で当時私が受け持っていた講義のために榎本事務所内で制作したテキスト及び、講義内で行う課題をベースにしていた。そのため内容を読み、課題をこなすことで基礎中の基礎から小説の書き方を身に付けられるようになっている。

アイディアの出し方、ストーリーの考え方、キャラクターを編み出す手法はもちろんのこと、それらの物語を読者に正確に伝えなければ意味がない。そこで、文法・描写・演出についても章を割き、どのような文章を書いたら読者に自分のイメージを正確に伝えられるのか、読みやすい文章になるのか、という点に注力した。

それだけではない。プロ作家として活躍するためには、出版業界のことやプロ作家の仕事の仕方も知っている必要がある。そこで、本書には本ができるまでの一連の流れや、プロ作家が仕事の上で気を付けるべきこと、また作家にとって一番大事な仕事相手である、編集者の考え方や仕事のやり方などについても収録した。

これらは小説家になるためのノウハウ本ではあまり語られない内容である。単純に創作のための技術と考えれば必要とは思われないからだ。しかし、プロになろうというのであれば、「プロには何が求められるか？」「どうすればプロになれるか？」いや、そもそも「プロとは一体何なのか？（何をもってしてプロと呼ぶのか？）」がわからなければ話にならない。

私がこのように思うようになったのは、前述の各地の専門学校での講義経験から来るところが大きい。そこで出会う生徒の皆さんには、優れた発想力や文章力、構成力を持つ人が少なからずいた。そのこと自体は大変素晴らしいことである。

だが、創作のプロになろう、創作をすることによって生活を成り立たせていこう、という強い意志を持つ生徒さんにはあまり会うことがなかった。どちらかといえば受け身で、授業を受けていれば、作品を作っていけ

はじめに

ばプロになれるのではないかと、漫然と考えている人が多かったように思う。これはある程度仕方のないことだ。創作を志す人には、作品を作っていれば幸せなタイプや、エンタメ業界のきらびやかな雰囲気に惹かれたタイプが多く、プロのシビアな世界への理解はおろそかになりがちだからだ。

しかし、真にプロになる気持ちがあるなら、このような「プロになれたら幸せだなあ」という姿勢はあまりにも受け身にすぎる。プロのなんたるかを知り、自分の能力と作品をそこに近づけていくにはどうしたらいいかを能動的に考える必要がある。

この能動性は、他の局面でも役に立つ。何としてもプロになろうと思えば世の中のさまざまなことに好奇心をもって触れていくようになり、発想力が磨かれる。既存の作品から自分にとって有用なパターンを取り出すこともできる。なにより、集中して作品を作ろうという気持ちも生まれる。結局のところ、「精神論」のように思えるかもしれないが、何事かをなすにあたって真剣さ、真摯さ、そして情熱は他者と差をつける重要な要素なのだ。プロを知るということはその第一歩になりうる。だからこそ本書に収録したのである。

これらの工夫が功を奏してか、旧版はそれなりの好評を博すことができたようだ。改めて、旧版をご購入いただいた皆さまに心からお礼を申し上げたい。

そして今回、出版社を変更した新版を出版することになった。改めて本を作るのであれば、旧版を超えた有用性のあるものでなければ意味がない。そこで新版は、その旧版の内容を大方で継承しつつ、より皆さんの役に立つものにするべく、更なる工夫を施すことにした。

全体の構成を整理してわかりやすくするのが第一。そして新たな項目として「小説のジャンルにはどんなものがあるのか」を紹介する項を立てたのが第二、最後に課題への回答をすべて差し替えたのが第三である。今回新たに本書を手にする人にはもちろん、旧版を読まれた方にとっても、本書は価値あるものとなったはずである。

9章　小説ジャンルを知ることは、道しるべを得ること

10章　新人賞を突破するために！

11章　あなたがプロとしてやっていくための出版社・編集者との付き合い方

まずは自分を知ろう

プロの小説家を目指そうという読者の皆さんには、本書を読み進める前にまずやってもらいたいことがある。それは、左ページの「目標と今の自分」表をコピーし、空白を埋めることだ。

表左側の「好きな作品」のところには、自分が一番好きな作品、あるいは「目標／理想にしている作品」「プロを目指すきっかけとなった作品」を書いてほしい。

一方、表右側の「書きたい作品」には、文字通り「今書こうと思っている作品」について入れる。その際は、長編作品（A４用紙でだいたい八十枚〜百三十枚くらいが普通）を意識すること。今の時点では決まっていないこと、よくわからないこともあるかもしれないが、自分なりに考えてみよう。

さて、この表を何のために書くのかといえば、「今の時点で自分にはどんなビジョン（見通し）があって、また物語を作り上げる力はどのくらいなのか」を確認してもらうためである。実際に表を書いてみて、「ウリ」がきちんと見極められなかったり、魅力的なキャラクターが作れなかったり、そもそも物語をきちんと終わらせることができなかったりと、さまざまに苦労したことと思う。あるいはそもそも「好きな作品と言われてすぐには思いつかなかった」「理想の作品はあるのに、その物語について上手くまとめられなかった」ということもあったかもしれない。

しかし、苦戦するのは決して悪いことではない。むしろ、本格的に挑戦する前に弱点や課題を見極められたという点では、非常に良いスタートを切れたとさえ言える。本書には、あなたが今つまずいたような問題を解決するための各種ノウハウ、また創作のための力を高められる多様なトレーニング法が収録されている。

是非、弱点をカバーし、課題を乗り越え、プロ作家への道をひた走ってほしい。まずは10ページの「本書の使いかた」を確認するところから始めよう。

目標と今の自分

	好きな作品	書きたい作品
タイトル		
レーベル(投稿先)		
テーマ		
キャラ(主人公)		
キャラ(サブ①)		
キャラ(サブ②)		
ウリ		
あらすじ(最初から最後まで)		

本書の使い方

実際に専門学校の授業を受けているつもりで、文章を読むだけでなく毎回の課題にも積極的に挑戦してほしい

扉ページの次は課題の模範解答。解説を見ながら、自分に足りないものは何か、模範解答の何を学ぶべきか考えよう

【課題１の内容】
最近気になったニュース、あるいは読んで面白かったノンフィクションの本の内容を400文字で紹介しなさい。知らない相手に興味を持ってもらうためにはどうしたらいいか、という点に気を配ること。

模範解答

回答①

最新の情報に注目出来ている。テレビやネットなどでアンテナを高くしているからこそだ

各ニュースは一つの業界やジャンルだけで成立するとは限らない。多角的な視点を持つようにしよう

自動操縦の自動車、いわゆる「ロボットカー」は今もっともホットなテクノロジー系テーマの一つだ。人間が操縦しないと動かすことが出来なかった自動車を、AI（人工知能）によって動かせようというもので、二〇二〇年の実用化を目指して世界的に開発が進んでいる。

ロボットカー実現のためには高度なAIはもちろんのこと、自分の周辺をはじめ道路状況を把握するための情報機器（レーダーやカメラ、GPSなど）が必要だ。周りの車との距離を適切に取り、急なアクシデントも察知して対応しなければいけないからだ。

そのため、自動車メーカーだけでなくITメーカーも開発競争に参加しており、トヨタとソフトバンクの事業提携のような動きも見られている。ロボットカーの問題は技術だけではない。法律の整備やいざ事故があって犠牲者が出てしまった時の世論の変化なども危惧されている。

模範解答

回答②

当たり前だと思い込みがちなことの裏にこそ、創作のヒントがある！

具体的にどんな変化が出るのか、分量的に書けなくとも、考えは巡らせてほしい

二〇一三年、小笠原諸島の西之島近くで海底火山が噴火し、新たな島が現れたのである。この新たな島の火山から吹き出したの溶岩流は西之島にまで到達したので、最終的に新島の出現というよりは西之島の拡大という結果をもたらすことになった。

私達はどうしても大地というのは普遍で動かないものという固定観念にとらわれてしまうが実際にはそうではない。海面が上がったり下がったりすれば陸地の範囲は変わるし、プレートの移動に乗っかる形で島も動いている。ハワイは日本に向けて動いていて、遠い未来にはこちらへやって来るのだそうだが、まあ私達も生きていない時代の話だ。

また、島が拡大すれば日本の範囲も増える。陸地はたいしたことないが、陸の拡大に合わせて領海や排他的経済水域（自国に経済活動が行える範囲）が増えるのが大きい。

これからも土地の変化は私達の生活に影響を与えたり与えなかったりするのだろう。

30

各回のポイント

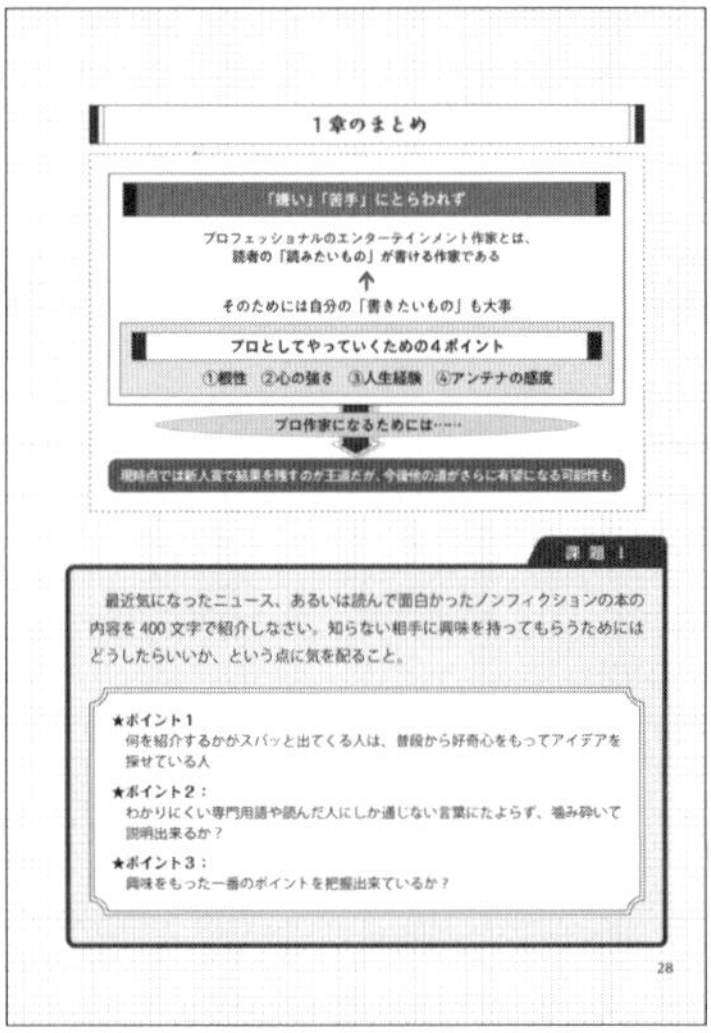

1章のまとめ

「嫌い」「苦手」にとらわれず

プロフェッショナルのエンターテインメント作家とは、
読者の「読みたいもの」が書ける作家である

↑

そのためには自分の「書きたいもの」も大事

プロとしてやっていくための4ポイント

①根性　②心の強さ　③人生経験　④アンテナの感度

プロ作家になるためには……

現時点では新人賞で結果を残すのが王道だが、今後他の道がさらに有望になる可能性も

課題１

最近気になったニュース、あるいは読んで面白かったノンフィクションの本の内容を400文字で紹介しなさい。知らない相手に興味を持ってもらうためにはどうしたらいいか、という点に気を配ること。

★ポイント1
何を紹介するかがスパッと出てくる人は、普段から好奇心をもってアイデアを探せている人

★ポイント2：
わかりにくい専門用語や読んだ人にしか通じない言葉にたよらず、噛み砕いて説明出来るか？

★ポイント3：
興味をもった一番のポイントを把握出来ているか？

28

次の回の内容を先取りした課題。ポイントを見ながらやってみよう

課題をやってから本文を読むことで、実感をもって内容が理解できる

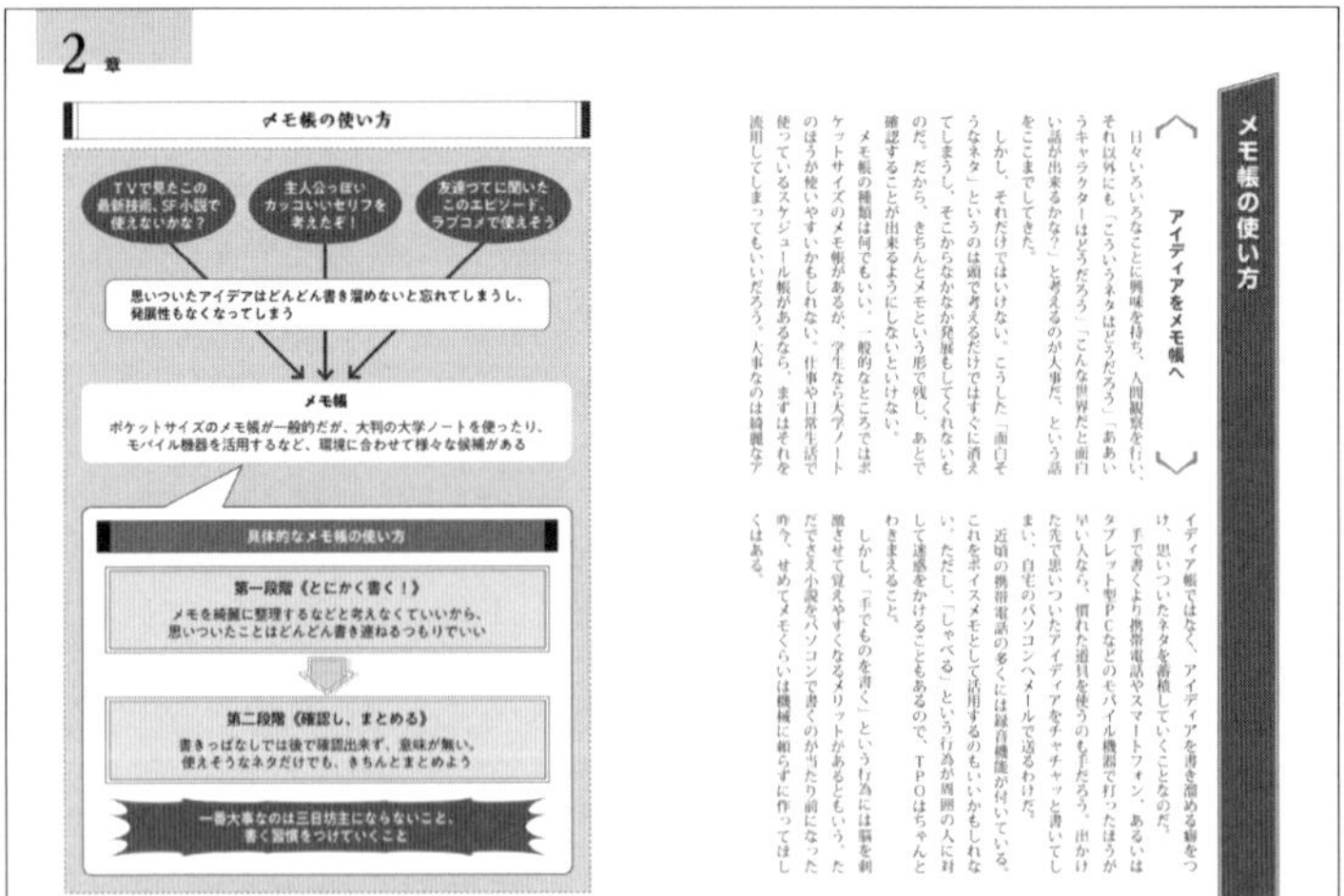

メモ帳の使い方

アイディアをメモ帳へ

日々いろいろなことに興味を持ち、人間観察を行い、それ以外にも「こういうネタはどうだろう」「ああいうキャラクターはどうだろう」「こんな世界だと面白い話が出来るかな？」と考えるのが大事だ、という話をここまでしてきた。

しかし、それだけではいけない。こうした「面白そうなネタ」というのは頭で考えるだけではすぐに消えてしまうし、そこからなかなか発展もしてくれないものだ。だから、きちんとメモという形で残し、あとで確認することが出来るようにしないといけない。

メモ帳の種類は何でもいい。一般的なところではポケットサイズのメモ帳があるが、学生なら大学ノートのほうが使いやすいかもしれない。仕事や日常生活で使っているスケジュール帳があるなら、まずはそれを流用してしまってもいいだろう。大事なのは綺麗なアイディア帳ではなく、アイディアを書き溜める癖をつけ、思いついたネタを蓄積していくことなのだ。

手で書くより携帯電話やスマートフォン、あるいはタブレット型PCなどのモバイル機器で打ったほうが早い人なら、慣れた道具を使うのも手だろう。出かけた先で思いついたアイディアをチャチャッと書いてしまい、自宅のパソコンへメールで送るわけだ。

近頃の携帯電話の多くには録音機能が付いている。これをボイスメモとして活用するのもいいかもしれない。ただし、「しゃべる」という行為が周囲の人に対して迷惑をかけることもあるので、TPOはちゃんとわきまえること。

しかし、「手でものを書く」という行為には脳を刺激させて覚えやすくなるメリットがあるともいう。ただでさえ小説をパソコンで書くのが当たり前になった昨今、せめてメモくらいは機械に頼らずに作ってほしくはある。

36

2章

メモ帳の使い方

TVで見たこの最新技術、SF小説で使えないかな？

主人公っぽいカッコいいセリフを考えたぞ！

友達って聞いたこのエピソード、ラブコメで使えそう

思いついたアイデアはどんどん書き溜めないと忘れてしまうし、発展性もなくなってしまう

メモ帳

ポケットサイズのメモ帳が一般的だが、大判の大学ノートを使ったり、モバイル機器を活用するなど、環境に合わせて様々な候補がある

具体的なメモ帳の使い方

第一段階《とにかく書く！》

メモを綺麗に整理するなどと考えなくていいから、思いついたことはどんどん書き連ねるつもりでいい

第二段階《確認し、まとめる》

書きっぱなしでは後で確認出来ず、意味が無い。使えそうなネタだけでも、きちんとまとめよう

一番大事なのは三日坊主にならないこと、書く習慣をつけていくこと

37

1章

プロの心構えを知ろう

「書きたいもの」と「読みたいもの」

みんな読みたいものしか読まない

小説を書く時、あなたはどのようなことを考えているだろうか。

ネガティブに「面倒くさいなあ」かもしれないし、冷静に「今日は三十分だけ書こう」かもしれない。あるいは「このキャラ大好き!!」などと非常にテンションが上がっているのかもしれない。何も考えず書いている、という人もいるだろう。しかし、ここではちょっと方向性を変え、「どんな作品を作り上げようと思いながら書いているか」と自分に問いかけて、考える力を養ってほしい。

なになに、「自分が読みたいものを書く」？「なぜなら、自分が読みたいものは他の人も読みたいに決まっているからだ」？

なるほど、考え方として決して悪くはない。自分が楽しんで書けない作品は他人が読んでもつまらないくらいに質が下がってしまうのはよくあることで、また自分が「萌え」ないヒロインは他人の目から見ても「萌え」ない。つまり、魅力的でなくなってしまうことが多いからだ。

作品としての質を上げていくために、「好きなもの、読みたいものを書く」という考え方は、アリといえばアリである。

ただ、もしあなたがプロ作家を目指しているなら、この考え方はまだちょっと浅い、と言わざるを得ない。なぜなら、あなたの好みが狭いことによって独りよがりの作品になり、多くの読者に受け入れられない――ということが起こり得るからだ。

自分自身が書店で小説を選ぶ時のことを思い出してほしい。わざわざ、特別な理由もないのに、自分の好みと著しく違う作品を選ぶだろうか？　舞台設定やストーリーの方向性、キャラクターの「属性」などが自分の好みに合っているか、あるいは嫌いな方向に向いていないか、表紙イラストやタイトル、また帯のキャッチフレーズやあらすじなどを見て確認するはずだ。

これは自分が作品を選び、読む時には当たり前に行っていることのはずなのだが、当たり前すぎて書く時には考えない人が多いらしい。この「読者目線」の考え方は他の局面でも大事になってくるので、覚えておいてほしい。

ともあれ、みんな、読みたい作品しか読まないのである。だから、質を上げていくことも大事だけれど、それ以上に「読みたい」と思ってもらえる作品を書くことが必要なのだ。

さらに、別の方向性からもこのことを裏付けることができる。キャラクターや世界設定などが魅力的であっても、「読みにくい」作品、「読んでいてストレスが溜まっていく」作品はどうしても読者から嫌われやすい。具体的には、

・誤字脱字が多すぎる作品。

・一文一文が長すぎたり主語がわかりにくかったりして文章的に稚拙な作品。

・冒頭から延々と設定語りをしてしまう作品。

・キャラクターの会話ばかりで「このシーンはどういう状況なのか」「今どうなっているのか」の描写が不足している作品。

・物語の自然な流れのなかでキャラクターの気持ちが伝わらない、読者にとってキャラクターの行動が共感も応援もできないような作品。

などがあげられる。

このような作品は、書き手が独りよがりになっている時に生まれやすい。読者のことが頭になく、自分の書きたいもの・読みたいもののことしか考えていないから、読みにくさや読者のストレスへの配慮ができず、結果として読者から嫌われるような作品を作ってしまう。

そして、読者はそんな読みにくい、読んでてストレスが溜まっていくだけの作品は読んでくれないのである。この視点を持てるかどうかが、アマチュア作家とプロ作家の明確な違いと言ってよい。

読者が喜んでくれる作品こそがエンターテインメント

悪い例を多く見てきたところで、今度は良い例を見てみよう。プロ作家は、どのような作品を書けばよいのか？　それはもちろん、読者の「読みたい」作品を書くことだ。

小説家は芸術家なのか、それとも職人なのか、というのはしばしば取り沙汰されるテーマだ。

この問に前者と答える人は、小説家という仕事を「自分の内面世界を作品に仮託し、芸術的な作品を作り上げる」ものだと考えているのだろう。それは一〇〇％誤りというわけではないが、エンターテインメント作品を書き上げたいのなら、やはりズレていると言わざるを得ない。

エンターテインメント作家は、芸術家よりも職人に似ている。基本的に、作品を作るのは依頼を受けた結果であったり、需要のありそうなものを売るためであったりする。決して「書きたいものを思うがままに書く」ためではない。

だから、常に考えるべきは「読者はどんなものが読みたいのか」「どんな要素を入れ込めば読者は楽しんでくれるか」ということである。

古くから人気のある王道のストーリーパターンやキャラクター性、あるいはその時その時に流行しているキャラクター属性や舞台設定。「恋愛」や「アクション」「バトル」、「ハーレム（逆ハーレム）」に「エロ」などの読者の興味を引く要素の数々。そのような、読者の「読みたい」もの、読者が「楽しい」と感じるものをどれだけ物語の自然な流れに乗せて提供できるか——それこそがプロ作家の腕、といってよい。

そのため、プロ作家になりたいなら読者を意識して作品を書かなければならない。「あなたのこの作品はどこの誰に楽しんでもらうためのものなのか」という問いを、常に頭の片隅に置き続ける必要があるわけだ。

それも、「とりあえず中高生」などといったぼんやりとしたターゲットではなく、「どんな年齢層で」「どんな作品が好きで」「どんな趣味があって」と、より具体的にイメージできたほうが良い。相手の顔が想像できるくらいに明確なイメージを持ってターゲット読者を考えられるなら、あなたの作品はよりはっきりとし

エンターテインメント作家の考え方

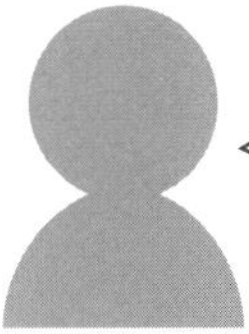

アマチュア

自分の書きたいものを、書きたいように書く！自分が好きなものは他人も好きなはずだし、そうでなくとも「好き」という気持ちが作品としての面白さにつながるはず！

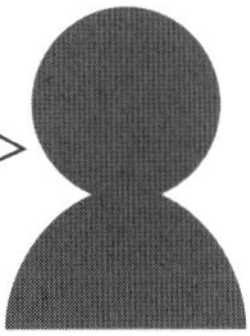

プロフェッショナル

自分の「好き」は大事だけれど、それはそれとして読者が「好き」になってくれるような要素をちゃんと物語に取り入れていかないと、読んでもらえないから作品にならないよ

↓

エンターテインメント＝娯楽を作り上げる作家は、
読者が喜んでくれる作品を書くことを意識している

エンターテインメント作家は自分の内面を表現する芸術家よりも、要望に合わせて仕事をする職人に近い職業

↓

「嫌い」「苦手」にとらわれず

読み飽きたテーマ、苦手なテーマであっても、人気・定番なものは避けずに挑戦するべき

恋愛やバトルなどを避けるのはもったいない！

「好き」もきちんと活用する

読者人気ばかりを考えると、芯のない作品、どこかで見たような作品になりがちなのも事実

自分の好みやこだわりを作品の「芯」にしよう

た面白さを持てるようになるはずだ。

　もちろん、ここまで話してきたことは「人気のありそうな要素を適当にかき集めて作品を作り上げればプロになれる」というような話ではない。その要素は本当に人気があるか、ある要素と別の要素の組み合わせで面白くなるか、逆に面白さを殺してしまわないかを見極めるための、絶対的なセンスが必要である。だが、「こだわり」「好み」などの理由で人気のある要素を避けるのはプロとしてやはり愚かしいといわざるを得ない。

　ちなみに私の経験では、特に「アクションを入れれば映えるのに、書きたがらない男性の作家志望者」「恋愛要素をどうしても入れたがらない女性の作家志望者」がそれぞれ多い。この辺りの要素は得意・不得意も当然あるのだが、非常に多くの読者が好む定番でもある。避けてきた人は「自分の作品にはやはり必要なのではないか」と考えてみてほしいところだ。

　これらを踏まえた上で、改めて考えてほしいのが「自分は何が好きか」「何を書きたいか」ということである。矛盾すると思うかもしれないが、しかしそうではない。

　実のところ、「今何が流行っているか」「読者は何を求めているか」を考えるだけでは、良い作品は作れないのである。流行り廃りはヘタをしたら数ヶ月単位という急激な速度で入れ替わるものだし、読者の好きそうな要素も膨大すぎて、それだけではつかみどころがない。

　自分の書きたいものを核にして、読者が興味を持ってくれそうな要素を周囲に貼り付けることで魅力を演出する。あるいは、流行りの要素に自分の好みを融合させて、同じ要素を取り込んでいるライバル作品との差別化を図る。

　良い作品、売れる作品を作っていくためには、やはり自分が何を好きで、どんなものにこだわりがあるのか、という作家自身のパーソナリティーも少なからず重要になってくるのだ。

　ただ、それだけだと独りよがりで商業的には通用しないものになってしまうので、まず最初は、読者ありき、彼らに何を求められているのかありきで考えてほしい――というわけである。

プロ作家とは

プロとはどんな存在なのか

皆さんが目標としているであろうプロのエンターテインメント小説家とはどういう存在なのか、そして、プロになるためにはどうしたらいいのか。本書を読むような、作家志望の皆さんには非常に興味があるテーマだと思うので、簡単にだが紹介しよう。

まず、プロ作家の定義について。これは人によって少なからず考え方も違うだろうが、本書においては「出版社から依頼を受け、報酬を得て作品を仕上げ、それが商業流通を経て読者のもとに届くのがプロ作家」

ということにしたい。

このような定義にしたのには当然ながらはっきりとした理由がある。商業流通のなかで、依頼を受け、報酬をもらい、その上で仕事をすることには独特の責任感と緊張感があり、それがプロとアマチュアの決定的な違いだと考えるからだ。

だから、インターネット上の小説サイトで作品を発表していたり、コミックマーケットなどの同人誌即売会で作品を頒布していたりするような人については、本書においてはプロ作家の範疇《はんちゅう》に含めない。もしかしたらプロ作家以上に多くの読者を抱え、大きな収入を得ているケースもあるかもしれないが、「基本的に依頼を受けての執筆ではないこと」「商業ルートに乗っていないこと」の二点でプロとは言い難いのである。

そして、このような条件を満たしてプロ作家として活動している人の肩には、大きな責任がのしかかっている。作品が売れなければ、あるいは締め切りに遅れたりすれば、商業ルートに関わる多くの人々に迷惑と損害が発生し、それによって自分の評価が下がるからだ。最悪の場合、一度の失敗でプロ作家としての命脈すべてを断たれるということすら、十分にあり得てしまうのである。

プロにとって作品の質を保つことと締め切りに必ず間に合わせることは義務である。この二点は覚えておいてほしい。

プロ作家になるために――①新人賞

では、現代日本においてそのプロ作家になるためには、どんなやり方があるのだろうか。

「出版社からの依頼」と「商業ルート」という条件を満たすためには、何らかの方法で作家としての力を出版社に認めてもらう必要がある――そのやり方は、大きく分けて三つだ。

もっとも王道かつ正攻法なやり方は、各出版社やレーベルが主催する新人賞で結果を残すことだ。実は賞を獲得しなくとも、途中落選者でも評価され、編集者付きになってデビューにつながる、ということはある。

このパターンでは、第九回電撃ゲーム小説大賞（現・電撃小説大賞）で三次審査は落選したものの編集者付きになり、そこから作り上げた『とある魔術の禁書目録』（ＫＡＤＯＫＡＷＡ）でデビュー、大ヒットさせた鎌池和馬《かまちかずま》のケースが有名だ。

特にライトノベルでは多くのレーベルが新人賞を開催しており、ここから新人作家を発掘しているため、作家志望者がプロ作家になるというのはほとんどイコール新人賞を獲得することだといってもいいくらいだ。

しかし、新人賞を通過するとひと口で言っても、簡単なことではない。まずは各出版社やレーベルのサイトを確認する必要がある。ほとんどの場合、新人賞のためのコーナーあるいは専門サイトがあり、そこに新人賞のレギュレーション（決まり事）が掲載されている。

レギュレーションは多種多様だが、基本的には「締切日」と「投稿時の形式（プリントアウトかデータか、文字組はどうか、何枚から何枚までを受け付けているのか、データなら媒体（ＵＳＢメモリやＣＤなど）に保存するのかメールに添付するのか、ファイル形式は、など）」、また禁止事項（商業作品の投稿禁止など）などで構成される。これらをしっかり読み込み、守ることが受賞への第一歩である。

全国の作家志望者が投稿した作品は出版社のもとに集められ、これが数回の選考を経て絞られることで最終的に受賞作が決まる。

選考過程は一次選考（ライターや新人作家などが「下読み」と呼ばれるアルバイトとして行うことが多い）、二次選考（この辺りから編集者も参加する）、最終選考（有名作家などの選考委員はここから関わるのが普通）というのが標準的だが、電撃小説大賞のような規模の大きい賞ではより多い選考過程を重ねることもある。

これを突破するためのポイントやテクニックについて、詳しくは別の項目で紹介するので、そちらを確認してほしい。

プロ作家になるために――②持ち込みとスカウト

二つ目のやり方として、編集部への直接の持ち込みがある。電話やメールなどでアポイントメントを取った上で作品を編集部に持ち込み、編集者に読んでもらって評価を受けるわけだ。これは漫画の世界では標準的に存在するルートだが、小説の世界ではあまり例がない。漫画とライトノベルは読者ターゲットや物語作り、キャラ立ての点などで共通要素が多いため、不思議に思う人も多いのではないだろうか。

それではなぜかといえば、「小説は読むのに時間がかかる」という理由があるようだ。小説も漫画もプロ作家が書く（描く）作品はシリーズものが基本だが、新人が最初に作り上げる作品の形態はそれらと大きく違う。

漫画家志望者は、主に数十ページ程度の読み切りスタイルの作品を書き、これを新人賞に送ったり、持ち込みで編集者に読んでもらったりする。そして評価が高ければ雑誌に掲載されて――というのが、標準的なデビュー手法である（実際にはもっと多様なデビュールートが存在）。

読み切り漫画程度の分量なら、その場で読み、良し悪しを判断できる。だから、漫画家志望者が編集部に飛び込んできても対応することが可能だ。

しかし、小説は短～中編でも読むのに時間がかかり、エンタメ単行本の基本的なスタイルである長編になると軽く一～二時間はかかってしまう。ただでさえ忙しい編集者の時間をそれだけ割いてしまうと、あまりにも負担が大きすぎる。

　このような事情から、小説の世界では持ち込みはあまり見られない。

　また、新人賞の中でも、締め切りや開催時期がない常時開催式をとり、実質的に持ち込みと同じような形で作品を受け入れているところもあるようだ。ウェブサイトや雑誌などの情報媒体を確認し、もしそのような形での募集があったら挑戦してみるのも面白い。

　最後、三つ目のやり方として、出版社側からのスカウトを受ける、というルートがある。

　先にも紹介したように同人誌やインターネット上のウェブ小説などで作品を発表するだけではプロ作家とは言いがたいが、そこで評判が高くなれば出版社の方から「その作品を改めてうちから出さないか」あるいは「うちで作品を書かないか」と言ってくる可能性がある。この申し出を受け、出版社からデビューすれば、立派なプロ作家と言っていいだろう。

　あるいは、ライターや別ジャンルの作家として活躍してコネクションを広げた結果、「小説を書いてみないか」とアプローチを受けるケースもある。

　しかし残念ながらこれらは稀なパターンであり、またデビューの際に「新人賞受賞者」という肩書がない分、読者へアピールする力が弱かったり発行部数が少なめだったりとハンデを背負うこともあるという。

　ただ、ウェブ小説由来のヒット作が数多くあるのもまた事実である。以前から橙乃《とうの》ままれ『まおゆう　魔王勇者』（エンターブレイン）や川原礫《かわはられき》『ソードアート・オンライン』（ＫＡＤＯＫＡＷＡ）のような元々ウェブ上で連載されていた作品が紙で出版されて人気を得ることはあったが、近年はさらに状況が変わっている。

　アルファポリスや、角川書店のカドカワＢＯＯＫＳなどの大きめの判型で刊行される小説群、あるいは主婦の友社のヒーロー文庫など、ウェブ小説由来で商業ルートに乗る紙の本が大人気になり、今や書店の棚のうちかなりのスペースを占めている。

　これらの作品は総称して「なろう系」と呼ばれる。ウェブ小説サイト最大手「小説家になろう」の名前を取ったものだ。先述したヒーロー文庫は主にこのサイトの作品をピックアップして刊行しており、その存在感は大きいと見ていいだろう。これとは別に、「ゲーム的異世界を舞台にした」「異世界転移（転生ものの）」作品のことをなろう系と呼ぶこともあるが、これはウェブ小説由来の作品にそのような属性を持つ物語が多かったからだ。しかし実際には大まかな傾向を持ちつつ内部に多様性があったり、例外的な設定の作品もあったりする。以上のことを理解せずに「なろう系とはこういうものだ」と固定観念を持つと的外れな判断をしてしまいかねないので注意。

このような現状を鑑みれば、ウェブ小説経由でのプロデビューはそれなりに「アリ」といえる。なんといっても続々とデビュー者が出ているのだから、「後に続こう」と考えるのも自然なことだ。

しかし、これはこれでそう簡単な道ではない。ウェブ小説サイト黎明《れいめい》期の競争相手が少なかった時期ならともかく、今は数多くの書き手が一人でも多くの読者を獲得するべく熾烈な争いを繰り広げているのだ。ちょっとやそっとの努力や労力で人気者になれるわけではない。新人賞からデビューするのと同じくらい、ウェブ小説で人気を獲得してデビューするのは難しいと考えた方がいいだろう。

ただ、新人賞とウェブ小説では評価のされ方が違う。この後でも紹介するが、新人賞では文庫一冊分の長編をきっちり終わらせ、その中で物語とキャラクターの魅力を十分に表現することが求められる。審査するのは少数精鋭の審査員や編集者だ。対してウェブ小説の人気を決めるのは無数の一般ユーザーであり、そこでは強烈なインパクトやその時の流行、あるいはもっと根本的に、定期的に作品を掲載する根気や批判されても折れない心などが求められる。

土俵が違うのだ。だから新人賞で評価される人がウェブ小説で評価されるとは限らないし、逆もまたしかりなのである。

とはいえ、ウェブ小説を書いてみたい人もいるだろう。本書は基本的に「新人賞で成果を出してプロになる」ための本だからだ。だが、それでもここまでの紹介を見て「ウェブ小説もいいなあ」と思う人もいるかもしれない。本書で触れている基本的な創作テクニックの多くはウェブ小説でもそのまま使えるので、役に立つだろう。その上で、ウェブ小説特有の事情やその対処法については、『絶対誰も読まないと思う小説を書いている人はネットノベルの世界で勇者になれる。ネット小説創作入門』（秀和システム）で詳述しているので、そちらを読んでもらえれば幸いだ。

プロ作家四つの心得

ここで、プロ作家になるために、そしてプロ作家としてやっていくために必要な心構えとして、四つのキーワードを紹介したい。

○キーワード①「根性」

これは単純に「諦めない」こと、一度とりかかった作品は何があろうと最後まで書くということであり、それを実現するために執筆作業を習慣化することだ。

小説、それも長編を書くのは一日二日で終わる作業ではない。その間、面倒くさくなったり自暴自棄になったりしてクオリティを下げることなく作品を作りきるには――古臭い精神論と思うかもしれないが――やはり根性が必要なのである。

根性が必要だ、という理由はそれだけではない。特にあなたがまだ作品を書き慣れていない初心者の場合、「ひとつの作品を最後まで書ききる」というのは想像以上に大きな意味があるのだ。一作品を書ききることで「できた」という実績と自信が生まれるし、またストーリーのバランスにせよ、文章テクニックにせよ、実際に書くことで得られる経験というのは決して小さくないのである。

ただし「根性だー！」と叫ぶだけでは効果が小さい。人間というのは結局弱い生き物なので、どれだけ気合いを入れても次第に心が弱り、怠けてしまうものなのだ。そこで、「書き続けることが当たり前だ」という状態に自分を変えていく必要がある。

お勧めは、短時間でいいから「毎日書く」ことだ。五分でも十分でもパソコンの前に座る、あるいは通勤通学の移動中などにモバイル機器で書く――最初はそのくらいでいい。そこから習慣付けて、一時間集中して書けるようになれば、作業効率は見違えるほど上がっているはずだ。

小説家になる方法

① 新人賞に投稿する

各出版社・レーベルが主催する新人賞に作品を投稿し、何らかの結果を残すのが、小説家になるための王道

受賞すればデビューが確約されることが多い。

そうでなくとも、編集者の目に止まって「編集付き」になり、デビューを目指すという選択肢も

投稿 → 審査 → 結果

一次、二次、最終と三段階くらいが普通だが、
大きな賞なら三次などより多くの段階を踏むことも

↓

各段階ごとに見る人が違い、小説家や評論家などの選考員が関わってくるのは最終選考からが多い

② 編集部へ持ち込みする

作品をそのまま編集部へ持っていき、判断をしてもらう

小説は読むのに手間がかかるので、特殊なケースを除いて受け付けてはいない

③ スカウトを受ける

ライターや編集者として活躍し、評価される
↓

同人誌やネット小説で人気を獲得する
↓

編集部からのスカウトを受け、作家デビュー！

○キーワード②「心を強く持つ」

これは「一回や二回の失敗で泣かない」と言い換えても良い。あなたがプロ作家を目指すのなら、そしてプロとして小説を書くことで食べていこうと思うなら、何度も何度も繰り返し挫折を経験し、心が折れるような思いに襲われることがあるはずだ。

ある時は思ったような物語を作れない、イメージ通りの文章が書けない、ということがあるだろう。誰かに見てもらった際、手ひどく否定や非難をされることもあるに違いない。いや、そもそも自分で書いた原稿を自分で見て「これは酷い……」とショックを受けることだって珍しくはない。新人賞に投稿して落選するのは自分自身が全否定されたような思いだろう。

そのような辛い思いを乗り越えてプロになれたとしても、そこから先の未来は決してバラ色ではない。大ヒット作家は一握りだし、そもそも売れ行きが芳しくなければ次の作品は出ない可能性があるからだ。また、インターネット上の掲示板や書評サイトなどで酷評を受けたり、自分の伝えようとしたメッセージが全く伝わらず誤解されているさまを見てしまったりすることもあるだろう。

しかし、プロになりたい、プロとしてやっていきたいと思うなら、このような苦しさのすべてを克服し、むしろ作品を作り上げる燃料として、質を向上させようと思う心の強さがなければならない。

ただ、だからといって「失敗や批判なんて気にしない」と鈍感になれ、というわけではないことに注意。失敗したのであれば、次からはしないように気をつけること。批判が正当だと思うなら、それを取り入れていくこと。そうした柔軟さもまた、作家としてやっていくのに必要な心の強さなのである。

○キーワード③「人生経験」

あなたが作家として長くやっていきたいと思うのであれば、部屋にこもって作品をただただ書き続けるだけではダメだ。

イキイキとしたキャラクターを描こうと思えば「実際の人間はどういうふうに物事を感じ、どういうふうに行動するのか」ということを知っていなければならない。ファンタジー世界を生きるエルフであろうと、スペースオペラ世界の宇宙人だろうと、読者が理解できる、共感しやすい性格を持つことが望ましい。そのためには現代の日本人と同じ心の動きを軸にしながら、そこにアレンジを加えた描写が必要になる。つまり、結局は人間についての理解が不可欠なのだ。

そのため、プロ作家であろうと、執筆時間「以外」を有効に活用し、さまざまなことを経験する必要がある。人間関係、社会経験、友人との付き合い、恋愛、その他もろもろ——多くのことを実際に体験してこそ、良い物語は書けるというものだ。

○キーワード④「流行・情報へアンテナを立てる」

すでに紹介したように、イマドキの流行り廃りがどういうものかもちゃんと把握していないと、エンターテインメント作品は書けない。それは「こういうキャラクターが受ける」ということだけでなく、「今はどういう時代なのか」「社会的に何が求められ、何が求められていないのか」というところにさえ話が広がる。

社会の動きに敏感であり、多くのことを知っていてこそ、プロ作家として必要な感性が磨かれるのだ。

プロを目指すのか、それとも

このように、プロ作家の背負う責任やプロ作家になるための道のりの遠さを考えると、そもそも「プロを目指すことが本当に正しいことなのか？」と悩むこともあろうかと思う。それは全く正常で、当然のことだ。

実際、無理をしてプロ作家を目指す意味が、以前よりもなくなってきたという事情があるのだ。

一昔前、創作を志す人が、自分の作り出す物語を広く一般のユーザーに届けようと思えば、プロとして商業流通のルートに作品を乗せる以外の選択肢は無いに等しかった。

自主制作の同人誌を同人イベントや通販で頒布する人は昔からいた。しかしイベントとしての規模は小さく、誰もが気軽に自分の作品を発表するとまではいかなかった。きちんと印刷されたオフセット本のコストも大きな障害となっただろう。

雑誌の投稿コーナーや、ラジオへの投稿などが創作欲・発表欲を満足させる一つの窓口になっていた部分もある。しかしこれもあくまで限定的なものだ。

しかし、今は事情が違う。プロにならずとも自分の中にあるイメージやアイディアを創作の形にして多くの人へ届けることが可能になったのだ。

単純に同人誌の世界が広がった、というのもある。コミックマーケットあるいはそれに準じるイベントに出かければ、一次創作・二次創作を問わず多様な作品を目にすることができる。コミティアのような一次創作専門のイベントもあって、そこではオリジナルの小説を発表する光景もまったく珍しいものではない。

なによりも大きいのは、インターネットの普及だ。インターネットが日本で一般的に使われるようになった九〇年代後半ごろから、個人サイトや掲示板などでなんらかの創作やアイディアの発表をする人はいたが、まだまだ結構な敷居の高さはあった。

これがブログブーム、ケータイ小説ブーム、ｍｉｘｉブーム、そしてＴｗｉｔｔｅｒやｐｉｘｉｖ、さらには小説家になろうやカクヨムといった小説投稿サイトの登場によって、誰もが気軽に自分のアイディアをネット上に発信し、あるいは創作できるような時代がやってきたのだ。ちょっとバズ（拡散）ればあっという間に数百や数千、数万の人がそのアイディアや創作を目にする……などというのは、昔であればプロ作家でなければ絶対にできないことだった。しかし、今は違う。このことは何をもたらしたのか。

「創作を楽しんで、多くの人に自分の作品を読んでもらいたい」

「自分の考えたこと、思ってることをたくさんの人の耳に届けたい」

このような、昔であればプロになる動機としてポピュラーであった目的は、今となっては必ずしもプロにならなければ達成できないものではなくなった。自分の生活の一部を創作のために割き、その中で満足感を得る、というのは現実的な選択肢のはずである。

にもかかわらずプロになりたいという自分の気持ちは、果たして本物であろうか？　あるいは、その強い動機を支えるものは何なのか？　そのようにしっかりと自分の内面を見つめ直すことは、創作をするにあたって大いに必要だし、また役立つはずなのだ。

プロ作家、4つの心得

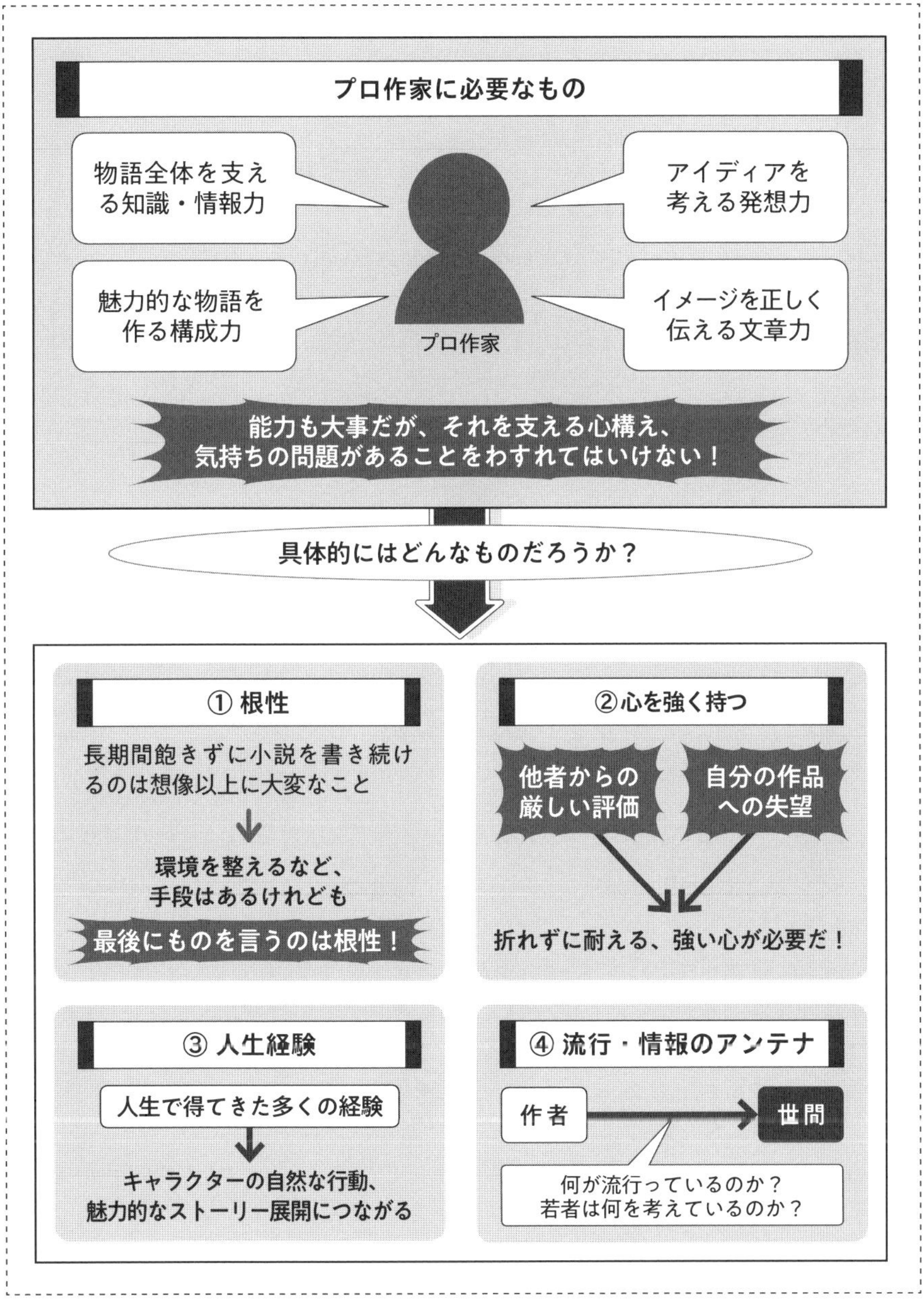
プロ作家に必要なもの
物語全体を支える知識・情報力
アイディアを考える発想力
魅力的な物語を作る構成力
イメージを正しく伝える文章力
プロ作家
能力も大事だが、それを支える心構え、気持ちの問題があることをわすれてはいけない！
具体的にはどんなものだろうか？
① 根性
長期間飽きずに小説を書き続けるのは想像以上に大変なこと
環境を整えるなど、手段はあるけれども
最後にものを言うのは根性！
②心を強く持つ
他者からの厳しい評価
自分の作品への失望
折れずに耐える、強い心が必要だ！
③ 人生経験
人生で得てきた多くの経験
キャラクターの自然な行動、魅力的なストーリー展開につながる
④ 流行・情報のアンテナ
作者
世間
何が流行っているのか？
若者は何を考えているのか？

1章のまとめ

「嫌い」「苦手」にとらわれず

プロフェッショナルのエンターテインメント作家とは、
読者の「読みたいもの」が書ける作家である

↑

そのためには自分の「書きたいもの」も大事

プロとして仕事を続けるための4つのポイント

①根性　②心の強さ　③人生経験　④アンテナの感度

プロ作家になるためには……

現時点では新人賞で結果を残すのが王道だが、今後他の道がさらに有望になる可能性も

課題 1

最近気になったニュース、あるいは読んで面白かったノンフィクションの本の内容を400文字で紹介しなさい。知らない相手に興味を持ってもらうためにはどうしたらいいか、という点に気を配ること。

★ポイント1
何を紹介するかがスパッと出てくる人は、普段から好奇心をもってアイディアを探せている人

★ポイント2
わかりにくい専門用語や読んだ人にしか通じない言葉にたよらず、噛み砕いて説明できているか？

★ポイント3
興味をもった一番のポイントを把握できているか？

2章

アイディアを出し、知識を自分のものにする

【課題１の内容】

最近気になったニュース、あるいは読んで面白かったノンフィクションの本の内容を 400 文字で紹介しなさい。知らない相手に興味を持ってもらうためにはどうしたらいいか、という点に気を配ること。

模範解答

回答①

自動操縦の自動車、いわゆる「ロボットカー」は今もっともホットなテクノロジー系テーマの一つだ。人間が操縦しないと動かすことができなかった自動車を、ＡＩ（人工知能）によって動かそうというもので、二〇二〇年の実用化を目指して世界的に開発が進んでいる。

ロボットカー実現のためには高度なＡＩはもちろんのこと、自分の周辺をはじめ道路状況を把握するための情報機器（レーダーやカメラ、ＧＰＳなど）が必要だ。周りの車との距離を適切に取り、急なアクシデントも察知して対応しなければいけないからだ。

そのため、自動車メーカーだけでなくＩＴメーカーも開発競争に参加しており、トヨタとソフトバンクの事業提携のような動きも見られている。ロボットカーの問題は技術だけではない。法律の整備やいざ事故があって犠牲者が出てしまった時の世論の変化なども危惧されている。

最新の情報に注目できている。テレビやネットなどでアンテナを高くしていることがわかる

各ニュースは一つの業界やジャンルだけで成立するとは限らない。多角的な視点を持つようにしよう

模範解答

回答②

二〇一三年、小笠原諸島の西之島近くで海底火山が噴火し、新たな島が現れた。この新たな島の火口から吹き出た溶岩流は西之島にまで到達したので、最終的に新島の出現というよりは西之島の拡大という結果をもたらすことになった。

私達は、大地というのは普遍で動かないものだという固定観念にとらわれてしまうが、実際にはそうではない。海面が上がったり下がったりすれば陸地の範囲は変わるし、プレートの移動に乗っかる形で島も動いている。ハワイは日本に向かって動いていて、遠い未来にはこちらへやって来るのだそうだが、まあ私達も生きていない時代の話だ。

また、島が拡大すれば日本の範囲も増える。陸地はたいしたことないが、陸の拡大に合わせて領海や排他的経済水域（有利に経済活動が行える範囲）が増えるという点が大きい。これからも土地の変化は私達の生活に影響を与えたり与えなかったりするのだろう。

当たり前だと思い込みがちなことの裏にこそ、創作のヒントがある！

具体的にどんな変化が出るのか。分量的に書けなくとも、考えは巡らせてほしい

模範解答

実話ならではのユーモアだったり個性的だったりするエピソードに注目しているのが良い。これは「キャラ立ち」としてフィクションの物語にも必ず役立つだろう

回答③

ＮＨＫラジオ「夏休み子ども科学電話相談」の回答者の一人、「バード川上」として話題の鳥類学者・川上和人の著作が『鳥類学者だからって、鳥が好きだと思うなよ。』（新潮社）だ。

鳥類学者の本だから、当然普通の人が知らないような鳥の種類や、その鳥の生態に関する話が書かれている。また、赤い頭の鳥の話からスムーズに「赤い彗星《すいせい》」シャア・アズナブルの話に移行してしまうような、小ネタ満載のユーモア溢れる文体のおかげで、日頃ノンフィクションを読み慣れていない読者であってもさほど苦労せず読み進められる。

本書において特に注目してほしいのは、フィールドワークにまつわる数々のエピソードだ。著者はエアコンの効いた室内でだけ研究する人ではない。小笠原諸島をはじめ過酷な環境に自ら身を置き、そこでの苦労話をユーモアたっぷりに紹介してくれる。それが何より面白い。

模範解答

いかにも物語のネタになりそうなところに目をつけた上で「それだけではない」と意外性を示すのが良い

回答④

宇宙人の乗り物だというＵＦＯ、見えないものを見て触れていないものを動かす超能力、謎だらけの遺産オーパーツ、未来を見透かす予言、そして「世界は陰謀で動かされている」という陰謀論……。原田実《はらだみのる》『オカルト「超」入門』（講談社）で紹介されているオカルト話にワクワクする人は多いはず。

しかし、本書は単にオカルトを紹介しているだけの本ではない。むしろ重点をおいているのはオカルトの紹介ではなく、「どのようにオカルトが語られてきたか」「それらは現在どのように受け取られているか」という点だ。そして実のところ、多くのオカルトはすでに創作・誤解であることがはっきりしているということが本書を読めばわかるのだ。

これを聞いてがっかりする人も多いだろう。だが、どんな誤解や意図がオカルトを生み出したか、人々がオカルトにどんな夢を託したかの物語は、オカルトそのものより面白いのだ。

アイディアと観察

アイディアを出すために

今回の課題の意義は、プロを志すものには必須の、好奇心を試すことにある。常日頃から世の中の動きにアンテナを立てているか？　知識を貪欲に取り入れれているか？　なかなか難しいことではあるが、やはり心がけてほしいところだ。なぜなら、そこからアイディアが生まれるからだ。

アイディア、ネタ、あるいは物語要素。どんな言い方をしてもいいが、とにかく物語にはまずベースになる発想がある。これに肉付けし、発展させ、組み合わせることで初めて物語が成立する。

さらに作品によっては、その最初のアイディアで読者を強烈に惹きつける「まずアイディアありき」なものもある。これはジャンルによっても傾向があり、たとえばライトノベルでは「魅力的なキャラクター」や「読者の興味を引く世界設定」が大きなウリになっている作品もしばしば見られる。

だから、小説を書こうと考えるなら、まず「どうやってアイディアを出すか」ということを考えなければならない。

大事なのは、日々好奇心をもって生活することだ。普段漫然と生活しているとなかなか気付かないものだが、私たちの日常には、これでなかなか面白いこと・興味深いこと・小説のネタになりそうなことが転がっているものだ。

たとえば、日本では当たり前だが海外ではあまり見ないものとして、「ほぼ間違いなく時刻表通りにやってくる電車」がある。

日本人にとっては「え、何が変なの？」と首を傾げたくなる話だが、海外では数分単位の遅れは当たり前、それどころか数時間単位で遅れてしまうケースさえあるという。ちょっと面白いところでは、アメリカ・ニューヨークの地下鉄には「そもそも時刻表がない」

というのだからびっくりだ。ここから発想して、「ある日突然日本の電車から時刻表が消えたら」どうなるだろうか……あまり考えたくない大パニックが待っていそうだ。こんな風に、ごく当たり前になっている事柄から貪欲にアイディアを探していってほしい。

行動範囲を広げよう

なかなかそんなことには気づかない、もしくは自分の身の回りには面白い事なんて起きない、と思う人もいるかもしれない。それならしょうがない、積極的にネタを拾いに行こう。

特別なことは必要ない。学校やアルバイトに出かける時にちょっと違うルートを通ってみたり、休みの日に友達と遊びに行く時に普段と違う場所に行ってみたり、あまり見ないようなジャンルのＴＶを見てみたり。最初はそのくらいの、本当にささやかなことでいいから、なにか新しいことに挑戦してみる癖をつけてみよう。

こういうことはすぐに効果が出るものではないが、癖をつけて意識しないでも新しいことを探せるようになれば、大きなメリットにつながってくれるはず。

もちろん、大きな挑戦ができるならそれに越したことはない。新しい趣味――スポーツやゲーム・映画その他もろもろ――を開拓してみたり、思い切って遠出してみたりすることができたら、見えてくるものもまた大きく変わってくるはずだ。

そのためだけに遠くへ出かけるのは難しくても、家族旅行とか、仕事の出張とか、何かのついでに遠出する機会があったら、その時にちょっと街をぶらついてみれば、それもまた新しいことを発見するいい機会になるだろう。

人間観察のススメ

このようにして観察の「量」を増やすことも大事だが、同時に「質」も上げていかないと、結局は時間の無駄になってしまう。そこで今度は、観察の方法論について紹介していくことにしよう。

これも別に大した話ではない。普段は見逃し、聞き流してしまうような小さなことに注目しよう、というだけのことである。

現代の日本は高度情報社会だから、私たちの視界を日々無数の情報が飛び交っている。それらに対して全て敏感に反応していては神経がすり減ってしまうので、私たちは無意識のうちに「関係のないことには目を向けず、鈍感になる」という防御姿勢をとっている。

これは生きるためには必要なことだけれど、プロ作家を目指すなら、少々負担でも感受性を磨き、周囲に鋭敏になる必要がある。そこで、普段から少しだけ意識を外に向けて、周囲の会話にそっと耳を傾け、いつもは気にも留めないような人々の服装や行動に注意してみてほしいのだ。

電車に乗っている時、街を歩いている時、食事をしている時などで構わない。慣れてきたら街角の風景にも意識を広げていってほしいが、まずは人間観察に集中してほしい。

「周りにいるのは普通の人だけだ」と思うかもしれない。けれど、そういう偏見こそが観察にとって一番の敵だ、と覚えておいてほしい。実際には世のなかには普通の人なんて一人もおらず、それぞれに大小の個性を秘めているものだ。私たちはあわただしい日常に目を奪われ、見落としているだけなのである。

人間観察を仕事につなげているのは小説家だけではない。一番わかりやすいのはお笑い芸人たちだ。

彼らのコントやモノマネなどの芸には、普通の人（サラリーマンや学生）、あるいはちょっとだけ変わった人（ある特定のジャンルに詳しいマニアやスポーツマン、芸能人など）から着想を得たものが多い。芸人たちは彼らのごく普通の行動や普通の考え方の、見逃されがちな面白いポイントに目を向け、それを極端に誇張することで笑いを演出するのだ。

そのネタを作るために、芸人たちはファストフード店や駅前、電車の中などさまざまなタイプの人が数多く集まるところで人間観察をし、切り口を探し出す。ネタの面白い芸人は、多くの場合人間観察がうまく、目の付け所が鋭い、「ネタ出しの達人」なのである。

そうやって人間の個性に気付き、それをきちんと文章で表現することができれば、「キャラクターがステレオタイプ（没個性）で魅力がない」といわれることもなくなるはず。その第一歩は、やはり現実の人間をきちんと見ることだ。

アイディアの出し方

魅力的な物語

ストーリー
キャラクター
世界設定
テーマ

相互に関係しあう各要素について、それぞれに優れたアイディアがなければ魅力的な物語は成立しない！

多くのものを見聞きし、考えることが必須

キーワードは「好奇心」

アイディアを出すためのいくつかの方法

「当たり前」に目を向ける

普段当然だと思っていることを改めて疑ってみるとネタになるかも？

普段とちょっと違うことをする

帰り道を変えるだけ、いつもと違うＴＶを見るだけでも何かあるかも？

新しいことに挑戦する

新しい趣味を開拓する、ちょっと遠出をするだけで、見えるものも変わる

人間観察を心がける

普通の人のなにげない仕草が、意外と面白さを隠しているもの

好奇心を持って掘り下げれば、
物語のネタを見つけ出せる！

メモ帳の使い方

アイディアをメモ帳へ

日々いろいろなことに興味を持ち、人間観察を行い、それ以外にも「こういうネタはどうだろう」「ああいうキャラクターはどうだろう」「こんな世界だと面白い話ができるかな？」と考えるのが大事だ、という話をここまでしてきた。

しかし、それだけではいけない。こうした「面白そうなネタ」というのは頭で考えるだけではすぐに消えてしまうし、そこからなかなか発想が広がらないこともある。だから、きちんとメモという形で残し、あとで確認できるようにしておくべきだ。

メモ帳の種類は何でもいい。一般的なところではポケットサイズのメモ帳があるが、学生なら大学ノートのほうが使いやすいかもしれない。仕事や日常生活で使っているスケジュール帳があるなら、まずはそれを流用してしまってもいいだろう。大事なのは綺麗なアイディア帳ではなく、アイディアを書き溜める癖をつけ、思いついたネタを蓄積していくことなのだ。

手で書くより携帯電話（スマートフォン）、あるいはタブレット型ＰＣなどのモバイル機器で打ったほうが速い人なら、慣れた道具を使うのも手だろう。出かけた先で思いついたアイディアをチャチャッと書いてしまい、自宅のパソコンへメールで送るわけだ。

また、近頃の携帯電話の多くには録音機能が付いている。これをボイスメモとして活用するのもいいかもしれない。ただし、「しゃべる」という行為が周囲の人に対して迷惑をかけることもあるので、ＴＰＯはちゃんとわきまえること。

しかし、「手でものを書く」という行為には脳を刺激させて覚えやすくなるメリットがあるともいう。ただでさえ小説をパソコンで書くのが当たり前になった昨今、せめてメモくらいは機械に頼らずに作ってほしくはある。

メモ帳の使い方

ＴＶで見たこの最新技術、SF 小説で使えないかな？

主人公っぽいカッコいいセリフを考えたぞ！

友達から聞いたこのエピソード、ラブコメで使えそう

思いついたアイディアはどんどん書き溜めないと忘れてしまうし、発展性もなくなってしまう

メモ帳

ポケットサイズのメモ帳が一般的だが、大判の大学ノートを使ったり、モバイル機器を活用したりと、環境に合わせてさまざまな候補がある

具体的なメモ帳の使い方

第一段階《とにかく書く！》

メモを綺麗に整理するなどと考えなくていいから、思いついたことはどんどん書き連ねるつもりでいい

第二段階《確認し、まとめる》

書きっぱなしでは後で確認できず、意味が無い。使えそうなネタだけでも、きちんとまとめよう

一番大事なのは三日坊主にならないこと、書く習慣をつけていくこと

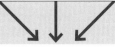

アイディアメモの書き方

使う道具は決まったとして、具体的にどんな形でメモを書き込んでいけばいいのだろうか。

繰り返すようだが、「綺麗にメモしよう」とか「ネタごとにページを変えてすぐわかるようにしよう」といった細かい工夫は基本的にいらない。そうした細かいところに最初の時点でこだわろうとすればこだわろうとするほど三日坊主で失敗してしまう確率が高まる。無意識にできる人（学生時代に勉強の成績が良かった人は、ストレスなく綺麗にノートを作る技術を持っている場合も）はやってくれればいいが、そうでない人は細かいことを考えなくてよい。

シンプルに、思いついたことを何でも――キャラクター、世界設定、ストーリー、台詞やシーン、作品のテーマとして使えそうなネタ、豆知識やうんちくの類、それからもちろん人間観察の成果まで、思いついたことをハシから雑多に書きこんでいけばそれでいいのである。

そうしたメモがある程度溜まったら改めて確認し、使えそうなネタ、組み合わせられそうなネタを選別する、というのがお勧めである。特に電子機器をメモ帳代わりに使っている人は、この「まとめ」作業が楽になる。文章データをＥｘｃｅｌのような表計算ソフトで簡単に整理できるからだ。

とにかく頭の中に浮かんできたネタをどんどん外に出して消えないようにし、また複数のネタを見比べて「これとこれって一緒に使えないかな……？」などと考えることが大事だ。

また、こうしたネタ帳を同時に日記や夢日記として活用するのもよい手段だ。その日起こったことや見た夢を定期的に書いていくことは「毎日ものを書く」という習慣付けの訓練になるし、その時はどうでもいいと思っていたことがあとになって何かのネタになってくれる可能性がある。

特に夢は普段の自分では絶対に思い付かないようなアイディアを含んでいることも多い（それだけに何がなんだかよくわからないようなものであることも多いのだが）ので、朝起きたら忘れる前にとにかくメモする習慣を付けたいところだ。

アイディアメモの書き方(例)

日記風にその日あった出来事を、とりあえず書き込んでみよう

1月25日
・学校に遅刻する。昨日、遅くまでゲームをやってたのが良くなかった。
・田中が妙に落ち込んでた。
・NHkの数学者についてのドキュメンタリーが面白かった。数学そのものはほとんど呪文みたいで何言ってるのかさっぱりわからなかったけど。
→「数式が呪文」で現代ファンタジーは面白いかも。要調査。

疑問や思いつきはそのまま放置しない。ネットや図書館で調べよう

・「勇者魔王」テーマはやっぱり面白い。これで何かひとつ作れないだろうか

×	勇者と魔王の関係が逆転する	←珍しくない
×	勇者と魔王が第三の敵と戦う	←これもよくある
△	勇者と魔王の戦いが世界維持に必要	←悲劇になりそう
△	勇者であり魔王	←言葉の響きだけは面白そう

綺麗にわかりやすく書く必要はない。考えを形で後に残すためのメモ

ジャレド・ダイアモンド『銃・病原菌・鉄』草思社
→文明の発達には環境が大きな影響を与える。南北に長い大陸より、東西に長い大陸のほうが発展する?(緯度が大きく違うと暑さ寒さで植物などがかなり変わるから)

本や人に聞いた話などでも、興味深いことがあったらどんどん書き残していこう

アレンジ発想法

アイディア出しのためのメモ帳の活用法としてもう一つ、「アレンジ発想法」というものを紹介したい。これは私が以前からずっと提唱しているもので、発想力を強化するための方法として効果があると確信している。左ページで架空の作品を題材にしてサンプルを紹介しているので、確認してほしい。

小説でも漫画でもアニメでもドラマでも映画でもなんでもいい（フィクションだけでなく、TVのバラエティーやドキュメンタリーなどでもいい）。とにかく、何かの作品を見た後、「面白かった」「つまらなかった」と感じたら、試してほしい手法だ。

まずメモ帳の新しいページを開いて、見開きの左側に「その作品の面白かったところ、つまらなかったところ、印象的だったところ」を箇条書きでどんどん書き込む。それが終わったら、その各項目から見開きの右側のページへ矢印を引っ張って、「自分ならそこをどんな風に変えるか（アレンジするか）」をまた箇条書きしていく。

すべて書き終えて、改めて見直してみると、色々な感想を得ることができるだろう。「あの作品より自分のアイディアのほうが面白い！」と感じるケースもあるかもしれないし、「元の作品よりも面白くなくなってしまった、元のほうが良かったなあ」と思うこともあるかもしれない。

前者はとてもいいことだ。自分なりのアイディアを見出すことができたのだから。後者でも落ち込むことはない。アレンジを試してみることで初めて、その面白さに気付けた、ということなのだから。大事なのは、アレンジを繰り返すことによって発想力を鍛え、それを自分の作品に活かしていくことだ。

この訓練はひとりでやっても十分に効果があるのだが、もし可能なら、たとえば何人かの友達と一緒に映画を見に行ったあとなどに、このアレンジ発想法を試して、全員で見せ合えれば一番いい。

どこに注目したのか、どういうふうに直したのか、というところにそれぞれの個性が出るものなので、自分では考えもつかないようなアイディアに気付き、学ぶことができるからだ。

アレンジ発想法の書き方(例)

ライトノベル「銀の銃口」

静峰明日香は幼なじみの拓郎に恋をしていたが、彼が急死してしまう。ところが、拓郎がいつも肌身離さず持っていたおもちゃの拳銃から彼の声が聞こえる。なんと、彼は能力者で、以前から怪物と戦っていたが敗れてこうなったのだという。

拓郎を復活させるため、明日香は彼の能力で実際に弾が出るその拳銃で怪物と戦う。やがて、その怪物は、潜在的な能力者だった彼女が拓郎を自分に繋ぎ止めるために無意識で呼び出した存在だったことが発覚する。明日香は怪物を倒し、拓郎を復活させる。

左に作品のポイント、右に改善案を書いてみよう

あらすじも自分なりにまとめてみると、物語作りの参考になる

明日香と拓郎の関係は幼なじみ。明日香は拓郎が能力者だったことは知らなかった → 拓郎が明日香にとって「あこがれの人」で性格面でも知らないことがあるという設定はどうか

明日香には戦闘能力的なものはなく、アクションの裏付けは拓郎が宿ったおもちゃの拳銃だけ → 派手な活劇が書きにくくなっているので、明日香の能力が戦闘面にもつながったほうが?

主要キャラクターは明日香と拓郎と怪物だけで、他のキャラはほぼ物語に関わってこない → 以前から拓郎と戦友の能力者などがいたほうが、明日香にとって動揺や驚きが大きくなる

ラストは単純に明日香が怪物を倒して終わり。あまり精神的な葛藤は描かれない → 自分の醜い部分との対峙なのだから、もっと葛藤と、それを乗り越えるさまを描くべき

※『銀の銃口』は本書のために創作された架空の作品です

知識は何故必要なのか

知識の必要性

小説を書くために、そして小説家になるために求められるもの——と言っても多種多様にある。

そのなかでも、「発想力」「構成力」「文章力」といったあたりは非常にわかりやすいので、皆さんにきちんと認識していただいているかと思う。本書の各所でも触れているので、そちらで確認いただければよいだろう。

しかし、知識はこれらの能力とはまた別のポジションに位置しているため、しばしばその必要性を見落とされがちな能力なのである。

良い小説を書くためには本当にたくさんの知識が必要だ。学生を書くには学生を、サラリーマンを書くにはサラリーマンを知っていなければならないし、また読者の心に響く青春小説を書きたければ「若者とはどういう存在か」をある程度知っていなければ話にならない。

しかし、残念ながら作家志望者の多くはこのような知識を養うことにおいて積極的でなく、結果として薄い知識しか身に着けていないケースが目立つ。

一つには、小説や漫画で見知り、また普段日常生活を送ることで吸収できる知識だけでも、最低限小説を書くこと自体はこなせてしまう、ということがあるからだろう。

ただ、そうした薄い知識ではプロレベルの作品を支えることはできない。キャラクターの振る舞いや世界設定、またストーリー全体の流れについても、知識不足から「現実にこんなこと起きるわけないよ」という展開を書いてしまうのは、珍しいことではない。

また、青春小説などの場合は「学生時代は自分の経験や身の回りのことを活かして何も考えずとも青春の演出ができたけれど、プロ作家として大人になってみると今時の若者との間にギャップができてしまった」

なんてことも十分にあり得る。その場合は積極的に取材し、若者を理解し、知識を深めなければならない。
だから、普段からなるべく多様な形で知識を吸収し、視野を広げる訓練を積んでほしい。そのことが必ずや皆さんの創作力を高め、作家への道をつなぐことになるからだ。

知識が支える作家性

また、何かについてよく知っていることが作家性やオリジナリティを作り出すこともある。ファンタジー＋経済というアイディアで読者の度肝を抜いた支倉《はせくら》凍《い》砂《すな》『狼と香辛料』（ＫＡＤＯＫＡＷＡ）、またファンタジーのお約束に真摯に挑んだ『まおゆう　魔王勇者』（エンターブレイン）などがその典型といっていいだろう。

架空世界を舞台にしたファンタジーを書くならベースにする世界（多くは中世〜近世ヨーロッパ）についての深い知識があると物語に説得力を加えることが可能になるし、現実世界にファンタジー要素を加える場合でも実在するオカルトや宗教を登場させることで読者の興味を引くことができる。

ＳＦは現実の（あるいは将来にわたって実現するかもしれないと考えられる）科学知識が決定的な役割を果たすことが多いため、各分野について知識を持つことが重要だ。科学は日進月歩で発展しているから、技術系のニュースを追いかけてみても役立つだろう。

ミステリーやサスペンスを書くにあたっても知識は欠かせない。トリックやギミックが間違った知識に基づいて書かれていたら気が削がれるし、大人が活躍する話なら「オトナの社会」をきちんと理解できている必要がある。たとえば「命令を無視して結果を手に入れるキャラクター」は、組織がよほどゆるかったり、偉い人の支持があったりしないと、普通は居づらくなったり処罰されたりするものなのである。

いわゆる歴史もの——歴史小説（歴史的事件を題材にする）や伝奇小説（ファンタジックな要素を入れるなど）、時代小説（歴史のなかで生きる架空のキャラクターが主人公）、架空戦記（歴史を改変する）などはいよいよ知識がなければ書けない。この分野に挑戦するなら、高校時代の教科書を引っ張りだして古文や漢文を復習しておくと役立つかもしれない。

知識を得るために

それでは、具体的にはどんな形で知識を得ればいいのだろうか。一番いいのは「本を読む」ことだが、これは少なからず気力と体力、また財力を必要とする行為なのでハードルも低くない。そこで、小説とそれ以外を問わず本を読み、それによって知識を得る方法については次回で紹介する。

とりあえず手軽な所でお勧めしたいのは、ニュースを見ることだ。TVの朝や夜のニュース番組、また新聞や雑誌などでニュースに触れるのが定番だが、最近はこれらの情報媒体に接する機会が少ないという人も増えている。家にTVがないという若者、また実家にいた頃は親が新聞をとっていたけれど、一人暮らしを始めてから読めなくなった、という人も多いだろう。

しかし、近年はインターネットのニュースが非常に便利になった。

Yahoo! JAPANのトップページにざっと目を通せば「今、どんなことが話題になっているか」くらいはなんとかわかるし、「今の総理大臣誰だっけ」と聞かれて口ごもるような情けないことにはならないはずだ。

毎日の習慣として、朝起きて顔を洗ったらまずパソコンなり携帯なりスマートフォンなりでニュースを見る——このくらいから始めてみるのはどうだろう。

また、インターネットの良さはニュースサイトばかりではない。ウィキペディア（有志が制作するフリーの辞典）は情報の信憑性《しんぴょう》には怪しいところがあるものの、とにかくその網羅性がすごい。また、いわゆる「まとめサイト」（2ちゃんねるの書き込み内容などをまとめたもの）には真偽のほどはわからないものの、面白い話が山のように転がっている。これらにハマりすぎてたくさんの時間を潰さないよう程々にするべきだが、知識を得るきっかけとしては面白い。

このようにインターネットを介して情報を得る際には信憑性の低さを覚悟しなければいけないことが多いのだが、その理由の一つは「有志が制作する無料の情報だから」である。では、無料でない情報源があるのか——といえば、実はある。たとえば有料の有用なサイトの代表例として、「ジャパンナレッジ」がある。これは紙とほぼ同じ内容の国語辞典や百科事典などの各種辞典を収録したサイトで、決して安くはないがそれだけの価値のあるものだ。

そして何より大事なのは、「疑問を疑問のままにしない」ということだ。パソコンがあればパソコンで、そうでなくとも携帯電話で簡単に検索できるご時世である。わからない単語、よく知らない情報があったら、放っておかないでとりあえず検索だけしてみよう。もちろんそれがすべて正しいとは限らないが、とりあえず検索する癖をつければ、そこからさらに知識が広がっていく。まずはここから始めよう。

積極的に情報を取り入れる

日常的な情報収集も大事だが、小説を書いていくなかでは「具体的にこれを知りたい」ということも多くなるはずだ。ここからは目的があっての情報収集について見ていきたい。

小説や他ジャンルフィクションに触れることは発想力の訓練になるが、知識の蓄積には向かない。もちろん、「小説で見たことが気になる、あれを元に物語が作れそう」というのは大事なのだが、フィクションの情報を受け売りにしていいわけがない。きちんと調べ物をして、初めて使える情報になるのだ。

TVやインターネットを活用する情報収集は便利だが、やはり情報の信憑性、詳細性で一段落ちる。小説以外の本をきちんと読んで知識を蓄えるのはどうしても必要なステップなのだ。

そこでお勧めなのが新書である。新書は専門書と違って難しい内容を非常にわかりやすく噛み砕いて紹介してくれているので、「こういう分野に興味がある」という時にはうってつけだ。また、エッセイからキャラクターやエピソードを拾ってくるのも面白いだろう。財布の事情が少々厳しい……などという場合は、図書館で借りるといい。各分野の棚のなかにたいてい新書だけが集まった一角があるので、そこを見ることをお勧めする。

また、本とは少し違うが、同じ文章／活字という点で、新聞も大事だ。実家暮らしなら親が新聞をとっている人が多いだろうし、一人暮らしでも図書館などで読むことができる。

新聞で目をつけたいのは政治や経済といったトップニュースよりも、むしろ社会面や地方面である。面白い話、妙な話はむしろここにあるのだ。

調べる時には

具体的に調べたいことができた場合は、雑学書の類をチェックしてほしい。近年の雑学ブームによって、ずいぶんたくさんのジャンルで入門用の雑学書が刊行されている。これらは時に図版や写真・イラストなども多用して非常にわかりやすく仕上げられており、作家志望者にとって大きな力になるはずだ。筆頭はナツメ社の図解雑学シリーズだが、同種のものとして新星出版社の徹底図解シリーズというものもある。

ファンタジーやミリタリーなどの分野なら、新紀元社の本が多いに役立つ。最近は文庫化も始まった定番『Ｔｒｕｔｈ ｉｎ Ｆａｎｔａｓｙ』シリーズ、図解雑学などと同じフォーマットの『Ｆ―Ｆｉｌｅｓ』シリーズなど、読みやすく情報が集まった本が多く存在するので、必要な本をどんどん読んでいこう。

堅苦しい本を読むのがどうしても性に合わないなら、「萌え萌え」などのタイトルを冠するイラスト付き入門書の類、あるいは既存キャラクターが紹介するという体の「●●で学ぶ～」系の本を読むのもいいだろう。情報量がちょっと物足りない本もあるが、読者のモチベーションを高められる力は大きい。

それでも必要な情報が手に入らない場合は、雑学書の最後に載っている「参考資料」を参照しながら、専門書や教養書の類を当たるといい。こうすることで必要な情報が載っている本が見つけやすくなり、効率よく調べ物をすることができる、というわけだ。

また、意外と忘れられがちなのだが、事典の類も非常に便利である。さすがに百科事典が自宅にある人は少ないだろうが、図書館の「総記」コーナーにいけば各種の事典が置いてあるので、便利だ。いわゆる「大百科」で最初の糸口をつかむのはもちろんのこと、「日本史」「世界史」「宗教」「音楽」などなど、各種ジャンルごとに事典があることはあまり知られていない。これらを知っておけば、情報収集の作業コストを抑えることができる。

知識を得る方法

日常的な情報収集

常日頃からいろいろな情報へ積極的に目を向けていくことで、「知識の基礎体力」をつけていくのが目的

具体的に何をすればいいのか？

●**本を読む**
比較的ハードルは高いが、新書や雑学書はお勧め

●**ＴＶや新聞などのニュース媒体**
多角的に情報を取り入れるため、機会を見つけて確認

●**インターネット**
手軽だし速報性もあるが、無料で私的に提供される情報はどうしても信憑性に欠けることを忘れずに

良い作品を作るためにはどちらも大事！

具体的な調べ物

明確な目的がある場合は、段階を追って調べていくのが一番の王道。いきなり専門書を目指しても挫折する

①**インターネット**
非常に手軽。概要を把握し、そこから先はどんな本を当たればいいかを調べる

↓

②**新書・入門書・雑学書**
書き方が読みやすかったり、イラストや図版で親しみやすかったりと便利

↓

③**専門書**
どうしてもこういう本でなければ調べられない情報がある

小説を読んで小説を書く

「読む」が「書く」に通じる

プロ作家になりたい、創作力をつけたいと思っている人間にとって一番大事なのはなんだろうか。本書に書かれているようなテクニックテクニックを身に着けるのは確かに役に立つ。「たくさん書く」のはもっと大事だ。テクニックというのは実践によって確認でき、また磨くことで始めて役に立つものだからである。

しかし、創作という点においては、書くのとはまた別の形で大事なものがある。それは「小説をたくさん読む」ことだ。

既存の作品は、プロが自らの持てるテクニックのすべてをつぎ込んで作ったものだ。だから、ちゃんと意識して読めば「なるほど、こういう時にはこういう風に書けばいいんだな」「こういうキャラクターが魅力的なのか」「こういうタイプのヒロインにはこういう主人公が似合うんだな」と、実践でテクニックを学ぶことができる。徒弟制度時代、何も教えてもらえない弟子が師匠の技をじっと観察して技術を覚えたように、作品を読むことでテクニックを「盗む」わけだ。もちろん、そのためには普通に娯楽として楽しんで読むのではなく、「どうしたらいいのか」「どういう効果があるのか」と考えながら読む必要があるわけだが。

この意味でお勧めなのは、「ショートショートの神様」といわれた星新一《ほししんいち》の作品群を読むことだ。それも、各作品の途中まで読んで「自分ならここからどんなオチにするかな?」「この設定からどんな話を作るかな?」と考えるとなお良い。なかなか予想は当たらないだろうし、アレンジを試みても元の作品以上に面白そうにはならないだろうが、挑戦することで創作のために必要な経験は着実に蓄積されていくものだ。

そんな小難しい話でなくとも、そもそも「読む」ことは「書く」ことへシンプルにつながる。学生時代、国語(現代文)の成績が良かったクラスメイトは、普段から習慣として本（文章）を読むタイプではなかっただろうか？　たくさんの文章に触れるというのは、それだけで文章力・表現力を高める効果があるのだ。

　にもかかわらず、作家志望者のなかにはあまり本を読まない人がいるのは事実である。みんな色々忙しいのだろうし、「読む」ばかりで「書く」がなくなってしまうのは言語道断だ。しかし、たとえば「ライトノベル作家になりたい」と言うのに、そのライトノベルをほとんど読まない、他のジャンルの小説を読むわけではない、というのでは全く話にならないのである。

　もちろん、「読む」ことで身に付けた知識はしばしば偏っていたり間違っていたりすることがあるので、きちんと理論立てて学び、自己流で間違っているところはきちんと直さなければならない。しかし、そのように理論を身につけるためにも、実践の経験がついて来なければどうしても効率は悪くなる。だからこそ、普段からたくさんの小説を読み、多様な文章と物語に触れてほしいのだ。

　そこで、次のページにはお勧めの作品をリストアップしてみた。参考にしてほしい。

文章力向上には模写

もしあなたが文章力を向上させたいなら、ただ既存作品を読むことからもう一歩進めて、模写を心がけるようにしてほしい。つまり、ただ読んで「ここはこうなっているのか」と意識するだけでなく、実際に書き写すことで「体で」身に付けることを目指すのだ。

　一番いいのは文庫本丸々一冊を手書きで書き写すことだが、さすがにこれはハードルが高すぎる。そこで、パソコンを使い、また短編、あるいは長編のうち一章だけを書き写す、それくらいでも十分に効果はある。

　ちなみに、具体的な模写の対象について相談された時には、私は芥川龍《あくたがわりゅう》之介《のすけ》の諸作品をお勧めすることにしている。文章・描写面での良さはもちろん、短編が多いので作業のハードルが比較的低いからだ。

　さらなるプラスアルファとして「音読しながら書き写す」というのもある。文章の変なところ、重要なところは黙読するより音読したほうがはっきりとわかるからだ。誰かに聞かれると大変恥ずかしいのでハードルは高いが、挑戦するだけの価値はある。

おすすめ作品リスト

ここでは、エンターテインメント作品の中でもお勧めの作品を紹介する。皆さんが読むことで参考になったり、創作の力を伸ばしたりすることができるであろう。

ただ、これは「こんな作品も読むといいよ」というものであり、「これだけ読んでおけばいい」ものではない。ここから発展してどんどん色々な作品を読んでほしい。

神坂一《かんざかはじめ》『スレイヤーズ』シリーズ（富士見ファンタジア文庫）

水野《みずの》良《りょう》『ロードス島戦記』シリーズ（角川スニーカー文庫）

深沢美潮《ふかざわみしお》『フォーチュン・クエスト』シリーズ（電撃文庫）

ライトノベル黎明期の定番作品。それぞれの形でゲームの影響を受けたファンタジー。ライトノベルの基本を学ぶためにお勧め。

谷川流《たにがわながる》『涼宮ハルヒ』シリーズ（角川スニーカー文庫）

キャラの魅力、レベルの高い一人称、仕掛けの多いストーリー構造など参考にできる部分は多い。ゼロ年代を代表する作品の一つ。

川原礫『ソードアート・オンライン』（電撃文庫）

橙乃ままれ『まおゆう　魔王勇者』（エンターブレイン）

近年、剣と魔法のファンタジーが仮想世界を舞台にしたり「勇者魔王」スタイルを活用したりする形で復権の傾向にあるが、その典型的作品。

暁《あかつき》なつめ『この素晴らしい世界に祝福を！』（角川スニーカー文庫）

丸山《まるやま》くがね『オーバーロード』（エンターブレイン）

WEB小説由来の、いわゆる「なろう系」作品の中でのヒット作。差別化の発想、アイディアに注目してほしい。

雪乃紗衣《ゆきのさい》『彩雲国物語』（角川ビーンズ文庫）

結城光流《ゆうきみつる》『少年陰陽師』（角川ビーンズ文庫）

喬林知《たかばやしとも》『今日からマ王！』シリーズ（角川ビーンズ文庫）

少女系ライトノベルのスタンダード的なシリーズ。

伏見《ふしみ》つかさ『エロマンガ先生』（電撃文庫）

渡航《わたりわたる》『やはり俺の青春ラブコメはまちがっている。』

（ガガガ文庫）

近年の流行のひとつ、ファンタジー要素のない青春・ラブコメ系作品。

三上延《みかみえん》『ビブリア古書堂の事件手帖』（メディアワークス文庫）

北川《きたがわ》恵《え》海《み》『ちょっと今から仕事やめてくる』（メディアワークス文庫）

いわゆる「ライト文芸」の代表的な作品。どちらも実写でドラマ化や映画化されているというところに、ライト文芸というジャンルの立ち位置が見える。

J・K・ローリング『ハリー・ポッター』シリーズ（静山社）

海外ファンタジーだが、構成要素はかなり日本的なライトノベルに近い。その違いから学ぶこともあるはず。

秋山瑞人《あきやまみずひと》『イリヤの空、UFOの夏』（電撃文庫）

野尻抱介《のじりほうすけ》『ロケットガール』シリーズ（富士見ファンタジア文庫）

ライトノベルに近似、またはライトノベルのSF系作品。

アーサー・コナン・ドイル『シャーロック・ホームズ』シリーズ（翻訳版多数）

ミステリーではギミックやトリックと同じくらいキャラが濃いことがわかる。

内田康夫《うちだやすお》『浅見光彦』シリーズ（多数の出版社より刊行）

一～二時間できっちり読め、読者に満足感を与えるエンタメ手法はライトノベルに通ずる。

筒井康隆《つついやすたか》『富豪刑事』（新潮文庫）

キャラとストーリーの発想で大いに参考になる。

藤沢周平《ふじさわしゅうへい》『蝉しぐれ』（文春文庫）

江戸時代というある種の異世界を舞台に、戦闘・人情・政治が入り乱れる、時代小説の「らしさ」がよく出ている。青春・成長小説としても秀逸。

上田秀人《うえだひでと》『夢幻の天守閣』（光文社文庫）

時代小説の中でも「書き下ろし文庫時代小説」はエンタメノベルと手法が近い。中でもこの作品がもっともお勧めで、作品としてのバランスが非常に良い。

池井戸潤《いけいどじゅん》『半沢直樹』シリーズ（文春文庫）

銀行員の活躍を描く企業・経済もの。熱い人間ドラマとドラマチックな展開の両方を兼ね備えている。

佐々木譲《ささきじょう》『警官の血』（新潮文庫）

根強い人気のある警察もの小説の代表作であると同時に、時代を追う大河・歴史ものでもある作品。

2章のまとめ

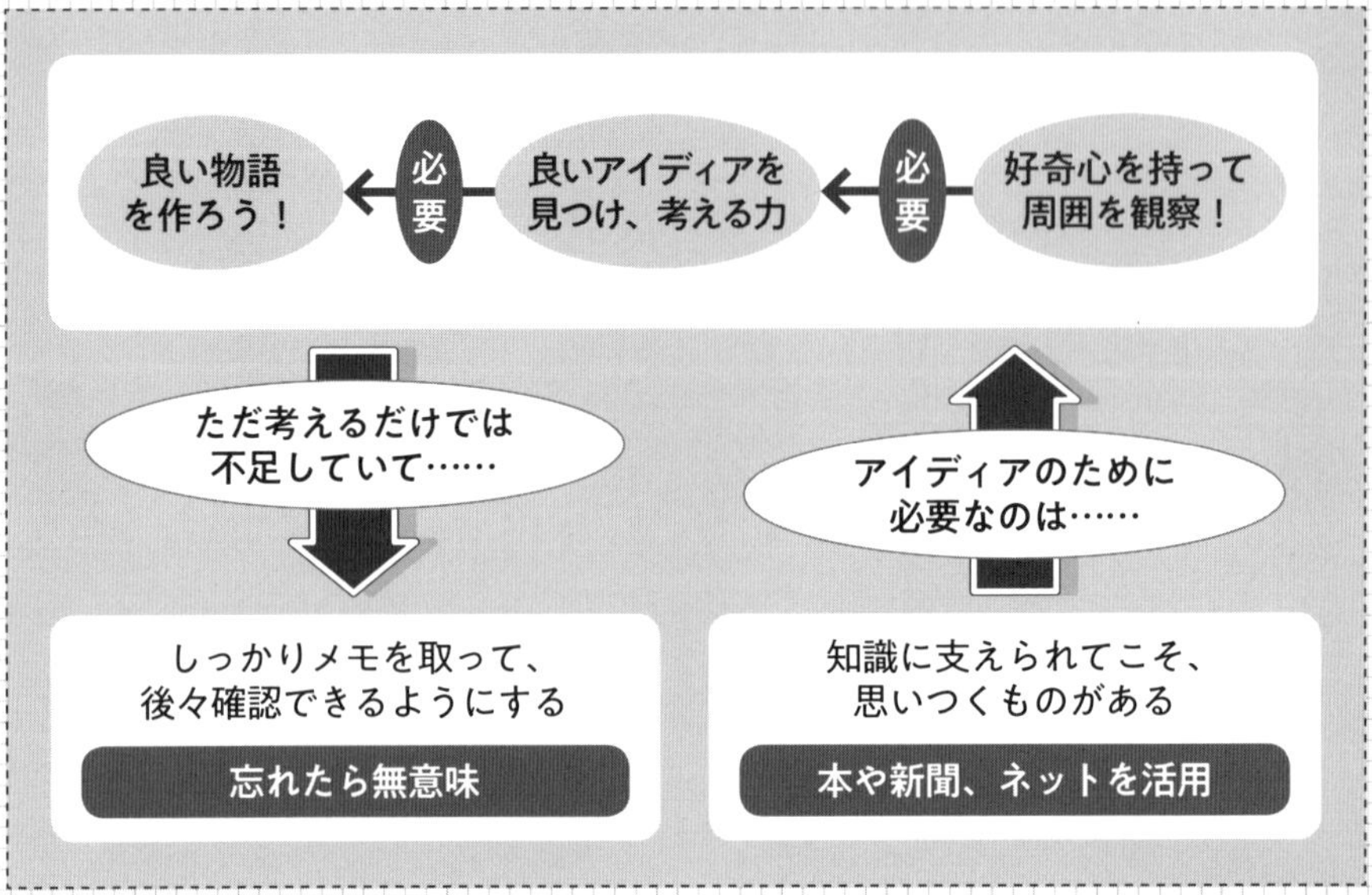
良い物語を作ろう！
必要
良いアイディアを見つけ、考える力
必要
好奇心を持って周囲を観察！
ただ考えるだけでは不足していて……
アイディアのために必要なのは……
しっかりメモを取って、後々確認できるようにする
忘れたら無意味
知識に支えられてこそ、思いつくものがある
本や新聞、ネットを活用

課題 2

プロット（あらすじ）を400文字で書き、またテーマとキャッチコピー、想定ターゲット層の3つについても考えましょう。

★ポイント1
「何がしたい、何を書きたい話なのか」を常に忘れないこと

★ポイント2
物語を最後まで淡々と解説する。「この後どうなってしまうのか⁉」のような煽りは不要

★ポイント3
テーマとは「物語の中で一番大事なこと、読者に伝えたいもの」で、キャッチコピーは「どんな言葉ならテーマを伝えられるか」

3章

プロットの意味・テーマの重要性

【課題２の内容】
プロット（あらすじ）を400文字で書き、またテーマとキャッチコピー、想定ターゲット層の３つについても考えましょう。

模範解答

①死者たちは夕暮れに

【テーマ】
過去を乗り越える

【キャッチコピー】
人はいつか死ぬ。しかし、それが真の別れであるとは限らない……。

【ターゲット読者】
中学生や高校生を中心にした、いわゆる少年系ライトノベル読者。バトルもの好き、オカルトもの好きの読者にアピールしたい。スタイリッシュなかっこよさを目指す。

ターゲットが明確で、書きたいものもはっきりしている

あらすじ

この世とあの世を分ける境は、普通の人が思っているより薄い。死者はしばしばやってきて無念を晴らそうとしたり、人に害を与えたりする。

普通の人は死者に触れないからされるがまま。しかし主人公は彼らに触れるし、殴って倒すことができる。それは彼が半死人だからだ。体温がひどく低く、顔色は青白い。かつて死んだ恋人を取り戻すために冥界に赴き、取り返すのに失敗した代償だった。彼は恋人の顔をしたあの世からの使者に命令され、この世で事件を起こす死者を追いかける。

死者たちはそれぞれに未練や無念を抱えていて、それを晴らすためにこの世に戻ってくる。しかしほとんどの生者には彼らは見えず、見えても触れないので、彼らの無念を果たすことはできない。そのことで彼らは暴走し、悪霊となる。悪霊にはまともな記憶も知性もないが、代わりに生者に見えるようになり、触れたり、呪ったりできるようになる。死者が悪霊になるのを防ぎ、いざという時には退治するのが主人公の役目だ。

主人公の特別さ・能力の背景にエピソードがくっついているのは定番手法

主人公の立場と環境は書かれているが、大きな物語がまだ見えてこない。どんな事件が相応しいだろうか？

模範解答

② 彼方の国の物語

【テーマ】

行きて帰りし物語

【キャッチコピー】

さあ、冒険の旅に出かけよう。きっとそこに、君の求めているものがある。

メッセージ性が強い、力のある問いかけになっている

【ターゲット読者】

小学生～中学生。RPGが好き、ファンタジーが好き、冒険が好きな男の子がメインターゲット。

多くの読者に共感を持ってもらえる設定だ

あらすじ

何か楽しくて刺激的なことはないものだろうか。いつもそんなことを考えていた主人公はある日突然、不思議な世界へ迷い込む。心の強さが力になるというその世界には魔王が現れ、魔物がうろつき回り、人々の生活が脅かされていた。

主人公はこれぞ自分が望んでいた冒険だとその気になって魔物退治に出かけるが、いざ心の力を使おうとしても上手くいかず、ピンチになってしまう。そこをヒロインに助けられる。ヒロインは主人公と同じく日本からやってきていて、心の力の使い方を教えてくれる。やんちゃな主人公としては女の子にものを教わるのがちょっと嫌だが助けられた負い目があるので大人しく従う。

やがて彼女の正体とこの世界の秘密が明らかになる。この世界は地球の人が寝ている時に見ている夢とつながっていて、特に現実で悲しかったり辛かったりする人が楽しい思い出を過ごして気持ちを楽にする場所だった。しかしあまりにも悲しい夢を持ちすぎている少年が他の人まで歪ませてしまった。それが魔王だった。ヒロインは現実でもこの世界でももともと魔王の近くにいて、彼を救おうとしたができず、そのせいで本来は取り戻さないはずの現実の記憶を取り戻していた。

主人公はヒロインのためにも魔王のためにもこの世界を救わなければいけないと決意。魔王を倒し、世界を救う。

このあらすじは400文字を超えて500文字以上になってしまっている。こんな風に上手くまとめられないこともあるだろう。しかしそれでもまずは書くことが大事

模範解答

③川のように、葉のように

【テーマ】

創作ってなんだろう

好きなことをするってなんだろう

【キャッチコピー】

物語こそは、あなたを導く

【ターゲット読者】

二十代〜三十代男女。ライト文芸読者。小説家・出版業界・創作に興味のある人。

興味のある人が多い職業ものはやっぱり強い

あらすじ

主人公は長い間小説家として活動してきて、本も随分売ってきたが、ふと気付いた時に「自分は何が書きたかったんだろう」と疑問に思って愕然《がくぜん》とする。書きたかったものが思い出せず、書きたいものももうないからだ。

自暴自棄になった主人公は仕事から逃げるように田舎へ移住。自分自身と向き合おうと決意する。ところがひょんなことから正体がバレてカルチャースクールで教えることになり、そこで小説が書きたいという少女に出会いついつい親身になってコーチをすることに。一方で以前から付き合いのあるフリーの女性編集者が東京から押しかけて、どうにか新作を書いてくれという。側からみると両手に花の三角関係だが、主人公はすっかり参ってしまった。

現時点ではまだダブルヒロインが活かせていない。どんなエピソードがあるといいだろうか？

やがて、実はこの街が主人公にとってゆかりのある生まれ故郷（生まれてすぐに引っ越した）であり、両親は地主一族との縁を嫌って逃げ出したのだと知る。自分のルーツと向き合うことで主人公は改めて書くことの意味を確認し、再び作家生活に戻る。

プロットの意味

プロットとはなにか

物語を作り上げるにあたって最初に必要なのは、プロットを組み上げることだ。今回からはいよいよこのプロット作りに入っていくことになる。が、これがなかなか大変な作業であることは、課題でわかってもらえたかと思う。

プロットとは「小説の設計図」というべきもので、「その物語は、どんな世界を舞台にしていて、どんなキャラクターが登場して、どういうふうに始まって、どういうふうに終わるのか」を書いておくものだ。

このプロットを作らずに、ある程度のアイディアが固まった段階で(もしくはほとんど固まらないまま!)書きはじめてしまう人もいるが、それが許されるのは一握りの天才だけと思ってほしい。

ほとんどの作家は、まずプロットを作り、そこでアイディアをさらに練って、全体のバランスを取り、その上でようやく作品を書きはじめる。結局のところ、そのほうがはるかに効率的だからだ。

プロットの形ならアイディアの整理やバランスのチェックがしやすく、また他人に見てもらうのにも向いている。プロとしてデビューした後はまず編集者にプロットを提出し、作品を書いていいかどうかお伺いを立てる——というのはすでに見ていただいたとおりだ。書き慣れるに越したことはないのである。

プロットにとらわれすぎるな

誤解しないでほしいのだが、プロットは作品の土台になるものではあっても、絶対の存在ではない。

書いていくなかで矛盾に気づいたり、「こうすればより物語が面白くなるのに」と感じたりしたら、プロットを変更することを恐れてはならない。さらに、どうしてもプロット段階で決められないこと——クライマックスのバトルの展開や、エピローグで主人公がどんな将来を選ぶか、など——があったら、そのあたりはとりあえず仮のものにしておいて、実際にそのシーンを書く時に決めたってかまわない。大事なのは作品をより面白くすることなのだ。

ただ、プロットを変更する際には必ずそれがわかるように(プリントアウトに赤ペンで書き込んだり、データに日付を残したり)しないと後で混乱するので、注意。

プロットはどのくらい書くべきか

プロット作りで一番気になるのは「どのくらいの分量を書けばいいのか」ではないだろうか。これについて、私が学校などで指導する時は二つの考え方に基づいて作業してもらっている。一つには「少しずつ量を増やしていって、その物語にふさわしい、自分にとってしっくり来る量を目指す」ことで、もうひとつは「短くまとめる」ことだ。これらを組み合わせ、「最初は二百文字から、その次は四百、八百、千六百、必要ならそれ以上」と段階を踏んでもらうわけだ。

前者の考え方については、世界設定のことを考えるのがわかりやすい。たとえば、中世ヨーロッパ風の架空世界を舞台にしたファンタジー小説を書くためには「それがどんな世界で」「どんな国や組織があって」「どんな怪物がいたり、どんな魔法があって」……と、多くのことを決めていく必要がある。しかし、これが現代を舞台にした学園青春ものなら、世界設定についてそんなにがっちり決める必要はない。私たちはファンタジー世界のことは知らないが、現代のことはよく知っているからだ。とりあえず、必要なことを決めればいい、程度に考えておいてほしい。

これは他の要素についても同じことが言える。たとえばストーリーについても、物語のポイントだけを箇条書きにする人もいれば、ストーリー展開を細かなイベントやセリフに至るまで精密にびっしりとプロットで作りこんでから初めて書く人もいる。さらにいえば、キャラクターの外見や性格についてもしっかり考え、それどころか物語が始まる前の経歴や、あるいは誕生日/血液型まで決めてしまう人までいるわけで、結局はそれぞれのスタイル次第ということになるわけだ。

実際のところ、物語の深みを求めるなら、なるべく多くのことを決めておきたい。世界設定ならその世界・舞台の隅々まで用意しておきたいし、キャラクター設定なら外見・背景から「どんな時にどんなふうに行動するか」といった性格・信条の部分まで用意してあれば、作品を書く時に迷うことがない。

この「迷わない」というのは執筆スピードと作品の質の両方にとって大事なことなので、本当は「プロットは最初は短い文章量で基本的なアイディアをまとめる形で、そこから最終的には書けるだけ書く」としたいところなのだ。

にもかかわらず「必要なだけ」とするのは、残念ながらプロットにこだわりすぎることがしばしば創作全体に悪影響を及ぼすからだ。何事もそうなのだが、「ほどほど」が一番なのである。

「夏休みの予定表を作ってそれで満足してしまう」症候群というか、「参考書を買いこんだら受験勉強が終わった気になってしまう」症候群というか、とにかく準備に時間をかければかけるほど、それで満足してしまって（もしくは疲れてしまって）、その後に待っている本番に対応できない、ということがあり得る。

これでは本末転倒なので、「ほどほどにしておくべき」ということだ。特に、自分が完璧主義者だという自覚のある人ほど（私見だが、作家志望者にはある種の完璧主義者が多いように思われる）、この点に注意するべきだろう。

プロットを短くまとめる意味

一方で、ある程度の文字量——たとえば今回の課題の四百文字程度のプロットにまとめることにも大きな意味があるのは、「短くまとめてから段階的に長くしていく」というやり方をお勧めしていることでもわかってもらえるだろう。短くまとめることをお勧めする理由は、三つある。

一つ目は、「新人賞に応募するなら、短いあらすじの書き方に慣れておいて損はない」ということだ。なぜかといえば、ほぼすべての新人賞では、作品とともに梗概（あらすじ）の提出を義務付けている。どうせ書くんだから、早いうちに書いておいても問題はない。

二つ目は、誰かに見てもらい、意見をもらうためには短くまとめてあったほうが親切、ということだ。自分自身の身に置き換えてほしいのだが、A4で何枚ものプロットを渡されても、あまり読む気がしないのではないか。スマートに要点をまとめるのは、プロットを読んでもらう際の最低限のマナーだろう。

編集者はたいてい忙しいので、長々としていてかつ読みにくいプロットはそれだけでマイナス点がついてしまう。どんなに面白い物語も、相手に伝わらなければ意味が無いという点は忘れずにいてほしい。

そして三つ目——一番大事な理由は「長々と書かなければいけない物語はどうせ面白く無い」ため「少ない分量で読者の興味を引くような面白い物語を作り上げる訓練になる」からだ。理想は二百文字くらいでもキラっと光る物語を考え出すことだが、さすがにそれは難しい。その意味で四百文字程度というのはちょうどいいのである。

しかし、だからといって「じゃあなんでもいいから とにかく短くまとめればいいんだな」と早合点するのも良くない。きちんと設定を立て、キャラクターの魅力を見せ、かつストーリーのほうでも盛り上がりやどんでん返しをいれこんで、その上で四百文字にまとめてほしいのだ。もちろんこれは非常に難しい話なのだが、挑戦しなければ身に着かないので、頑張ってほしい。

プロットの組み方① アイディア羅列

ここからはいよいよ本格的にプロットを組んでいく作業に入ろう。頭の中にある物語の要素を、それぞれ形にしていくのだ。この時の方法は大きく分けて二つある。

一つは思いついたことや使えそうなアイディアをどんどん書いていく方法だ。最初はとりあえずキャラクターでも世界設定でもエピソードでもセリフでも、なんでもいい。その話に使いたいアイディアを箇条書きの形で片っ端から書いていこう。

はっきりとしたアイディアでなくても、ちょっとした思いつきや、まだどうしようか決めていないこと——たとえば、「バトルシーンは三回くらい？」とか「恋愛ネタはあったほうがいいか？」みたいなことでもいい。また、一つのアイディアから別のアイディ

プロットの作り方

① アイディアを羅列する

思いつくアイディアを片っ端から出し、組み合わせる

↓

書いたりカードをいじったりすることで形になっていく

⇕ どちらがいいというより相性があるので、自分にとってやりやすい方法を選ぶ

②「背骨」を考える

「(人物)が(行動)をして、(結果)になる」が物語の背骨

↓

その通りの話にするにはどんな要素が必要か、と考える

アが派生したら（そのシーンで使いたいセリフなど）、矢印を使ってその関係性がわかるようにするといいだろう。

この際、普通はノートに書き込むか、パソコンのワードソフトを使い、しかる後に別のノートに書きうつしたりデータを書き換えたりしてきちんとしたプロットの形にする。

しかし、それ以外にもお勧めの方法が二つある。

一つはカードを使うことだ。学生が英単語の勉強に使うような、リング状の金具でまとめられたカードの束をバラバラにして、一つ一つにアイディアを書き込んでいく（わざわざ買わなくとも、白い紙を小さく切ってカードにしてもOK）。

このようにアイディアをカード状にすると、簡単に順番を組みかえたり、目に見える形で関連性をつけたり仕分けたりすることができるので、なかなかアイディアをきれいに組み立てることができない時にお勧めだ。手を動かすことで脳が刺激されるのもその一因かもしれない。

もう一つは、アイディアをまとめる時と一緒で、E

xｃｅｌに代表される表計算ソフトを使うことだ。カードと同じく簡単に組み換えができるうえ、アイディアと一緒に日付や種類（キャラ、セリフ、設定……）を横のセルに書いておけば、並べ替えも簡単だ。なによりもパソコン上のデータは取り扱いが簡単なのがいい。

パソコンやスマートフォンで使えるソフトウェアやアプリケーションには、他にも役立つものが多い。たとえば「マインドマップ」と呼ばれるタイプのソフトがある。これは一つのアイディアから連想するアイディアをどんどん枝のように伸ばしていくもので、カードを使うのと同じように、グラフィカルに考えることができるのが良い（手で書くのでも問題ないが、さまざまなソフトが存在する）。

プロットの組み方② 背骨を通す

さて、プロットを組む方法の二つ目は、「物語の背骨」というべきものをしっかり決めたうえで、それに肉付けをして作っていくものだ。

大量のアイディアを羅列していく方法は勢いを活かして物語を作ることができる人には有効なのだが、そうでない人の場合は大量に出したアイディアがこんがらかってしまったり、テーマを見失ってしまったりしやすい。特に、物語を作り慣れていない人にこういう傾向があるようだ。そうした時に、この方法が非常に役に立つ。

それでは、「背骨」とはどういうものか。小説は複数のエピソードが複雑に絡み合って作り上げられるものだが、そうした枝葉末節というべき部分を取り去ってみると、最終的にはごくシンプルな一文が浮かび上がってくる。すなわち、「（人物）が（行動）をして、（結果）になる」という文こそが「物語の背骨」である。

テーマとよく似ているが、あちらが「物語上の最優先項目」であったのに対し、こちらは「テーマを読者に伝えるために一番重要な部分」であると考えてほしい。

まずこの一文を決めたうえで、それに必要なもの――登場人物たちの目的、そのなかで遭遇する事件、葛藤・対立・成長といった変化――をつけ足してやれ

マインドマップ(例)

ひとつのアイディアから、連想・派生するアイディアをどんどん書き込んでいく（これはあくまで例で、書き方は多様に存在）

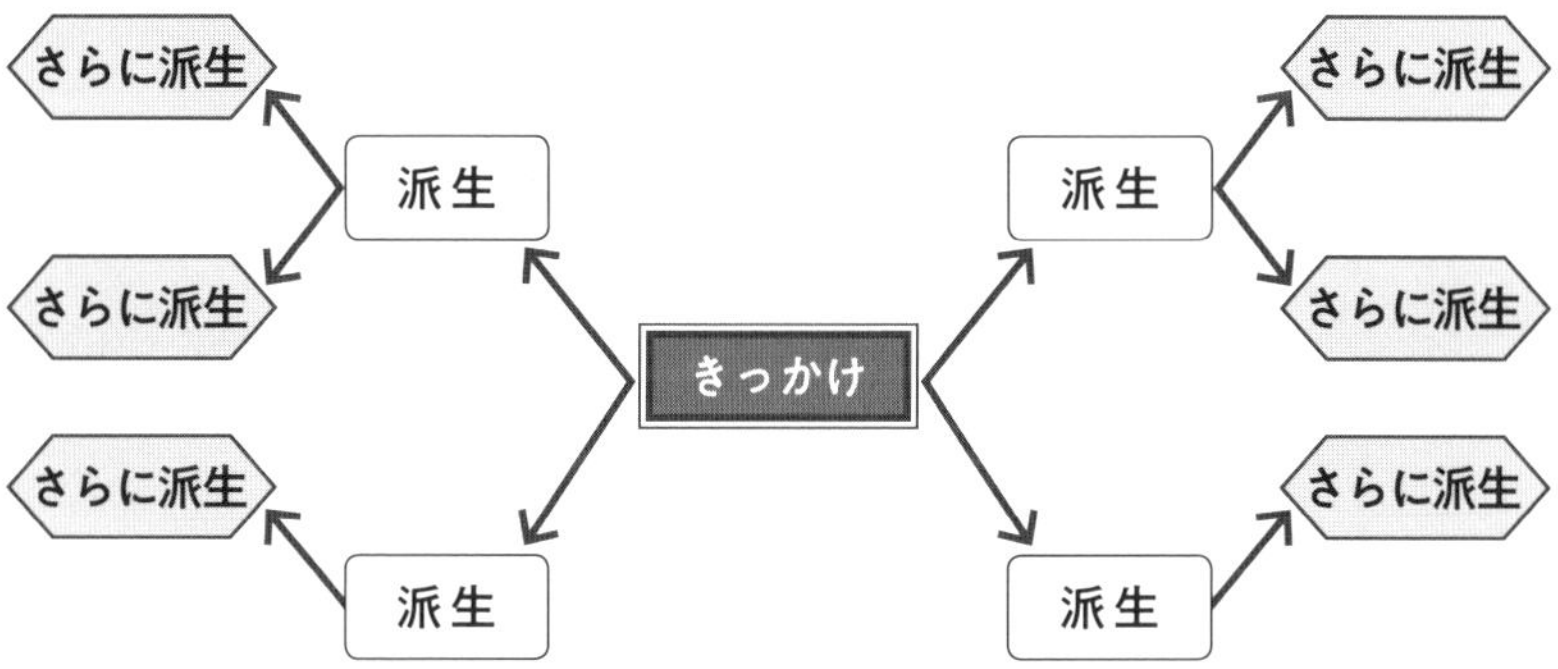

ば、作品のテーマを見失わずに物語を作っていくことができる。

二つの手法のうちどちらが優れているというものではないし、他にもいい方法があるかもしれない。ぜひ、自分にふさわしい手法を模索していってほしい。

さまざまな文字数に挑戦する

課題では四百文字のプロット作成に挑戦してもらったが、他にもさまざまな文字数で書き分ける、あるいは段階的に文字数を増やしていくことで物語を「育てて」いくという手法がある。

各文字数にはそれぞれの意義があるため、ここで紹介する。

ちなみに、ここでいう文字数はあくまで一つの目安であり、たとえば「二百文字ピッタリで書かなければいけない」というものではなく、「数文字あふれたから／足らないから調整しなければ！」と頭を悩ませるよりは、「だいたいこのくらい」で次の段階に進んでもらって構わない（もちろん、何十や何百と溢れてしまった場合はまた別だが）。

①二百文字

ここで紹介するなかで一番文字数が少ないのがこれ。物語を作る際の最初の一歩として適切であり、授業でも「二百文字プロットをたくさん作ってみて、そのなかで有望そうなものを次の段階へ進めてみよう」とすることが多い。

それでも文字数が少ないので苦労するだろうが、数を重ねるうちに「どんな要素を優先するべきか」が見えてくるだろう。これは次回で紹介する「テーマ」の問題に深く関わってくるポイントだ。

ただその一方で、短い文字数に収めようとするあまり、お話が小さく縮こまったものになっては意味が無い。世界設定や主人公の立ち位置などがちょっと複雑ならそれだけで全体の半分以上を占めてしまうこともあるだろう。なので、二百文字の段階ではキャラクターの名前などの固有名詞は省略してもよいとする。加えて、物語の最後まで書ききれなくてもしょうがないから、一番大事なこと、読者の興味を引きそうなことをしっかり書き入れることに注力しよう。

もちろん、一番のアピールポイントに絡めて物語を最初から最後まできちんといれこむのが理想である。真に良い物語というのは、短い文字数だけで読者に全てをわかってもらえる、かつ面白がってもらえるものなのだ。

②四百文字

文字数の書き分けのなかで一番難しく、挑戦の価値があるのがこれ。

二百文字は最初の一歩的な意味合いが強かったが、四百文字は物語全体を収めるのにちょうどいい文字数なので、ここで改めて「必要なことをきっちりと盛り込む」ことを試みてほしい。引き続き固有名詞は省略してよいが、それでも普通に書くだけで簡単に文字数をオーバーしてしまうはず。

この文字数で「始まりから終わりまで、読者が興味を持てるように」書くためには、長いあらすじを削るということではなく、「必要なことをピックアップする」という作業が必要になる。

つまり、テーマを見極めて、それに関わってくるエピソードを正確に選び、つなげる必要があるわけだ。

これができるということはストーリーのバランスを見極める目があるということであり、またその作品はある程度バランスが取れている、ということになる。

とりあえず思いつきを優先してよかった二百文字に対し、物語としてきっちりまとめなければいけないのが四百文字なのだ。

たとえば既存作品をいくつか選び、四百文字あらすじに挑戦するのも、物語のバランスを理解するための練習として効果がある。

③八百文字

大体の新人賞ではこのくらいの分量であらすじを書くことがレギュレーションの一環になっているので、慣れておくといい。

また、この文字数からは固有名詞などもしっかり入れ込むとともに、より話を広げてほしい。つまり、サブキャラクターたちを登場させて話に膨らみをもたせることや、他者に読んでもらった時に主人公の成長や物語全体を貫く陰謀などの物語の大事な部分について「これどうなってるの？」「どうしてこのキャラはこういう判断したの？」と疑問を生じさせないように設定・情報を入れ込むなどの工夫をしよう。

④千六百文字程度

この文字数なら、キャラクターたちの名前はもちろん、設定の詳細や横筋までしっかり書き込んでほしいし、またそうでなければならない。

この文字数になってもなおまとめられない場合は、**【ストーリーが無意味に複雑化しすぎていて、自分が上手くそれを把握できていない】【設定を短くまとめることができていない】**など、物語を上手くつかめていないのではないだろうか。一度、じっくりと物語のテーマについて考えてみるとよい。

⑤箇条書き

どうしてもうまくいかない場合は、文字数を気にせずに物語をシーンごとに頭から尻尾まですべて箇条書きにして一気に書き出してみる手もある。頭のなかで考えていることをすべて吐き出してみると、意外と解決法が見えてくることもあるものだ。

テーマの重要性

テーマを決める

今回の課題では、単にプロットを書くだけでなく、テーマとキャッチコピー、ターゲット読者層についてもそれぞれ考えてもらった。これは、物語を作っていくにあたって、この三つを考えることに大きな意味があるからだ。

ちなみに、しばらくのあいだ課題はこのプロットをベースにして作ってもらうことになるので、紙なりデータなりの形できちんと保管しておいてほしい。

さて、プロットを組み上げる際にまず大事なのが、「テーマ」だ。これを決めずに、ただ漫然と「こんなキャラを出して、こんなストーリーで……」とプロットを作り始めてしまうのは非常に危険なので、なるべく避けたい。

テーマ、あるいは主題というのは、つまり「その物語で一番表現したいこと」である。

恋愛や家族愛、友情、さまざまな社会問題などの作品全体を貫く概念・主張があるのか？　それとも、個性的なキャラクターの魅力を前面に押し出したいのか？　表現したいシーンや台詞があるのか？

その作品のなかで一番優先度が高い要素をテーマとして中心に据えることで、物語の芯がぶれることを防ぎ、作品全体のクオリティを上げることができる。

たとえば、「父親の仇を追う少年が、旅のなかで成長し、最後には仇を許す」というのをテーマにした物語を作ろうと考えた、とする。

とすると、この話に必要になってくるのは、「少年の決意」「葛藤と成長」「旅のなかで巻き起こるアクシデント」「仇側の事情」といったテーマを補強したり説明したりするエピソードだから、これらを優先的に物語に組み込んでいく。

一方、このテーマに関係しないエピソードは物語に奥深さを与えてくれるが、その代わりに多すぎるとテーマがぼやけてしまう。先の例でいうなら、主人公が単純に仇を討つだけの話なら「仇側の事情」はあまり語らなくていいので、主人公側のエピソードをより増やすべきだ。

しかし、「主人公が許す」という結末に導きたいなら、仇側の事情もきっちり書いておかないと、物語としての説得力が不足してしまう。

このように、要素の分量を調整するさじ加減は非常に難しいところだが、児童文学・ライトノベルなど比較的低めの年齢層をメインターゲットとするジャンルは、特にテーマと関わらないエピソードを減らしていった方がいいかもしれない。これは、この年齢層が比較的に「奥深い話」よりも「はっきりした話」を好みやすいからだ。

逆に、高年齢層をメインターゲットとするエンタメ系・ミステリー・時代小説などは、あえてテーマに関係しない人々の日常や世界設定の紹介などのエピソードを入れ込んでいったほうが、より受け入れられやすそうだ。あくまで一つの傾向ではあるが、参考にしてくれたら幸いだ。

以前の課題で本の感想を「誰かに伝えられるように」書いてもらった理由がまさにここにある。誰かに面白さを伝えようとすれば、それは自然と物語で一番大事な部分、テーマに関するものになるし、またそうでなければならない。

物語をただ漫然と楽しむだけではなく、面白さの真髄に切り込み、さらには他人にまとめて話せるくらいにそれを理解する力があれば、プロットをまとめることにも直結するのである。

テーマについて深く考える

ただ、テーマを物語のなかで表現するのは、これでなかなか難しい。たとえば「キャラクターをカッコよく見せたい！」などは簡単に言えるが、何を持ってカッコいいとするかは人によってかなり違う。自分では主人公をすごくカッコよく活躍させたつもりだったのに、他人から見ると「ダサい」「むしろカッコ悪い」「やりすぎ」になってしまう——というのは非常によくある話だ。

ここで押さえるべきポイントは「テーマを表現する

テーマの重要性

テーマとは何か？

テーマテーマとよく聞くけど、具体的に何を指しているのかはよくわからない。
「人類愛」とか「戦争」とか、そういう難しそうな内容がテーマなの？

それはそれでありだけど、それだけがテーマじゃない。テーマというのは、**「書き手がその物語で一番表現したいこと」**なんだよ。
だから、もっと軽いことであっても構わないんだ

では、テーマの具体的なポイントは？

① テーマ表現に必要な要素を考える

テーマごとに「お約束」があり、また説得力を与えるために必要な要素も多くあるが、あえてテーマに関係のない要素を入れることで奥深さを演出する手もある

② ターゲットごとにテーマの向き不向きもある

低年齢層に対してあまりにも難しすぎるテーマは理解してもらえないし、大人には奥深かったり考えさせたりするテーマがいい。共感・応援が貰えるようなテーマを

③ テーマを掲げるだけではダメ

地の文やキャラのセリフでテーマの主張をするだけでは伝わらない。具体的なエピソードで説得力を与えるよう、配慮していかなければならない

ために は客観的な視点が必要だ」ということである。あなたの書こうとしたテーマはちゃんと表現できているだろうか？　読者になったつもりで、じっくり確認しなければいけない。

また、「平和」とか「愛」とか「正義」のような概念的なテーマを掲げる場合、絶対にやってはいけないのは「キャラクターのセリフだけ」あるいは「地の文での語りだけ」でそのテーマを語ることだ。もちろん、「愛とは○○だ！」などといった決め台詞でテーマを表現するのは大事である。しかし、言葉だけですべてを語ろうとすると、どうしてもくどくなるし、胡散臭くなるし、説得力がなくなる。

そこで浮かび上がってくるのが、「言葉だけではなく、イベントやエピソードを通じてテーマを語る必要がある」ということだ。

たとえば平和の大事さを語るなら、平和だからこそ花咲く文化や愛と友情、そしてそれが戦争によって無残に踏み散らされるところをしっかりと描かなければいけない。ただただ「平和は素晴らしい」「戦争反対」という言葉を並べても、誰も共感と理解を寄せてはくれないのだ。

また、先に紹介したような仇討ちの無常さと無意味さを語るのであれば、「仇討ちに成功はしたが生きる意味を見失った男」などを登場させるのもいいだろう。そうしたイベントやエピソードの裏付けがあってこそ、テーマを語る言葉には説得力が与えられるのである。

狭い視野での思い込みばかりが加速して実質がついてこないケースのもっとも顕著な例が、一般に「中二病」などと呼ばれる振る舞いだ。

自分を大きな存在として見せようとするあまり、実質がついてこない「アニメや漫画のキャラクターのような振る舞い」をしてしまったり、なんとなくカッコよく見えそうな言葉を適当に組み合わせて、結果としてひどくカッコ悪いことをしてしまったりするのがそれである。

カッコよさを見せたい、あるいは感動させたいと思うのであれば、実質がついてくるようにしなければならないし、そのためには色々な物語を読み、また現実の経験もきちんと積まなければいけない、ということなのである。

キャッチフレーズとターゲット

キャッチフレーズからウリを考える

出版される作品の帯や広告などにキャッチフレーズが付けられるケースは多い。これらは普通、編集者がつけるものだ。しかし、今回の課題ではあえて作家志望者である皆さんに、自分の作品のキャッチフレーズを考えてもらった。

理由は二つある。一つは作家であっても、企画書を書く時、あるいは編集者にプレゼンをする時に、自分の作品の魅力をアピールする機会があるからだ。良いキャッチフレーズを考えられるようになっておいて悪いことはない。

そしてもう一つは、「キャッチフレーズを考える」ことが「作品のウリ（武器といってもいい）を見定める」ことに直結するからだ。これは新人賞を突破してデビューするにあたって、もっとも大事な能力の一つとさえいえる。

無数の投稿作品の中から台頭して新人賞をつかんでデビューし、さらに毎月大量に刊行されて書店にずらりと並ぶ（そして売れなければ棚から排除されてしまう）作品のなかで、自分の一冊を読者の手に届かせるためには、「これ！」という明確なウリがなければならない。

「どこかで見たような話」「どこにでもある話」にも、それはそれでとっつきやすいという大きな価値があるのだが、その上で「しかし、既存の作品とはここが違う」というワンポイントがなければ、プロレベルの作品とはいえない。

そこで、キャッチフレーズを見ると、その作品にウリがあるかどうかが判別できる。キャッチフレーズの文言はその作品を象徴するものであると同時に、読者の興味を強く引きつけるものでなくてはならない。つまり、キャッチフレーズがすっと出てくる作品は「ウリがはっきりしている」ということで、良いフレーズが見つからない作品は「ウリがあやふや」か「ウリが弱い」ということになるわけだ。

ちなみに、同種のやり方で「イラスト指定を考えてみる」というのもある。たとえばライトノベルでは各作品ごとに一枚のカバーイラストと五～十枚程度の挿絵がつき、レーベルによっては三枚程度のカラーロ絵もつく。

こうしたイラストで表現されるのは絵にしてサマになるシーンであることももちろんだが、それ以上に作品にとって大きな見せ場であることが大事だ。

逆に言えば、イラストに起こせるような見せ場のあるシーンをある程度用意するのが当たり前、ということでもある。これは別にライトノベルに限ったことではなく、その他の娯楽小説でも全く同じことがいえる。絵にして映えるくらいのシーンを複数用意できないようでは、なかなか読者の興味を引くことは難しいのだということを、念頭に置かなければならない。

燃えと萌えについて考える

それでは、どうすればキャッチフレーズに書けるような「ウリ」要素を作ることができるのか――。独創的なアイディア一発でそれをひっくり返すことができないなら、読者の興味を引くような要素を配置していくことを考えなければならない。

ここで注目すべき要素がいわゆる「燃え」と「萌え」である。これはいずれも自然現象を指す言葉だが、近年はオタク向けフィクションの世界を中心に「感情が湧き立つ様子、あるいはそれを誘発させる要素」という意味の言葉として定着してしまった。特に萌えのほうはもはやオタクの代名詞となってしまった感がある。

一口に燃え・萌えといっても無数といっていいほどのバリエーションがあるが、ある程度大雑把に捉えたものをまとめると、たとえば次ページの図版のようになる。参考にしてほしい。

これらの要素のうち特に目立つものはそれぞれ「属性」とよばれるジャンルを形成している。たとえば「メガネ属性」などは聞いたことがある人も多いのではないか。

この傾向は特にライトノベルなどオタク向けフィク

燃えと萌え

燃えとは

主にドラマチックなシチュエーションを示し、どちらかと言うと男性的な印象

萌えとは

主にキャラクターの個性や魅力を示し、どちらかと言うと女性的な印象

具体例として……

●キャラクター性
→性格（ツンデレ、ヤンデレ、ギャップなど）／職業（学生、看護師、刑事など）／服装や髪型、小物類（学生服、ポニーテール、眼鏡）……

●シチュエーション
→恋愛／友情／三角関係／近親相姦／序盤に失敗したアクション、敗北した相手とのバトルでのリベンジ……

など

ションの世界で顕著だが、別にそれがすべてではない。「好み」と言い換えるとわかりやすいだろう——多くの小説読者が自分なりに好む要素を持ち、たとえば「時代小説のなかでも特に人情物が好き」とか「ミステリー読みだけど新本格が中心」といった傾向があるはずだ。

燃えも萌えも属性も、基本的にはこうした好みの延長線上にある。ただ、現代オタク文化ではそれがかなり過剰に注目され、記号的に組み合わせ、強調することによって読者を引きつける手法が定着している、というだけである。

それだけ注目されているのだから、これを活用しない手はない。

ところで、燃えや萌えは手軽に作品の価値を高められる特効薬であると同時に、作品の質を致命的に下げてしまう劇薬の側面もあるので、使用にはすくなからず注意が必要である。

燃えにせよ萌えにせよ、それらの多くは既存のフィクションに多数登場し、好評を獲得したものである。つまり、既に手垢（目垢と言うべきか？）がついた

ものなわけで、見せ方をひとつ間違えると「ワンパターン」「時代遅れ」「パクリ」「使いまわし」「古い」といった評価を受けかねない。大事なのは、ただ人気のある燃えや萌えを作品に取り込むだけでなく、自分なりにそれを理解し、アレンジすることなのだ。

あえて嫌われるという選択

物語にインパクトを与える方法として、あえて一部読者の反発を買うような要素を入れ込む方法もなくはない。性的描写、犯罪描写、モラル違反、あるいは主人公の死や挫折で終わるひどく後味の悪いラスト――これらは一部読者に嫌われる一方で、それらを熱狂的に支持する読者がいるのもまた事実だからだ。

今のご時世、万人が諸手を挙げて褒める物語はごく稀だから、いっそ「好きな人は好き」という方向性を志向するのも、戦術として十分あり得る。

さらに「忘れられるよりは嫌われたほうがよい」という考え方も成立する。印象に残らない作品はその場で忘れられ、次作を読んでもらえる可能性は少ない。しかし、徹底的に嫌われた作品は読者の印象に深く残り、もしかしたら次も怖いもの見たさで手にとってもらえるかもしれない。新人賞選考でも、可もなく不可もなくて目立たない作品より、強烈な個性を発している作品のほうが好まれるものだ。

ただ、このような「自爆戦術」は単純に嫌われるケースのほうが多いのも事実。「基本はハッピーエンド」「読者に好かれる物語を」と心得た上での、あくまで応用戦法として覚えておいてほしい。

読者ターゲットを見出す

自分の作品のテーマを考えるにせよ、ふさわしいキャッチフレーズを見出すにせよ（そしてその奥にあるウリについて思いを至らせるにせよ）、絶対に考えなければいけないのが「その物語はどんな読者に届けるために書くのか」――つまり、ターゲット読者層を想定する、ということだ。

この部分こそアマ作家とプロ作家の最大の分岐点といって良い。アマは「書きたいもの」を書くが、プロは「読まれるもの」を書くのだ。だから、皆さんもプロになりたいのなら、「この作品は誰が喜んでくれる

書きたいもの、書けるもの、求められるもの

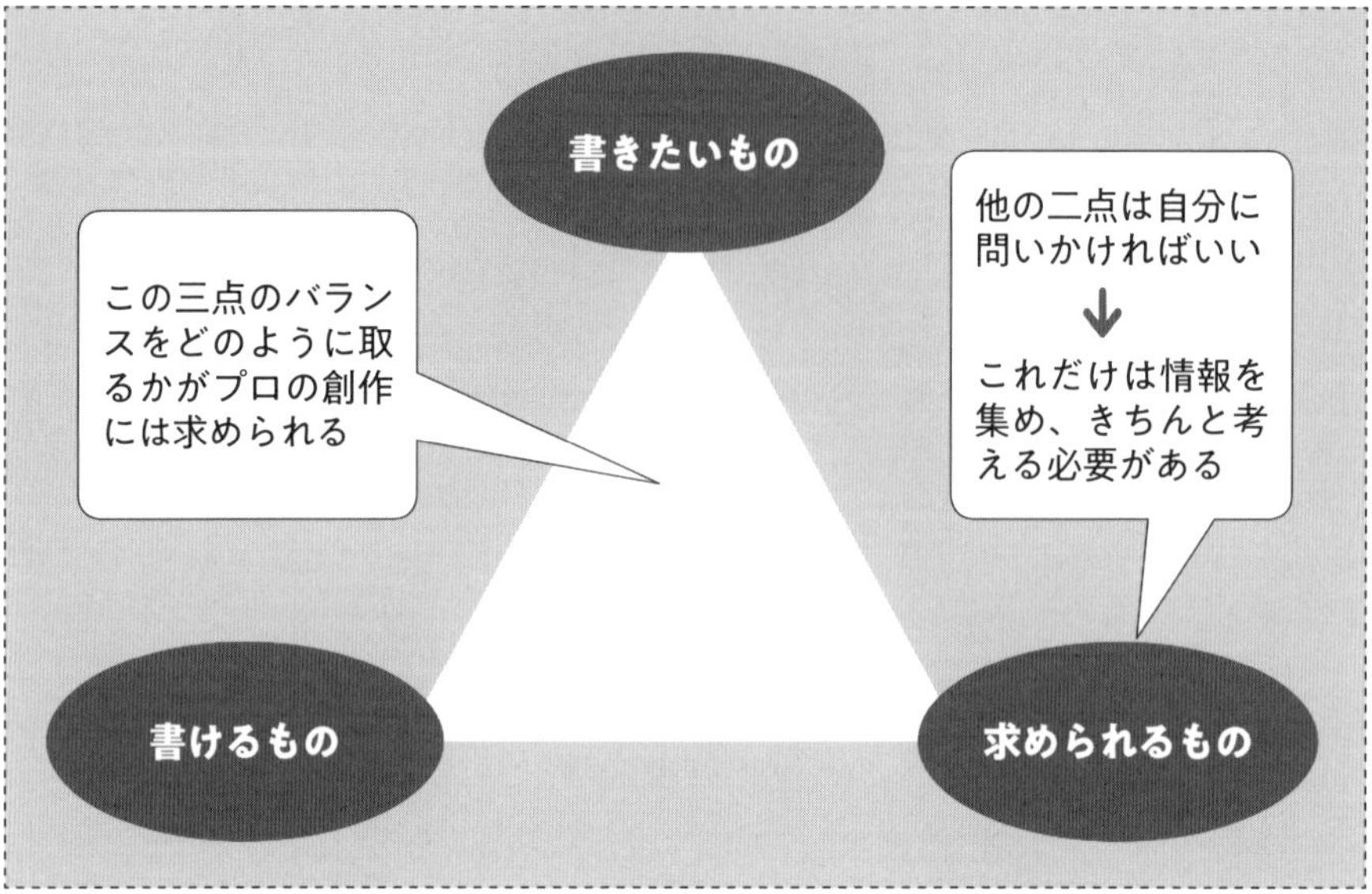

か」「誰に届けるために書くのか」についてしっかり考えなければならないのである。

もう少し踏み込んで考えるのならば、

- **書きたいもの**（＝自分の気持ち）
- **書けるもの**（＝自分の能力）
- **求められるもの**（＝ターゲット読者）

の三点のバランスを上手くとって作品を作れるものこそがプロだ、といってもよいだろう。

書きたいものを書くことはもちろん大事だ。特にまだ創作に慣れていない時期、もっとも怖いのは書くことそのものが嫌になってしまうケースだからだ。

書けるかどうか、も大事だ。書きたいテーマと自分の能力や知識が合致しておらず、結果として不幸なことになる作家志望者を多く見てきたからだ。

だが、プロなら何が求められているのかを忘れてはいけない。求められない作品を書いてはプロではない。

書きたいものと求められるものの共通点を探し、能力や知識を高め、三者を融合させねばならない。

たとえばテーマについて考える時、「自分の想定している読者はこのテーマを喜んでくれるかな？」と絶対に考えなければいけない。

大人向け作品なら小難しいテーマや社会的なテーマも受け入れられるかもしれないが、小学生向けでそのような作品をただそのまま提示しても読者に理解してもらえないことが多い。その時はなにか別のシチュエーションにたとえたり（いわゆる「寓話《ぐうわ》」スタイル）、噛み砕いて説明したりする一手間が必要になるだろう。

キャッチフレーズとウリについては言わずもがなだ。「ウリ」はしばしば非常にニッチなターゲットに強く反応するものになるので、自分の想定する読者と相性がいいかどうかは慎重に判断しなければならないことを覚えておいてほしい。

少し話が脱線するが、ターゲットの違いはプロットだけでなく実際の文章表現にも影響を与えることがある。

わかりやすい例として、幼い読者を主なターゲットとする児童文学では子供の読めない漢字をひらく（ひらがなにする）のはもちろん、小難しい表現・言い回しも避けたほうが良い。

これに対し、ターゲット年齢層が高くなると難しい表現や漢字の多用が受け入れられるようになり、ひらがなや単純な表現が多すぎるとむしろ「読みづらい」という印象を与えてしまう。ライトノベルなどには比較的漢字が多い作品も多いが、やはりやりすぎはよくないのである。

また、萌えや燃えについて考える時もこの視点は大事だ。

- **ターゲット読者の燃え／萌え／好みの要素はどのようなものか？**
- **デビューを狙っているレーベル／出版社が重点を置いている燃え／萌え／好みの要素はなにか？**
- **作品に合致しそうな燃え／萌え／好みにはどんなものがあるか？**
- **自分が一番楽しんで書ける燃え／萌え／好みはなんだろう？**

これらのチェックポイントをきっちり理解して、作品に盛り込むことができれば、それが自然と作品のウリになるし、読者の興味を引く力にもなる。

特に、ターゲットを決めて書き始める前の時点で目標とする新人賞が決まっていれば「そのためにはいつまでに書き上げなければならないか」を逆算で考えて、計画的に執筆を進めることができる。ただ、一作目や二作目は「まず書くこと」で手一杯の人も多いだろうから、「とりあえず書いてみて、仕上がったら送る賞を決める」のもしょうがないところではある。

しかし、三作目以降からはそろそろ計画を立ててほしい。常に「どこの新人賞に送るから、どういうターゲットにして、いつまでにプロットを決めて、いつまでに書いて、いつまでに推敲を行おう」と考え、計画的に進める習慣を身に付けるべきなのだ。

このように重要なターゲットについて考える際、「子供はこういう話が好きに違いない」などと自分の狭い知識だけで考えないよう、気を付けてほしい。

むしろ「子供向きだからこのくらい話はシンプルな方がいいよな」「子供はこういう要素だけ出しておけば満足するよな」と甘く見てしまうと、逆に「子供だまし」という悪印象を与えてしまうことが多いようだ。これはかつての自分を思い出してもらえばわかるのだが、子供読者の中にはむしろちょっと背伸びをした難解さを好み、いかにもな子供向け作品を幼稚と感じる者も少なくないのだ。

だから、「自分の作品はどんなターゲットに向いているか」を考える際には「このターゲットはどんな物語や要素を好むか」についてもちゃんと考え、調査する必要がある。

既存のヒット作を読むことはこの点でも大きな意味がある——特に皆さんがプロになり、ベテラン作家になった場合のことを考えてほしい。

あなたが常に同年代相手の作品を書き続けるならいい。しかし、そうではなく、メイン読者と自分の年齢が離れてきたら、積極的に取材・調査をしなければ「え、最近の若者ってこういうのが好きじゃないの!?俺の時は鉄板だったのに!」とジェネレーションギャップに苦しむことになるだろう。

常にアンテナを高くしてほしい、という最初の教えがここに生きてくるわけだ。

ウリとターゲット

魅力的なキャッチフレーズが作れる作品は良い作品

なぜなら

作品としての「ウリ」がハッキリしているということだから

その作品の特徴であり、固有の魅力。
ライバルと比べて「ここが面白い」ところといってもよい

「ウリ」を作るやり方そのものは多様だが……

人気のある「燃え」や「萌え」要素を入れ込んでいく

オリジナリティのある独創的な展開を模索する

あえて定番ではない、読者の期待を裏切る展開を用意する

「絵になる」シーンを用意して読者の興味を引いてみる

読者ターゲットに適したやり方になっていなければ
結局のところすべて無駄になってしまう

↓

誰に届ける作品なのか、なるべく具体的に考えたい

3章のまとめ

プロットとは、「物語の設計図」のことである

→「ストーリー」「キャラクター」「世界設定」を中心に、
自分がどんな作品を作るのかあらかじめ決めておくためのもの

↓

プロット無しで書くと、ブレたり迷ったりしがち

特に重視してほしいものが……

テーマ＝その物語でいちばん大事なのは何か？

一緒に「キャッチコピー」や「ターゲット読者」についても考えると
作品全体の方向性がイメージしやすくなる

課題３

前回作った400字プロットをもとに主要キャラクター３人（主人公、ヒロイン、ライバルなど）のキャラクター設定を作りなさい。

その際、各キャラクターごとに次の６要素についても考えなさい。

○**外見的特徴**（どんな外見をしているか？　服装などについても）
○**能力的特徴**（どんな能力を持っているか？　何ができるか？）
○**性格的特徴**（どんな性格をしているか？　何に喜怒哀楽を感じるか？）
○**経歴的特徴**（物語が始まるまで、どんな経歴をたどってきたか？）
○**物語的特徴**（物語の中でどんな役割を演じるか？）
○**関係的特徴**（他のキャラクターとどんなふうに関わるか？）

4章

キャラクターをとことん考え抜く

【課題３の内容】

前回作った400字プロットをもとに主要キャラクター３人（主人公、ヒロイン、ライバルなど）のキャラクター設定を作りなさい。その際、各キャラクターごとに６要素についても考えなさい。

模範解答

① 死者たちは夕暮れに

【名前】酒井幸人

【外見的特徴】

男子高校生。頬がこけていて、顔が青白い。どこか遠くを見ているような目をしている。

自称「半死人」。

【能力的特徴】

一度あの世に行った影響で、あの世から迷い出てきた死者を見られ、触れ、殴って倒すことができる。単純な身体能力も高いが、これはもともとの力に加え、感覚が鈍っていて限界以上の動きができるせい。

> バトル向きの設定。メインの能力と合わせて、ロジックがしっかりしているのが良い

【性格的特徴】

現在は他人との間に線を引いて生きる、冷徹な性格。しかしこれは遥香を救えなかった悔恨からきているものであり、本質的には他人を放っておけない。

【経歴的特徴】

先祖はあの世と関係があった神官で、その関係から死者を取り戻すためにあの世へ行く秘術が家に伝わっていた。遥香を蘇らせるためにこれを試すが失敗。あの世側からの要求で死者を取り締まる仕事を受ける。

【物語的特徴】

主人公。遥香の死で心を閉ざす一方で、ナギサに遥香を重ねて見てもいたが、事件を解決していく中で人間らしい心を取り戻し、また遥香とナギサは別人だと認めていく。

> 成長の過程と要因がしっかり決まっている

【関係的特徴】

ナギサに嫌悪しつつ惹かれる。アレックスの語る理想に心揺れながらも否定していく。

> シンプルでなく、複雑な関係にしたいという意図

【名前】ナギサ

【外見的特徴】

白い髪の少女。気が強そうな顔立ちだが基本的に無表情。すらっとして躍動的な体つき。これらの外見的特徴は、髪の色以外は遥香と同じもの。

【能力的特徴】

あの世とこの世を自在に移動できる。霊や悪霊を封印し、あの世へ移送することができ

サポート役として、主人公が戦う理由を作る設定

る（ただし、なんらかの手段で無抵抗状態にする必要がある）。

【性格的特徴】

ロボットめいた無感情。あの世の使者は誕生して数百年数千年も珍しくないが、ナギサは生まれたばかりなので知識や知性はあっても情動が育っていないため。

【経歴的特徴】

あの世の管理者によって遥香の魂を模倣して作り上げられた使者（途中まで、遥香の転生体なのではと誤解させる）。幸人に指示を与え、監視するために彼のパートナーとなる。

誤解、すれ違い、真実の発見はドラマを盛り上げるために必須

【物語的特徴】

ヒロイン。あの世からの依頼を幸人に伝える役割であり、あの世との関係の深さから最終的にはアレックスから狙われることになる。

【関係的特徴】

幸人との関係を深める中で、人間的な感情を獲得していく。

【名前】アレックス

【外見的特徴】

濃紺のスーツをまとった二十代後半の男。金髪碧眼、高貴な印象を与える。特に目力が強く、一度見たら忘れられない。

【能力的特徴】

霊が見える、触れる。強力なカリスマ。幸人より深くあの世についての知識を持っており、霊や悪霊をある程度自由に操れる。

主人公と正反対のキャラクターこそライバルとして相応しい

【性格的特徴】

強引で傲慢、エゴイスト。

【経歴的特徴】

唯一愛した女を病で失ったことから、彼女を蘇らせる手段を探している。

【物語的特徴】

幸人のライバル、黒幕。佐間市で起きている事件は基本的に彼が糸を引いている。

【関係的特徴】

幸人を上から目線で屈服させようとする。ナギサを人間として見ていない。

模範解答

② 彼方の国の物語

【名前】高田健斗（ケント）

【外見的特徴】

いかにもやんちゃな小学五年生。ゲームもやるが同じくらい外を遊び回っているので日に焼けている。夢の世界では剣と盾、軽装の鎧を装備。

読者に共感してもらうための設定

【能力的特徴】

現実では運動神経抜群、理解力もあって、ネットでいろいろ見聞きしているため知識もある。しかしそのせいでむしろ夢の世界では当初、心の力をうまく発揮できない。

ドラマを盛り上げるために成長の余地を残す

【性格的特徴】

好奇心旺盛で無鉄砲。他者の事情に無神経。しかし義侠心はある。

【経歴的特徴】

両親と、上に姉、下に妹がいる五人家族。家庭に大きな問題はなく幸せに暮らしてきたことが無神経な性格につながっている。

【物語的特徴】

主人公。やんちゃそのものの少年が、挫折を知って、他人の事情に触れて、誰かのためにも頑張るということを学ぶ。

【関係的特徴】

当初、ユーリには反発し、魔王にも敵対心むき出しだったが、やがて理解していく。

【名前】羽代悠里（ユーリ）

【外見的特徴】

中学一年生の女子。片目が隠れる髪型。目付きが鋭く、夢の世界ではあまり人が寄りつかない。夢の世界では銃を武器にする。

ちょっとミステリアスにしたかった

【能力的特徴】

心の力の操作が非常にうまい。夢の世界の住人では例外的に現実の記憶を持っている。

【性格的特徴】

本来はお節介焼きだが、夢の世界では魔王を救うことに専念しているので、他の人と基本的に接触しないようにしている。

これもドラマを盛り上げるため、物語の中で変化していく設定

【経歴的特徴】

現実では魔王の幼馴染で、いじめにあった

彼をかばっていた。夢の世界でも現実の記憶を持ちながら彼と出会うが、魔王としての覚醒に立ち会ってしまう。

【物語的特徴】

ヒロイン。当初は魔王の事で頭がいっぱいだが、ケントがあまりにも隙だらけなのでついつい世話を焼いてしまう。

【関係的特徴】

魔王のことはあくまでもただの幼馴染だと思っている。

【名前】相馬高樹（魔王）

【外見的特徴】

魔王としては獣と人間が混ざったような異形。棘だらけの鎧が彼の精神を表している。人間としては線の細い気弱な少年。中学一年生。

この物語ではライバルも単に憎むべき敵にはしたくなかったのでこのような設定に

【能力的特徴】

心の力をかなり自在に操る。自分の強化、炎や雷の放射、他者を魔物にする、など。

【性格的特徴】

本来は気弱な性格だったが、ストレスを溜めて爆発させ、暴虐な発言をすることも。

【経歴的特徴】

現実ではおとなしい、いじめられっ子。夢の世界では記憶を失っていたものの性根は変わらなかったため、ストレス発散ができなかった。結果、心の力を暴走させて魔王になってしまう。

【物語的特徴】

ケントのライバル。夢の世界を崩壊させようとしているが、この物語における「悪」ではなく、救われるべき人物として描く。

【関係的特徴】

ユーリのことを密かに愛しているが彼女からは幼馴染としか思われていない。その鬱屈もまた彼を魔王にした。ケントのことはどうとも思っていないが、ユーリと行動をともにすることから嫉妬する。

青春物語の雰囲気を出すための設定

模範解答

③川のように、葉のように

【名前】泉川法貴（せんがわのりき）

【外見的特徴】

ひょろっと背が高い、三十代半ばの男。基本的に影が薄く、気弱そうな外見をしている。眼鏡。服装は意外に清潔。

【能力的特徴】

作品が映画化したこともあるベストセラー作家。創作力は健在だが現在スランプ。金には余裕がある。交友関係は狭い。

【性格的特徴】

押しに弱いお人好し。作家にありがちなアクの強さがないので、各編集部から貴重な人材と見られていた。

読者に共感してもらえそうな性格というのもあるが、何よりもストーリー的にこの性格である必要がある

【経歴的特徴】

幼い頃に夕凪市で暮らしていたが、物心ついた頃に離れた。大学を出てすぐに小説家としてデビュー。以来十年以上一線で活躍してきたが、自分を見失い途方に暮れる。

【物語的特徴】

主人公。なかば自暴自棄で訪れた夕凪市で自分自身を見つめ直し、再び小説家としての活動を再開する。

【関係的特徴】

茜のことも葵のことも「教え子」「仕事相手」くらいにしか思っていなかったが、次第にかけがいのない相手と思い始める……が、友人以上にはなかなか思えない。

恋愛的にも盛り上がらせたいので、鈍感であるくらいでちょうどいい

【名前】北条茜（きたじょうあかね）

【外見的特徴】

十代後半の少女。地方都市に住む女の子としてはかなりファッショナブルで、一見にして小説を書きたいタイプには見えない。

地方都市が舞台の物語として、ギャップのある設定にしたかった

【能力的特徴】

語彙力がないので当初まともな小説は書けない。しかし美的センスが発達していて、観察力があるので、やがて成長していく。

【性格的特徴】

かなり勝ち気。目上には息を吸うように喧嘩を売るタイプ。地方で浮いて、気を張って

いるせいでもある。


【経歴的特徴】

夕凪市で大きな力を持つ地主・北条家の本家筋に連なる生まれ。

> 彼女のキャラ性とミスマッチの生まれも、ギャップ要素の一つ

【物語的特徴】

鬱憤晴らしの手段を求めて法貴に小説の書き方を習う中で互いに影響を与え合う。


【関係的特徴】

法貴に惹かれ、葵はライバル。

【名前】羽島葵（はしまあおい）

【外見的特徴】

三十代前半の女性。ピシッとしたスーツ姿が主。私生活ではわりとだらしない格好をすることも多い。眼鏡。

> 茜と葵のキャラ性は基本的に対比で作ってある

【能力的特徴】

フリーの編集者。主に小説などを担当。若いにもかかわらず実績多数で評判も高く、彼女が東京を離れて夕凪市にいられるのもそのせい。


【性格的特徴】

生真面目だが暴走するところ、ちょっとヒステリーっぽいところもある。法貴が追いつめられたところには彼女からのプレッシャーが強かったせいもある。

> 彼女の負い目は普段は出さず、ここぞというところでドラマチックな展開に使いたい

【経歴的特徴】

法貴と付き合いのあった編集者。彼を追って夕凪市にやってくる。


【物語的特徴】

当初は法貴をなんとしても東京に連れ戻すべく積極的に振る舞うが、やがて彼が追い込まれた理由の一端が自分にあることに気づき、反省し、また彼の真に書きたい物語へ興味を持つ。


【関係的特徴】

法貴とは仕事仲間だが上手くいかない部分もあり、茜はその点でライバル。

基本編――「憧れ」と「感情移入」

キャラクターこそ大事

課題のキャラクター作りはうまくいっただろうか？　簡単だった人もいれば、苦戦した人もいるだろう。だが、苦手だからといって避けて通る訳にはいかない。というのも、時に「キャラクター小説」という別名でも呼ばれるライトノベルを筆頭に、娯楽小説において、キャラクターの良し悪しは作品の質を左右する。

魅力的で個性的なキャラクターを作り上げることができれば、それだけで競争相手から一歩も二歩も先を行ったようなものだ。さらに極端なことを言えば、「ストーリーとはキャラクターの魅力を引き出すためのもの」とさえなってしまう。

それでは、魅力的なキャラクターを作り出すために必要な要素とは何だろうか。主人公などメイン級のキャラクターに絞って考えるなら、それは「憧れ」と「感情移入」である。この二つの要素に注目することでキャラクターに魅力を与え、作品の質を上げていくことが可能になるはずだ。

そもそも、読者は何のために小説を読むのだろうか。理由は色々あるだろうが、もっとも大きいのは「自分とは縁遠い出来事を手軽に楽しく疑似体験するため」であるはずだ。剣と魔法の異世界ファンタジーから、星々をまたにかけたスペースオペラ、高校生たちのささやかな恋愛を描いたラブコメまで。縁遠さの大小はありつつも、その点は変わらないのである。

そして、そのためにこそ、キャラクターたちは読者から憧れを抱かれる存在でなくてはならない。架空の物語の中の架空の人物であることを知りつつも、読者が「こういう生活が送れたらいいなあ」「こういうふうになってみたいなあ」と思ってくれるようなキャラクターを作り出せてこそ、手軽で楽しい疑似体験を提供できる、というわけだ。

それでは、どのような要素に読者は憧れを感じてくれるのだろうか。ターゲット読者層ごとに少なからず違うので（十代女子と三十代男性の憧れが大きく違うのは言うまでもない）具体例を挙げるのは難しい。

しかし、大まかに分けると、

・能力的なもの

↓戦闘力が高い、スポーツ万能、など。何ができるか、と言い換えてもよい。

・性格的なもの

↓人に好かれる、芯が強い、など。どういうふうに考えて行動するか、と言い換えてもよい。

・立場的なもの

↓大金持ち、ハーレム的状況、など。どんな状況にあるか、と言い換えてもよい。

の三つに分けられるようだ。

しかし、残念ながらこの「憧れ」という要素だけでは足りない。読者が自分とは縁遠い世界の物語を楽しむためには、その物語に自分が理解できる部分がなくてはならないからである。

もし、作中に登場する人物の考えが読者にとって全く理解できないものであったなら、とてもではないが「手軽な疑似体験」とはいかない（意図的に異質な、理解できないキャラクターを物語の中心に置く手法もあるが、それは例外とする）。そのために必要なのが、「感情移入」という要素である。感情を移し入れるという文字面でわかると思うが、これは「読者がその登場人物の気持ちになって物語に入り込むことができるか」ということだ。

テレビを見る、漫画を読むように第三者として情景を見るだけより、登場人物になりさってまるで自分のことのように感じられた方が、擬似体験としての質が高くなるのは言うまでもない。

それでは、どうしたら読者に感情移入してもらえるようなキャラクターが作れるのだろうか。ポイントは、読者がそのキャラクターに自分を重ね合わせるように仕向けてやることだ。読者が悲しむであろうことに悲しみ、怒るであろうことに怒り、喜ぶであろうことに喜ぶキャラクターになら、読者は自然と感情移入することができる。

憧れと感情移入を調和させる

こうして「憧れ」と「感情移入」という二つの要素を紹介したわけだが、困ったことにこの二つは相反するものとなってしまいがちなのである。

憧れを誘うような要素を強く持たせすぎると、「結局このキャラクターは自分とまったく違う存在なんだなあ……」と感情移入を阻害してしまう。また、憧れになり得る要素をくっつけすぎると、いわゆる「完璧超人」になってしまって、感情移入どうこうの前にキャラクターとして破綻してしまう危険がある。

一方、感情移入を強めるために読者に近づけすぎると、「こいつ俺とまるっきり同じじゃん」となって、物語の主要人物としての魅力が弱くなりすぎてしまう。

それでは、憧れと感情移入を一人のキャラクターに同居させるのは不可能なのだろうか。もちろん、そんなことはない。いい方法がある——そのキャラクターに「弱点」をつければいいのだ。

この辺りは、現実に存在する人間というものについて思いを巡らせてみれば話が早い。世の中には何もかもが完璧な人間なんてどこにもいない。「天は二物を与えず」などという言葉もある通り、どれだけ優れた人間であってもちょっとした欠点や弱みはあるものだ。

また、そうした欠点や普段のイメージとはちょっと違うところを見ると、どこかほほえましい思いにもなるものである（「雨のなかで捨て猫を拾う不良」というやつだ）。

この効果を小説に活かさない手はない。読者が憧れてくれるような長所と一緒に、読者が共感してくれるような欠点をつければ、憧れと感情移入を両立させることができるのである。

キャラクターの作り方

それでは、憧れと感情移入という二つの要素を踏まえたうえで、いよいよ実際にキャラクターを作っていくことにしよう。

いざキャラクターを作る際、どんな要素から決めていくか、は人によって大きく違うはずだ。

物語上の立ち位置（主人公、ヒロイン、サブヒロイ

憧れと感情移入

キャラクターの魅力、第一は「憧れ」

↓

「あんな風になってみたいな」と思うから引き込まれる

⇕ 基本的には相反する性質 ⇕

キャラクターの魅力、第二は「感情移入（共感）」

↓

「俺と同じだな」と思うから応援したくなる

共存させるためには、キャラクターに弱点を与えたり、その過去を掘り下げたりする必要がある

ン、師匠役、ライバル、黒幕、チョイ役……）を決めたうえで「この立場にふさわしいキャラクターは……」と考えていく手法もあるだろうし、「こんな外見（あるいは性格や設定）のキャラクターを使いたい」というところから始まることもあるだろう。趣味や生年月日といったちょっと変わったところからキャラクター性を決めていくパターンだってありだ。

うまく思いつかない、取っ掛かりが作れない、という人には「キャラクターの履歴書を書くつもりでやってみよう」とお勧めすることにしている。

市販されているような本物の履歴書の項目を埋めてもいいのだが、小説用のキャラクターとはちょっと噛み合わない所も多いので、課題でも提示した「六要素」の履歴書を作るといい。これらは物語のなかで必ずと言っていいほど使う要素なので、あらかじめ決めておいて損はないのである。

どんな性格で、どんな能力があって、どんな外見で、どんな人生を歩んできて、その物語ではどんな役割を担うのか。思いつくところから書いてみれば、それがきっかけになって他の要素が埋まっていくこともあるはずだ。じっくりと考えてみてほしい。

「立場」を考える

憧れと感情移入のためにいい手法がもう一つある。それは、ターゲット読者と同じ立場にしてやることである。

たとえば、ライトノベルの主人公には、圧倒的に「現代日本の高校生」が多い。また、（ハリウッド映画やアメリカのTVドラマには、よく「不倫・離婚・別居問題を抱えた中年男女」が主役級として登場する。

これらはそのまま、それぞれのジャンルのターゲット層と重なっているのだ。

美少女が多数押しかけてきてハーレムになるのが自分と同じような高校生であることや、無敵のスーパーヒーローが離婚した妻のところにいる娘に久しぶりに会えることを楽しみにしている中年男性であること。それは、それぞれのターゲット層にとって感情移入するのに十分な材料となるのである。

それでも、ターゲット読者層とは違う立場のキャラクターを主人公に置きたい場合もあるだろう。そんな時は、主人公の横に「サブ主人公（あるいはサポートキャラクター）」ともいうべき立場のキャラクターを配置し、読者がそちらのキャラクターに感情移入できるように仕向けてやればいい。「ベテラン刑事と新米刑事」「天才探偵と常識人の助手」などが基本的なパターンである。

「配役」のテクニック

どうしてもキャラクターのイメージがイマイチうまくわいてこない、固まらない、という人にお勧めの方法がある。自分がアニメやTVドラマの監督になったつもりで、「配役」をしてみればいいのだ。

たとえば、「突如として不思議な力に目覚め、そのせいで謎の組織に追われてしまう普通の男子高校生」というキャラクターがいて、上手くイメージがわいていない、としよう。そんな時、「どんな俳優を当てはめたらいいだろうか」と考えるのである。たとえば、

・**福《ふく》士《し》蒼《そう》汰《た》なのか？**（カッコいい系）
・**神《かみ》木《き》隆《りゅう》之《の》介《すけ》なのか？**（ちょっと可愛い感じ）

6要素の紹介

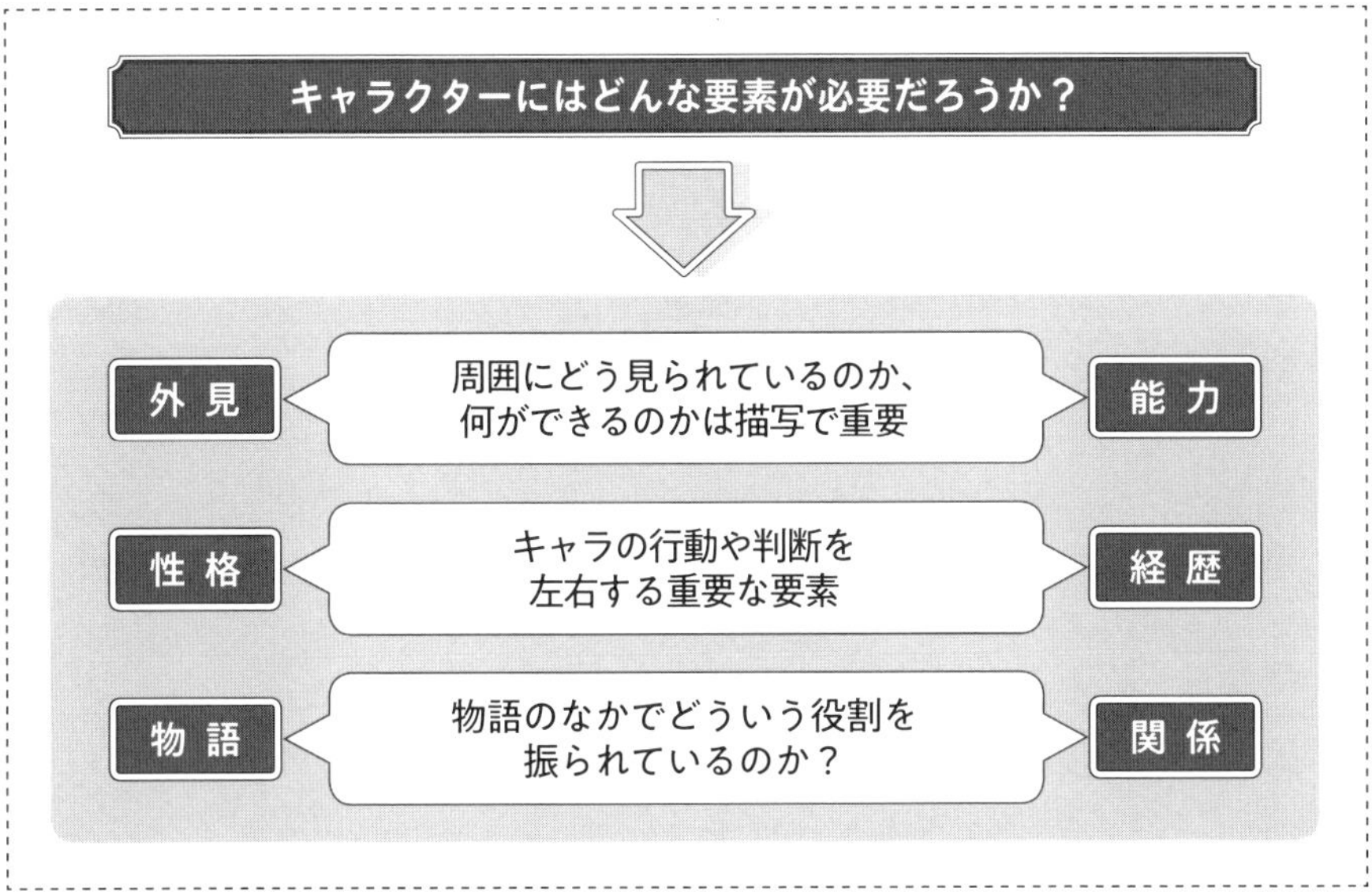

・濱田岳《はまだがく》なのか？（純朴な感じ）
・大泉洋《おおいずみよう》なのか？（コントかコメディドラマに違いない。ドラマなら「お前みたいな高校生がいるか！」のツッコミが必須）

――どうだろう、それぞれ全然イメージが違ってくるはずだ。

もしあなたがライトノベルを書きたいなら声優のほうがイメージに近いかもしれないし、他にも芸人やコメンテーター、政治家などの有名人、さらには歴史上の人物だっていい。彼らの強烈な個性は、キャラクターの魅力を形作るにあたって大きな助けとなってくれるはずだ。

この延長線上としてごく身近な友人や家族をモデルとする手法もあるが、身近すぎるとそのイメージに引っ張られてしまったり、あとでそのモデルとなった人物ともめたりする可能性もあるので、注意してほしい。特に、一番身近な人間――すなわち自分をモデルとすると基本的に失敗するので避けてほしい。ナルシズム故の自己陶酔や自虐に陥るのがオチだ。

応用編――押さえるべきポイント

キャラの書き分けには限界がある

ここまでは話をメイン級のキャラクターに絞って、どうすれば読者にとって魅力的に映るか、という話をしてきた。

しかし当然のことながら、主役だけでは物語は成立しない。サブキャラクターたちがそれぞれの役目を果たしてこそ、初めて魅力的な物語となり得る。そこで、ここからは視野をより広げ、小説におけるキャラクターのあり方・作り方についてさらに考えていきたい。

サブキャラクターを増やし、物語の幅を広げよう――という時に、一番やってしまいがちな失敗がある。それはキャラの数を必要以上に増やしすぎてしまうことだ。キャラの数が多いことは物語を豊かにするが（理由は後述）、やりすぎはよくないのだ。

これは特に小説を書き慣れていない初心者が陥りやすいミスである。何度か作品を書いてみて、また他人に読んでもらって評価を受けるとわかってくるのだが、それまではなかなかわからないものなのだ。

キャラクターの数を増やしすぎることの弊害は、大きく分けて二つある。

一つは、キャラクターの書き分けには限界がある、ということだ。一人の人間が考えつく個性――考え方、喋り方、性格などにはどうしたって限界がある。

性別や年齢、立場などにはっきりと差をつければある程度この問題もカバーできるのだが、やはりキャラクターを増やせば増やすほど書き分けは難しくなってしまう。「このキャラと前に出てきたキャラはどう違うの？」などと思われたくないなら、物語上重要な立場を担うキャラクターの数はある程度絞ったほうが無難といえる。

もう一つは、物語の過度な複雑化と膨張を防がなくてはいけない、ということである。

主役格とは言わないまでも、物語のなかである程度の役目を背負ったキャラクターの数が増えれば、自然とエピソードの数が増えて物語は複雑化する。そうなると、本来描きたかったテーマがぼやけてしまうわけだ。下手をすれば「文庫一冊分にまとまらなかった！」ということにさえなりかねないのである。

それでは、各キャラクターごとのエピソード数を絞ってまとめれば少ない分量でたくさんのキャラクターを登場させられる、と考える人もいるかもしれない。

しかし、実はこれも大変に危険なやり方だ。一人のキャラクターがその物語における役割をきちんと果たそうとすると、どうしてもある程度のエピソードが必要になってくる。それを無視してエピソードの数を減らせば、それぞれの魅力を引き出せない可能性があるからだ。

たとえば、「主人公の前に立ちはだかる中ボスクラスの敵役で、実は過去に主人公の仲間だったがとある事情で敵に寝返った」という設定のキャラクターを出した、としよう。

このキャラクターが物語上の役割をきちんと果たすためには、まず主人公と対立し、また戦うシーンは当然のことながら、「過去の事情とはなんだったのか」「そこにはどういう背景があったのか」という設定が明かされるシーンがなくてはならない。

さらには、どちらかが倒れるにせよ和解するにせよいったん後回しするにせよ、「その物語のなかでの決着」も必要である。加えるならば、その決着のあとも主人公を助けるか何らかの影響を与えるかの形で（ごくささやかでも）存在感を示すエピソードも欲しいところだ。

これらのエピソードを描ききることができないなら、設定を簡略化するか、作中での役割を小さなものにするか、あるいは存在自体をリストラするかしなければならない。

そうでなければ、中途半端なキャラクターが物語の中に取り残されて、作品としての完成度を下げるのがオチだ。

これは初心者が陥りやすい落とし穴であり、絶対に避けなくてはいけないミスだ。あなたの作品に、「序盤で主人公と絡んで存在感を出したがその後は出番がないキャラクター」「中盤で大きな役割を果たしたものの、終盤では存在が消えてしまったキャラクター」はいないだろうか？　それらのキャラクターは、作品にとって大きな傷になりかねない。

もちろん、場面場面でキャラクターごとの役割に大小があるのは当然のことだ。序盤にほとんどお役御免になってしまうキャラクターや、終盤になってようやく現れるキャラクターもいるだろう。それでも、物語全体での役割が大きく、読者の印象に残るようなキャラクターは、物語全体のなかでもしっかり存在感を示さなくてはいけない。

それができないなら、キャラクターをリストラするか、あるいは「名前のないキャラクターにする」ことでより重要度の低いわき役とする（学園もので、クラスメイトと主人公の会話でキャラクター性を表現したい場合などには良い手だ）、などの対処が必要になってくるわけだ。

このような事情から、まずはキャラクターの数を絞ってストーリーを考えることをお勧めする。極端なことを言えば、

・主人公
・ヒロイン
・ライバル

この三者で物語は成立させられるので、最初は余計なキャラクターを登場させず、各キャラクターの魅力や物語性を掘り下げる方向で考えた方がいい、ということなのだ。

もちろん、物語に深みを与えるためには、これだけでは足りない。

たとえば現代バトルものとして考えてみれば、主人公を助ける仲間や師匠、学校の友達、ライバルの手下として主人公と戦う怪人や怪物、さらにはライバルを操る黒幕……そのようなさまざまなキャラクターが必要になってくる。魅力的なキャラクターが多ければ多いほど作品そのものの魅力も増す、というのは決して間違った考えではないのだ。

これは新人賞受賞作を色々と読むことで見えてくるのだが、受賞作にはキャラクターの数を絞ってスマートにわかりやすくした作品よりも、飽和するくらいに

キャラクターの数を絞る&広げる

数が多すぎると……

書き分けができないし、主人公の魅力や全体の印象が散漫になってしまう

数が少なすぎると……

物語に広がりや膨らみがなくなってしまい、スケールが小さい作品になる

どちらかに偏ってもあまり良いことにはならない

最初は最低限の人数から考え始める

↓

「ここからどう加えるか、どんなキャラが必要か」と考えていく

大量のキャラクターを投入した作品のほうが多い。そちらのほうがわかりやすく面白く、読者を圧倒する魅力を持った作品になりやすいのだ。

それでもあえて、まずは主人公、ヒロイン、ライバルに絞って考えてみてほしい。最終的に数を増やすにしても、最初は絞ったところから考えたほうがわかりやすいからだ。

その上で、「この三人の関係性のなかで足りない要素は何か」「加えるべき要素は何か」と思考を広げていくことで、物語に必要なキャラクター、必要でないキャラクターが見えてくるはずだ。キャラクターを増やし、物語を彩り豊かに飾るのは、そこからでも全く遅くないのである。

キャラクターの位置関係を考える

それでは、具体的にはどのように考えていけばいいのだろうか。大事なのは、個性と個性の取り合わせであり、キャラクター間の関係性である。

たとえば、生真面目な主人公に同じく生真面目な学級委員長をもってきても、あまり面白くない。掛け合

いをさせてみても、それぞれ似たようなことしか言わないので、イマイチ話がうまく転がっていかないはずだ。現実の友達を探すなら波風が立たないでいいかもしれないが、物語のキャラクターとしてはちょっと物足りない。

むしろ性格を逆に――破天荒な主人公を、生真面目な委員長がガミガミ説教するとか――した方が、ずっと上手くいく。性格の違いからくる反発があり、それまで知らなかったことの発見があり、そこから来る関係性の変化があって、と面白みを作るための要素にこと欠かないからだ。

必ず正反対の性格にすればうまくいくわけではないが（ワンパターンは嫌われる！）、一つの例として覚えておいてほしい。

こうした組み合わせのパターンは、コンビの場合、トリオの場合、複数人によるチームの場合、三角関係（一人の主人公を二人のヒロインが取り合う！）の場合……と、それぞれのケースにおいて無数に存在するため、とてもではないが本項では語りきれない。基本的な考え方だけ学び、あとは自分で色々なパターンを試し、またさまざまな作品を読むことで、自分なりの答えを見出していってほしい。

また、主人公やヒロインの対比になるキャラクターを協力者やライバルとして配置するのも、良い手の一つである。少年の成長劇を描くのなら、「かつて少年と同じような立ち位置で奮闘し、成功（失敗）した男」というのは、少年を教え導くにせよ、少年と対峙するにせよ、いいキャラクターになる。その逆で、挫折した男がかつての自分と対比されるような少年との出会いをきっかけに再起する――というのもよい。さらに、少年少女の恋愛劇を描くにあたって、二人が抱えている問題を（もちろん、少しずつ形をずらして）現在進行形で抱えている、あるいはかつて抱えていた男女を複数登場させるのも、テーマを強調するという点で役に立つ。

さまざまなフィクションに触れ、また自分の周囲の人々を観察することによって、「どういうタイプのキャラを組み合わせると、それぞれの魅力を引きたて、物語をスムーズに進めていくことができるのか」ということを考えていってほしい。

お勧めの手法としては、キャラクター相関図を書く、というものがある。主人公やヒロインを中心に、各キャラクターはどのように関わっているのか？　それぞれの基本的な性格はどのようなものか？　相関図を作れば、それらの要素をグラフィカルに確認することができる。アニメ・ドラマなどのサイトにしばしば掲載されている相関図なども参考に、自分の作品のキャラクター相関図を作ってみてほしい。

群像劇の場合

メインとなるキャラクターの数を増やすことで面白さを作っていく物語もある。それが「群像劇」だ。

群像劇にはたった一人の主人公というものは存在しない。その代わりに、「それぞれの物語」を背負った複数の主役格キャラ（あるいは一人のメイン主人公と複数のサブ主人公）が登場する。彼らがそれぞれの視点で物語を綴っていくのが群像劇の基本スタイルであり、その結果として物語に奥深さを与えることができるのが大きなウリといえる。

群像劇では物語を各キャラクターの目から断片的に見せていく。一人の主人公の視点から、あるいは第三者的な神の視点で客観的に物語の全体像を見せるよりも、結果的に読者が感じる物語のスケールは増大することになる。これが群像劇の持つ奥深さの理由にもなっているわけだ。

また、群像劇はパターンで分けることもできる。分け方の一つは「誰が主役か」で見るもので、次のようになる。

・パターンＡ：事件が主役

↓大きな事件とそれを取り巻く人々を描く

・パターンＢ：主役が複数の個人

↓特定グループや立場に関わる人々を描く

一方、各キャラクターの持つ物語の関係性で分けると、次のようになる。

・パターン１：小さな物語が連なって大きな物語を形成する

↓「災害に襲われる人々」という大きな物語の中に

関係性の重要さ＆相関図サンプル

キャラクターの魅力は単体ではその真価を発揮しない

↓

「関係性」「対比」のなかでこそ、キャラクターは輝く

たとえば

性格や考え方が正反対の主人公とヒロインのコンビ
→対立や反発が物語を動かす

ライバルに主人公と共通する過去や悩みを持たせる
→テーマの強調に役立つ

魅力的な関係性を物語のなかで作るためにも、
相関図を作って関係をチェックしよう

サンプル

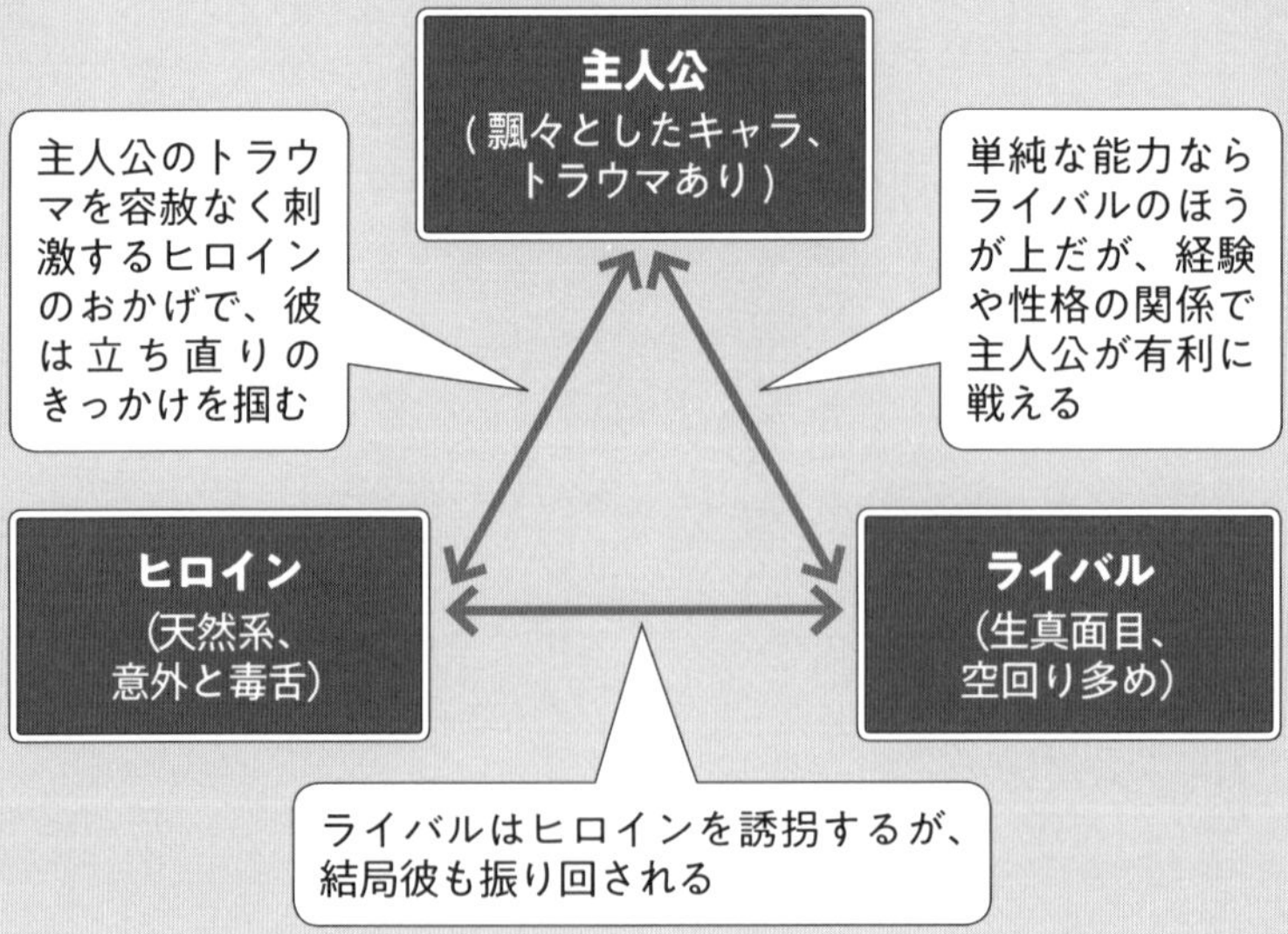

主人公
(飄々としたキャラ、トラウマあり)
主人公のトラウマを容赦なく刺激するヒロインのおかげで、彼は立ち直りのきっかけを掴む
単純な能力ならライバルのほうが上だが、経験や性格の関係で主人公が有利に戦える
ヒロイン
(天然系、意外と毒舌)
ライバル
(生真面目、空回り多め)
ライバルはヒロインを誘拐するが、結局彼も振り回される

「必死に生きようとする人々」という小さな物語が内包される、あるいは特定の場所で次々起きる事件の物語など。

・パターン2：直接的に影響を与えあう人々が形成する集団の物語

→多角関係を形成する恋愛群像劇や、企業を舞台にしたサラリーマン群像劇など。

それぞれのパターンごとに面白さがあるので、考えてみてほしい。

行動の理由付けをする

キャラクターの魅力を引き出すにあたって、もう一つ押さえておきたいことがある。それは「物語のキャラクターが行動する後ろには、説得力のある理由があってほしい」ということである。

現実において理由もなく人を殴る人がほとんどいないように（むしゃくしゃした＋飲酒などで法律や常識を守る意識が薄れていた、というのも理由になり得る）、物語の中においても理由なく行動するキャラクターはいない。

いやむしろ、現実の人間の行動理由はしばしばはっきりしなかったり、あるいは誰も理解できないものであったりする（「頭のなかで声がうるさいから周囲の人を皆殺しにした！」など）が、小説のキャラクターには強く理由が求められる。

それは現実に起きてしまったことは「どんなに理由が分からなくとも現実にあったことだからしょうがない」になるが、フィクションの世界で起きることについてはそのような言い訳がないだけに、読者は説得力のある理由を求めてしまうからだ。

そのような理由付けがなければ、「物語に説得力がない」「キャラの行動にリアリティがない」というレッテルを貼られてしまうだろう。

たとえば「探偵もので、意味もなく愚かな行動をとって主人公の邪魔をしたり、逆に主人公の利益になるようなミスを犯す刑事」などが良くあるケースだ。

このように言葉として抜き出してみるととても変に思えるが、実際には結構こういう描写をしてしまっているものである。ぜひ、注意してほしい。

4章のまとめ

キャラクターの魅力はエンターテインメント小説の根幹！

具体的には何が魅力となるのか？

「あこがれ」と「共感（感情移入）」こそが基本！

↓

「ああなりたい」と「似てるな」を両立させるのが目標

関係性のなかでこそ、キャラクターは生きる！

↓

個性と個性、魅力と魅力の組み合わせを模索する

課題 4

ここまでに作ってきた400字プロットをもとに、世界設定（舞台設定）を作りなさい。現代ものなら、主人公たちを取り巻く環境や事情（学園ものなら学校やクラス、またその中の人間関係など）を書くこと。

★ポイント1
思いつくものを何でもかんでも書けばいいというわけではない（最初はそれでもいいが、まとめる時に取捨選択する）

★ポイント2
どんな設定が物語のテーマや主人公の活躍を際立たせるだろう？

★ポイント3
設定に、目に見えた矛盾などはないだろうか？

5章

物語の魅力を支える、土台としての世界設定

【課題４の内容】
ここまでに作ってきた400字プロットをもとに、世界設定（舞台設定）を作りなさい。現代ものなら、主人公たちを取り巻く環境や事情（学園ものなら学校やクラス、またその中の人間関係など）を書くこと。

模範解答

①死者たちは夕暮れに

基本的には二〇一〇年代の現代日本。ネットもあるしスマホもあって、人々の生活は同じ。

明確に違うのは人が死ぬと魂が「あの世」へ行くこと。魂はこの世界で生前に持った執着や心残りを解きほぐし、転生する。かかる時間は人によるが、執着が強いほど時間がかかるのが普通。だが、あまりにも執着が強い魂はそもそもあの世へ行かなかったり、あの世から戻って来たりする。このような存在を霊と呼ぶ。

彼らはこの世で無念を晴らそうとするが、普通の人は霊を見ることも触ることもできないのでかなわず、結果として激情に駆られた霊は暴走し、悪霊となる。悪霊は人を害することができるが、その代わりに本来持っていた執着を正しく理解する知性を失っているので、彼らの願いが叶うことは基本的にない。

多くの読者の心に訴えるような設定になっているのではないだろうか

あの世の管理者（神と呼ぶ人もいる）は基本的にこの世には干渉しないが、霊の脱走は許さないので、この世に協力者を作ったり、あの世から使者を送ったりする。

物語の舞台である佐間市は盆地の小都市で、古くから「あの世」との門が開きやすい。そのため幽霊の目撃談が多い。酒井家はかつてこの地にあった神官の家系で、あの世に関係する知識（門を開く、霊と交渉する、悪霊をある程度コントロールする、など）が断片的に受け継がれている。

舞台の設定をしっかり作っておくと、物語に深みが出る

酒井家の他にもあの世の知識を受け継ぐものたちはいて、アレックスはヨーロッパにおけるその手の家系の後継者。自分たちの土地はあの世との繋がりが薄くなってきたので、佐間市にやってきて計画を実行しようとした。

模範解答

②彼方の国の物語

物語の根幹にある重要な設定。どんなエピソードでアピールするとよいだろうか

一見すると、剣と魔法のファンタジー世界。お盆めいた円形の大地の中心に天をつくような山があって、その周囲にさまざまな地形が広がっている。

特色として「心の力」がある。強い気持ちを込めることで、普通では発揮できない力が使えたり、魔法めいたことができたり、そこら辺に転がっている木の棒を剣に変えたりできる。

あちこちに国があり、町や村があって、人々は本来そこで穏やかに暮らしていた。しかしつい最近、世界の中心の山に魔王が現れ、その影響か人々の一部が魔物と化して暴れるようになった。

世界の歴史や時間の経過などはあやふやで、ある日突然現れた人がいたり、逆にフッと消えてしまった人がいたりしても、基本的に誰も気にしない。「そういうものだ」と思われている。詳しい人、注意深い人は「この世界は階段の踊り場のようなもので、少しだけ休むためのものなのだ」と言い伝えている。

このロジカルな設定を活かすためには、幻想的で浮世離れした風景を描写すると良い

この世界の正体は、現実の人達が見ている「夢」である。主に強いストレスを抱えた人が導かれてきて、穏やかなファンタジー世界で暮らすことで癒やされて離れる。人々が突然現れたり、そして消えたりするのはそのためだった。夢世界の住人たちの多くはそのことを知らないが、夢世界の神や各国の王などは知っている。彼らは純粋なこの世界の人。

心の力はその夢に干渉する力であり、魔王はその力が強すぎて自分どころか周囲の人々、そしてこの世界にまで影響を与えてしまった。このままでは夢世界そのものが危ういため、魔王に匹敵する心の力の潜在能力を持つ主人公が招き寄せられた。

夢世界で傷ついたり死んだりしても本来は現実に影響を与えないが、心の力が強すぎると影響を与えることがある。

模範解答

現代もので、「町」「都市」を舞台にするなら、過去から現在に至る歴史まで決めておくと深みが出る。図書館で自分の町の歴史を調べてみよう

③ 川のように、葉のように

物語の主な舞台になるのは、人口十万人前後の地方都市、夕凪市。東京からは新幹線と在来線を乗り継いで三～四時間。

日本海に面し、古くから漁業や海運でそれなりに栄えてきた都市。しかし大型船が泊まれるような港がない（港の海底が浅いため）こともあって現代の貿易港としては価値が薄いため、明治以降は緩やかに停滞・下降線を辿ってきた。

江戸時代以来の武士の家系である北条家が地主として現在に至るまで大きな力を持っている。「北条」の名がつく会社は市内の各地に存在しており、「北条家に睨まれては生きていけない」というものもいる。

しかし実際のところ北条家は一枚岩でも何でもなく、一族内部で古くから対立が続いている。近年の不況の中で一族の中でも没落するものが相次いでおり、「もはや一族がどうのという時代ではない」と平然と口にする者だってそう珍しくはない。

エピソードのバックボーンになる設定。こういう設定はことあるごとにアピールしていこう

それでも市の一等地にある広大な北条本家の邸宅は健在だし、今でも政治家・企業経営者による北条参りが行われているなど、隠然たる力を持っているのも事実。

観光名所などもそれなりにあるし、バブルの時代に頑張って建てた小綺麗な博物館や美術館などもなくはないが、基本的には観光地とは言い難い程度の人入りでしかない。

中心部に夕凪駅があり、ここにカルチャーセンターがある。主に高齢者向けの陶芸教室などが繁盛しているが、より都市的な講座を増やしたいということで小説講座を開くことになった。

異世界ものの場合

世界観とは

ストーリー作り、キャラクター作りとはまた別の難しさを、今回の課題の「世界設定作り」から感じた人も多いのではないだろうか。世界設定とはすなわち、その物語の舞台となる場所がいかなるものであるのか、という設定のことで、架空の異世界を舞台にする作品などでは特に「世界観」という言葉で表現されることもある。

ライトノベルを始めとする娯楽小説では、キャラクターが重視されるあまり、この世界設定はしばしば軽視される傾向にあるようだ。

しかし、「世界設定を重視するあまり失敗する」というケースも多いので気を付けてほしい。世界設定を力いっぱい作り上げ、その面白さを読者に味わってほしいばかりに、「この世界はどんな形をしていて、どんな神話があって、どんな人々が……」ということをついつい書き連ねてしまうのは、誰もが一度はやってしまいがちなミスの一つである。

しかし、読者は「設定資料集」を読みたいのではなく、「物語」を求めているのだから、最初から細かくて面倒くさくて興味のわかない設定を書かれてしまうとすっかり興味を失う、というわけだ。

この例で明らかなように、世界設定に振り回されるのはよくない。それらの設定はあくまでキャラクターたちが活躍するための舞台となり、ストーリーが盛り上がっていくための土台となるべきものなのであって、それが主役になってはいけないのだ。

だからといって世界設定を軽視するのも筋が違う。キャラクターたちの言動に説得力を与え、読者を物語に引き込むためには、魅力的でかつ矛盾のない世界設定が必要になってくる。つまり、世界設定というしっかりとした土台があってこそ、キャラクターもストーリーもその魅力を活かすことができる、というわけだ。

これは特にファンタジーやSFなどの異世界を舞台にした作品で顕著なので、本項ではまず異世界ものにおける世界設定について紹介することにしたい。現実の現代とつながりながらも、遠い過去や未来などを扱うことによって今とまったく違う世界を描く場合も、これに準じる。

一方、現実・現代をベースにした作品でも世界設定をきっちり作ることには大きな意味がある。そうした「現実世界もの」については次項で詳述する。しかし、世界設定作りの基本は、異世界ものでも現実ものでも変わらない。それはその世界を構成する要素を列挙し、それが相互に矛盾しないか、また絡み合って更なる要素を生み出さないか、を確認していくことだ。

ただし、異世界ものと現実ものでは構成する要素が大きく違うので、それぞれに「このような要素を決めておくとよい」というものはある。左のページにまとめたので、確認してほしい。

しかし大事なのは、これらを盲目的に「本に書いてあったから……」と何も考えず設定するのでは意味が無い、ということである。

大事なのは物語との関係性を意識しながら決めていくことだ。あくまで世界設定は物語のためにあるべきで、それを忘れると設定づくりばかりに熱中して物語がおろそかになりかねない。

たとえば、中央から遠く離れた辺境の小さな町を舞台にするなら、基本的にはそれ以外の場所のことについて考える必要はあまりないだろう。しかし、中央の政変で都落ちしてきた貴族を登場させたり、辺境に攻め寄せてくる異民族と国の争いについて物語で取り扱ったりするなら、「この国はどんな国？」「異民族とはどういう関係？」「辺境からさらに遠くへ行くと何かあるの？」などと考えていく必要も出てくる、というわけだ。

現実具体性

また、世界観を作る時にはいつも「現実具体性」ということについても考えていてほしい。これを言い換えれば「現代の魔法使いは普段何をしていて、飯の種は何だろう」ということになる。

一般人の知らないところで世界や文明、周囲の人を

異世界ものと現代ものの設定ポイント

異世界もの

メリット

「違う世界」の描写は読者が憧れやすい。自由に要素が配置できるのも強み

デメリット

世界をしっかりと作るのは大変だし、それにこだわりすぎてもよくない

さらなるポイントとして

「この世界の人はどういうふうに考えるのだろうか」と突き詰めること、また資料をしっかり調べるのが重要

どちらにしても、物語の雰囲気や方向性に合わせて、ふさわしい世界観を作り上げなければならない

現代もの

メリット

読者にとっても、書き手にとっても、身近で親しみやすい。設定も作りやすい

デメリット

目新しさがなく、何かの工夫が必要になる（ファンタジー色を入れる、など）

さらなるポイントとして

現実とどう違うのか、どう変えるのか、その結果どうなるのか、をしっかり考えるのが一番大事

守るために怪物と戦っている魔法使いというのは現代ファンタジーで多用されるモチーフだ。それでは、魔法使いたちは戦っていない時は何をしているのか、戦う際に必要な装備や道具などはどこからお金が出ているのか、普段の生活費はどこで稼いでいるのか――これについてきっちり決めておくと、物語と世界にリアリティが生まれるのだ。ここでは例として現代ファンタジーのパターンを上げたが、リアルな現代ものでも、あるいは異世界ものでも変わらない。

学生だったり社会人だったりで別の生活があるなら、二つの生活を維持する苦労というものがあるはずだ。一方、魔法使いとしての活動でお金を稼いでる「プロ」なら、そのお金はどこから出てくるのだろうか。政府や企業、あるいは有力個人などのスポンサーがいるのだろうか。怪物退治がひとつの職業として成立しているのだろうか。お金は何もないところからは湧いてこないし、プロが生活するためには社会システムが必要になる。いかなる見返りも求めない無私のヒーローはかっこいいかもしれないが、そこに何かの理由がなければ、リアリティがないのである。

この思考の時に大事なのは、「魔法使いだろうと何だろうと、人間社会で生きていくにはお金がかかるし、政府や企業などの既存組織に知られれば干渉されるものだ」ということだ。

この原則に基づいて、社会と深く結びつければファンタジックな要素にもリアリティが出るし、逆に社会と結び付けたくないのならその理由を――妖精は大人には見えない、とか――きちんと用意する必要がある、というわけである。

異世界もののメリット

異世界ものの最大のメリットは、「ここではないどこか」の魅力にある。

先述したように、小説の最大の魅力は「読者が現実には体験し得ないような出来事を手軽に疑似体験できること」にある。「ここではないどこか」の魅力といってもよい。

この基本に立ち返れば、私たちにとって身近な「現実」につながっている世界より、「ここではないどこか」そのものである異世界もののほうが、疑似体験の面白さで上回るのは当然のことといえる。

これをさらに言い換えると「日常」と「非日常」ということになる。架空の異世界は読者にとって非日常そのものだ。日常のわずらわしさから離れ、非日常のドキドキワクワクへ耽溺するのに、これほど向いた舞台はない。

もう一つ、作品に必要な要素を自由に配置できるのも、架空の異世界を舞台にすることの大きなメリットといえる。これを言い換えれば、「作品のテーマにふさわしい世界を必要なだけ、勝手に作ってよい」ということだ。それは「中世ヨーロッパ風の世界」とかワープ技術が確立されて無数の星々に住む人々が宇宙を飛び回っている世界」といった世界全体の形から、「魔法」や「怪物」あるいは「社会システム」や「文化」、「過去の出来事」といった世界を構成する要素まで、幅広い部分にまで及ぶ。

こうした要素群を、「自分の書きたいテーマに必要な世界はどのような要素をもっているべきか」もしくは「自分が描きたいのはどんな世界なのか」と考えていくことは、小説を書くにあたっての醍醐味の一つ、とさえいえるのではないだろうか。

この延長線上で、異世界ものは寓話的な物語とも相性がいい。人間の倫理や現代社会が抱える社会問題などは、そのまま現実を舞台に語るよりも、よりファンタジックな世界を舞台にしたたとえ話のなかに混ぜ込んだ方が問題がはっきりしやすく、読者にも伝わりやすいのである。

名高い画家・ピカソの言葉に、「芸術とは私たちに真実を悟らせてくれる嘘である」というものがある。娯楽小説はあくまで読者に向けて書くものであって芸術ではないが、この点では共通する部分があるように思う。物語も、世界も、すべては「嘘」なのだが、そこには「真実」を浮かび上がらせる力があるのだ。

異世界もののデメリットとその対処

もちろん、架空の異世界を舞台とするにあたっては、デメリットもある。

最大のものは手間がかかる——世界を一つ、真にリアリティある形で作り上げようとすると、そこには膨大な知識と労力が必要になってしまうのだ。既にあるものを物語に合わせて拝借してくればいい（それだって実際には楽でないのだけれど）現実ものとはそこが大きく違う。

　異世界ものの代表格であるJ・R・R・トールキン『指輪物語』（および、同じく「中つ国」を舞台にした『ホビットの冒険』『シルマリルの物語』）を例に挙げてみよう。

　これらの作品を書くなかで、トールキンが架空言語「エルフ語」を作り上げたことはあまりにも有名だが、彼の創作は言葉だけにとどまらない。宇宙観、歴史、地理、文化……と、トールキンが作り上げた世界設定は幅広い。たとえば「この都市の人口がどのくらいで、産業がどうなっていて、他の都市とどういう風につながっていて……」というところにまで及んでいたのである。

　そうした設定の多くは作中には登場しないが、これほどまでに深く世界を作り込んだことと、トールキン作品が長く愛され続けることに深い関係性があるのは言うまでもない。これらの設定が物語に説得力を与えていることが大事なのだ。小説はあくまで作り話で、言ってしまえば「嘘」の塊だ。しかし、読者が「どれだけシリアスな展開が続いても、結局これは嘘なんだよなあ」と思ってしまうようでは嬉しくない。

　嘘だということがわかりながらも、ふと信じたくなるような、信じてしまうような物語こそが、真に読者を引き付けるエンターテインメント足り得る。そのためには、作り物の世界であっても、あまりにチャチすぎるようでは話にならない、ということなのだ。かくして、架空の異世界ものを書こうとすると手間がかかる。

　では、このデメリットにどう対処すればいいのか。ポイントは「別にトールキンのマネはしなくていい」ということだ。たしかに彼の作り上げた「中つ国」は素晴らしいが、異世界ものを書くにあたっては必ずしもそこまできっちり世界を作りこまなければいけない、というわけではないのだ。ポイントを押さえればそこまでしなくても魅力的な世界を作り上げるのは十分可能だ。言い換えるなら、「書割の背景でもいいから、読者の眼に映るところは最低限しっかり作り込みましょう」というところか。

ここでも大事なのはテーマだ。あなたがその世界で描きたいのは何か？　あくまで超人的なバトルの舞台であればいいのか？　世界の謎で読者の興味を引っ張りたいのか？　日常の雰囲気を作り上げたいのか？　そこがはっきりしたなら、そのために必要なものを配置していけばいい。

リアリティを求めるなら、「中世ヨーロッパに分厚いプレートメイルがあるわけがない（登場は鉄砲の普及後）」とか「ジャガイモやトマト、トウモロコシなどは大航海時代に新大陸から持ち込まれたもの（トマトソースのスパゲッティはない）」などの、中世ヨーロッパ風ファンタジーのイメージと実際の中世ヨーロッパとのギャップと直面していくことになる。

この辺はもう調べていくしかないし、実際に調べていくと凄く面白い発見がある。たとえば、ヨーロッパでは馬車の類が発達し、アジアでは発達しなかった。これは人口密度に差があったから、つまりアジアの方が人の数が多く、人力が低コストだったためだ。さらにどうしてそうなったのかといえば麦と米という穀物の差があり、さらにその背景には東西における気候の差があって――と、実に奥深い要素の絡み合いがあるのだ。

ただし、現実の歴史をそのまま再現する必要はなく、むしろその違いを活かしていった方が面白いのだ、ということは忘れないでほしい。

ジャガイモやトマトが古くから存在し、技術の進歩が早かったためプレートメイルが作られた中世ヨーロッパ風世界は、現実の歴史とどのように違うのだろうか？　どういう要素があればそうなるのだろうか？　疑問を突き詰め続けることで、物語に深みが生まれていくのである。

一方、テーマに基づいた設定を考えていくなかで、コメディ要素を強める、あるいは神話・おとぎ話的な雰囲気をもたせるなど、必ずしもリアリティを優先する必要がないと考えたなら、そのあたりは気にしなければいい。言ってしまえばそれだけの、単純な話である。

異世界人のメンタリティ

また、異世界ものを書く上で、もう一つ気にしなければならないことがある。それは、「異世界人と現代人は、しばしばメンタリティ（＝精神性、価値観）が違う」ということだ。

これは現実の延長線上の作品でも、外国が舞台のものや、歴史・時代物などの過去を舞台にしている場合は同じように注意しなくてはいけないことである。

単純な話、現代の高校生と中世ファンタジー風世界の街に住む少年は、年齢が同じでもさまざまな意味で考え方が大きく違う。

たとえば、現代の高校生は目の前で人が死ぬところなどほとんど見たことがないはずだが、ファンタジー世界の住人は怪我や病気で人が死ぬところを幾度かは目にしているだろう。戦争が絶えない地域に住んでいるならなおさらだ。この二人の「死」に対する考え方が同じだったら間違いなく変だ。

同じことが他のケースでもいえる。強固な身分制度がある世界の住人は、現代人のように奴隷制度へ激しい嫌悪感を示したり、自由や平等に自然な執着を示したりしないだろう。有機生命体どころか無機生命体も含めた宇宙人が闊歩するSF世界の住人は、ちょっとやそっと見た目がおかしな相手には別に驚きもしないはずだ。

そして、価値観が違う相手には感情移入がしにくい。これが大問題なのだ。前述したように、読者が怒るべき時に怒れず、悲しむべき時に悲しめないキャラクターは、感情移入の面で厳しい。しかし、世界設定のリアリティを考えると、それがおかしくなってしまうこともある。難しく、考え甲斐のある課題だ。

ちなみに、異世界ファンタジーを書くにあたっては小野不由美《おのふゆみ》『十二国記』シリーズ（新潮文庫）、その中でも特に『月の影　影の海』『風の海　迷宮の岸』『東の海神　西の滄海』『風の万里　黎明の空』『図南の翼』の各作品は是非読んでほしい。メンタリティの問題はもちろん、世界の作り方や見せ方、世界で生きるリアルな人々の姿など、ここまで紹介してきた要素を巧みに実現しているため、大いに参考になるはずだ。

ファンタジーを書くためのお勧め資料

最後に、異世界もの（そのなかでも特にファンタジーもの）を書くためのお勧め資料を紹介したい。先にも少し触れた通り、しっかりと説得力のある異世界ファンタジーを書こうと思ったら、相当の知識が必要になる。

やはり大定番は新紀元社の本、それも二章でも紹介した『Truth in Fantasy』シリーズだ。近年になって文庫化が始まっているので入手もしやすいところが嬉しい。最近になって他の出版社からも色々とファンタジー解説本は出ているが、新紀元社のものを選べばそう間違いはないだろう。

この出版社の本のなかでもちょっと面白いところには、イラストレーター小林裕也《こばやしゆうや》の『うちのファンタジー世界の考察』シリーズがある。いわゆるファンタジーの王道とはちょっとズレた、リアルな（現実に沿った）ファンタジー世界の姿を豊富なイラストで描いており、大いに参考になるはずだ。

より細かく、しっかりとファンタジー（のベースになる中世や近世のヨーロッパ事情）を知りたいなら、ハードカバーの本に手を出したい。ただ、これらの本は立派なだけに結構なお値段がしてしまうのが少々難点ではある。

指輪物語を神話や伝説を引きながら紹介するデイヴィッド・デイ『トールキン指輪物語伝説—指輪をめぐる神話ファンタジー』（原書房）や、ファンタジーの花形の一つである騎士についての情報が満載されたアンドレア・ホプキンズ『図説西洋騎士道大全』（東洋書林）などがお勧めだが、他にも有用な本はいくらでもある。特にヨーロッパやオカルトなどを題材にした原書房のハードカバーは読み応えがある上に非常に役に立つので、意欲があるならぜひ読んでほしい。

さすがにハードカバーは……という人には、文庫や新書をお勧めしたい。手軽に読めるという点では非常に素晴らしいものだ。

ジョセフ・ギースとフランシス・ギースの『中世ヨーロッパの都市の生活』及び同『農村の生活』『城の生活』（すべて講談社学術文庫）のようにストレートに中世ヨーロッパの情景を学べる文庫や、江村洋《えむらひろし》『ハプスブルク家』、菊池良生《きくちよしお》『傭兵の二千年史』（ともに講談社現代新書）のような歴史や風俗、文化について語ってくれる新書などから、設定に使えそうな要素を拾うといいだろう。

現代ものの場合

現代もののメリット

架空の異世界を舞台にした物語について紹介した前項に続いて、本項では現実に私たちが住むこの世界（あるいはそれをベースにさまざまなアレンジを行った世界）を舞台にした物語——いわゆる現代もの・現実ものについて紹介する。

物語を現代日本、あるいはそれと時間や地理的な意味で地続きの世界（近未来など）にするメリットは、なんといってもまずそれが読者にとって非常に身近な世界である、という点に尽きる。

ごく単純な話なのだが、「戦争が続く世界で父の仇を討つために旅立った少年」と「都内の学校に通う高校生で、平凡な日常に飽きながらも何か特別なことをしようという勇気もない少年」という二人のキャラクターがいた時、どちらの方がより感情移入がしやすいだろうか？　一般的には後者のはずだ。

これと全く同じ意味で、架空の異世界よりも、読者のよく知る現実のこの世界——現代日本のほうが理解しやすいに決まっている。「ここがどんな世界なのか」をいちいち苦労して説明する必要もない。読者は「わかっている」からだ。

しかし、このメリットはデメリットと背中合わせでもある。読者がよく知った世界であるということは、そのまま「目新しさがなく、それ単体では読者の興味を引く力がない」ということでもあるからだ。

これが漫画などであれば、画力で動きを見せ、読者の興味を引くことができるのだが、文章で物語を作って読者にイメージを伝えるしかない小説では、なかなか大きな問題になってくる。

そのため、若年層にアピールする必要があり、より派手な作品を求められる少年系ライトノベルなどでは、しばしば「何らかの形でファンタジックな（＝現実離れした、架空の）要素を入れ込まないとヒットしない」という不文律が語られてきた。この傾向はライトノベルが拡大と拡散を続けている近年では薄れつつあるものの、まだまだ根強い考え方として残っているようだ。

ファンタジックな要素の絡まない恋愛もの・青春ものやスポーツものといったほかのフィクションでは当たり前の題材を使った作品があまり存在しない（ヒット作品となるとさらに希少になる）のが、その証拠となるだろう。

そして、それらの成功した作品は多くの場合、ファンタジックな要素ではないが別の形でインパクトを与えていることが多い。

しばしば見られる方向では、

・常識はずれの社会的地位（大金持ちだったり外国の貴族だったり）。

・義理の妹が複数存在する、家族が超有名人など一般的にはありえない環境で暮らしている。

・妙な趣味や秘密（実はライトノベル作家！　など）を持つクラスメイトと仲良くなる、あるいは自分自身がそのような秘密を抱えている。

といったものがあるようだ。

ラインナップでわかっていただけるかと思うが、これらもまた、ある種のファンタジーである。手から炎が出る、背中から翼が生える、といった完全に架空の要素ではなく、一応現実と結びついているし、一部を取り出せばもしかしたら世界のどこかにはそういう生活をしている人もいるのかもしれないが、全体的には「そんな奴いるはずがない」の世界だ。

そして、こういう考え方でも十分にインパクトは出せる。魔法を組み合わせるばかりがインパクトを出す方法の正解ではない、というところに注意してほしい。

これが児童文学や少女向けライトノベル（少女小説）といった周辺ジャンルになるとまたちょっと話が変わってくるのだが、インパクトの面で劣ってしまうのは変わらない。一方、ミステリーや時代・歴史、エンタメ系などになるとターゲット読者が大きく違い、むしろファンタジックな要素を入れないことで現実の説得力を追求するほうが重視されやすいようである。

また現代ファンタジーで好まれる「日常と非日常の対比」、あるいはホラーの定番である「非日常化していく日常」をよりくっきりとした形で描くことができるのも、現代もののメリットである。

激しいバトル展開とコミカルだったりほのぼのとした雰囲気だったりする日常生活を交互に配置したり、序盤にごく当たり前の生活をしていたキャラクターたちが次第に（あるいは急速に）追い詰められていく姿を描くことで、単に非日常シーンを描写するよりも読者の興味を引き、また感情移入を促進する効果がある。

もちろん、異世界ものでもこのようなテーマを描くことは十分に可能である。しかし、キャラクターが読者にとってより身近な存在であったほうが効果が大きいのは言うまでもない。「自分だったらどうだろう」と考えてもらいやすいからだ。その意味で、現代もののほうがより効果的に作用する演出である、ということになる。

現代もの世界観の扱い方

それでは具体的に、現代ものの世界設定はどのように作っていけばいいのだろうか。基本的には異世界ものの時と同じで、「その物語に必要な要素は何か」あるいは「自分が描きたいのはどんな世界なのか」を列挙し、それらが相互矛盾しないか、相互に関係して新たな要素を生みださないか、を見ていけばいい。

この際の注意点は大きく分けて二つ。

①現実とどう違うかに気を配る

一口に現代もの、現実ものといっても、実際にはさまざまなバリエーションが存在し得るため、それぞれのパターンにあわせて世界設定の作り方は変わる。

現実そのものの世界なら、主人公たちの住む地域や属している社会・集団、周囲の事情についてしっかり決めることで、登場人物の行動に説得力が出てくる。

たとえば学校を舞台とする青春ものなら、クラスや学校の特徴、関わってくる部活や委員会、さらに町全体の雰囲気などが重要になる。

進学校なのかスポーツ有名校なのか、生徒会の力は強いのか弱いのか、都会にあるのか田舎にあるのか――これらの要素によって、物語の雰囲気は大きく変わってくるのだ。

②必ずしも現実に縛られる必要はない

現代もの、現実ものを書く時には、「何もかもそのままにしないといけない！」と思うかもしれない。実在の地名や組織を出す時などはなおさらだ。

しかし、忘れないでほしい。小説家が書くのはフィクションであって、ノンフィクションではない。大事なのはリアリティ——すなわち「本物っぽさ」によって物語に説得力を与えることであって、リアルをそのまま再現することではない。

だから、あからさまに矛盾を生んで物語の説得力を壊さないのであれば、堂々と嘘をついてかまわない。いいやむしろ、積極的に嘘をつくべきだ。それが物語のテーマを表現し、キャラクターを魅力的に動かすために必要ならば。

たとえば、特定の町を物語のモチーフにしつつ、その町にない施設や地形を登場させてもいいし、主人公が所属する組織に実際には存在しない部署を作ってもいい。大事なのはその物語に必要な要素は何か、ということなのだ。

現代ものを書くためのお勧め資料

ファンタジーの時と同じように、ここでもお勧め資料を紹介しよう。

ファンタジーとは違って現実のさまざまな要素については、あまり「この出版社がいい！」というのは少ない。しかし新紀元社の『F－FILES』シリーズには銃や兵器などを扱った本もあり、またイカロス出版は軍事やミリタリーを「萌え」で切り取った本を多く刊行しているので、それらに頼る手はある。

また、軍事や政治、経済、あるいは警察や諜報などの一般的にも興味を持たれる分野は噛み砕いて紹介してくれる本が多くある。

現代ものを構成するための知識・情報は、読者にとっても馴染み深かったりニュースなどで知っていたりする内容が少なくないので、間違えると非常に恥ずかしい。あるいは、あなたが「知っている」と思っていても思い込みや変更した情報である可能性もある。しっかり調べてほしい。

5章のまとめ

設定はあくまで物語を活かすための土台。語りきれないものは必要でない限り無理に物語へ盛り込まない

せっかく作った設定なのだから、余すことなく全部使い切りたい。そのためどんどんアピール

大きく分けると物語世界には2パターンある

異世界もの

架空の世界だから自由に作れるが、それだけに手間がかかり、読者との縁遠さがあるという弱点もある

現代もの

「身近」という長所と、「新鮮味がない」という短所は背中合わせ。どう違いをつけていくかがポイント

課題 5

ここまでに作ってきた400字プロットを詳細な1600文字プロットにしなさい。物語の始まりと終わり、その中で起きるイベントを、なるべく詳細に書くこと。

★ポイント1
400文字の時に書けなかった細かく具体的なエピソードの補完が基本になる

★ポイント2
主要3人以外のキャラクターが必要ではないだろうか？

★ポイント3
文字数を増やしてテーマがぼやけることがないように

6章

魅力的なストーリーには
何が必要なのか

【課題５の内容】
ここまでに作ってきた800字プロットを詳細な1600文字プロットにしなさい。物語の始まりと終わり、その中で起きるイベントを、なるべく詳細に書くこと。

模範解答

①死者たちは夕暮れに

オープニング・エピソード。冒頭からアクションが入れられる展開であり、設定を説明して違和感がない流れであり、かつそれだけではない驚きも用意してある

この世とあの世を分ける境は、普通の人が思っているより薄い。死者はしばしばやってきて無念を晴らそうとしたり、人に害を与えたりする。近頃、佐間市ではあの世から逃れた霊が度々現れ、奇怪な事件が起きていた。

普通の人は死者に触れないからされるがままだ。しかし、使者であるナギサを仲介してあの世の管理者から指示を受ける酒井幸人は、彼らに触れるし、殴って倒すことができる。それは彼が半死人だからだ。体温がひどく低く、顔色は青白い。かつて死んだ恋人を取り戻すために冥界に赴き、取り返すのに失敗した代償だった。ナギサはその恋人と同じ顔をしている。

幸人は霊に追われる少年を救い、その中であの世と幽霊にまつわる事情を説明する。

死者たちはそれぞれに未練や無念を抱えていて、それを晴らすためにこの世に戻ってくる。しかしほとんどの生者には彼らは見えず、見えても触れないので、彼らの無念を果たすことはできない。そのことで彼らは暴走し、悪霊となる。悪霊にはまともな記憶も知性もないが、代わりに生者に見えるようになり、触れたり、呪ったりできるようになる。死者が悪霊になるのを防ぎ、いざという時には退治するのが幸人の役目なのだ。

少年はどうして自分にそこまで説明してくれるのかと疑問を感じる。幸人は応える。実は、少年もまた霊なのだ。幼くして死に、しかし家族への未練が消えず、母に会いに来た。ナギサが時々無神経な発言をしつつも、幸人は優しく説明し、少年に「母を遠くから見ること」を条件に、穏やかにあの世へ戻そうとする。ところが、突如として少年が暴走し、悪霊と化す。

それは近くに隠れて彼らを観察していた男の仕業だった。幸人はナギサの助けも借りて少年が変化した悪霊を倒し、それから男を探そうとするが、見つからない。名前だけはアレックスとわかる。霊としての少年はもはや

6章

消えかけていたが、それでも母を遠くから見せてやるという約束だけは果たせた。密かにホッとする幸人に、ナギサがまた無神経なことを言う（しかしそれが実は幼さから来ていることが幸人にも少しずつわかっていく）。

幸人はナギサから指示を受けてあちこちで現れる霊・悪霊騒ぎを解決しながら、アレックスの正体を探る。

第二のエピソード。設定やキャラ性の両方を広げながら、この物語のボスであるアレックスを強くアピールするための物語になっている。

その過程で、自分と同じように霊に触れ、あの世からの指示を受けている高牧という男と再会（この時のやり取りでナギサが恋人の生まれ変わりでないと知る）。アレックスの手がかりを持っているという彼とともに行動するが、これが罠だった。幸人は危機に陥るが、ナギサの助けもあり高牧を追い詰める。

高牧はあの世との接触で自分は不幸になったと感じており、アレックスの誘いに乗っていた。幸人は高牧を倒し、いよいよアレックスは危険な男だという疑いを強めるが、一方で高牧を救いに来た（と見えて実は高牧の魂を生贄に捧げて計画を進めに来た）アレックスのカリスマ性に惹かれる。

そうしていよいよアレックスの計画が動き出す。彼は佐間市の人間の魂すべてを生贄に捧げ、あの世とこの世の門を完全に開くつもりだった。そんなことをすれば大災害になると幸人はアレックスを止めに走る。

ラストエピソードはできるだけスケールが大きく、読者の心に残るものにしたかった

アレックスの目的はかつて失った妻の魂を取り戻すことで、自分と同じところを感じてしまった幸人は戦意が薄れる。しかし、ナギサの指摘もあってアレックスはただ傲慢な男であり、妻のことも真に愛していたわけではないことを悟る。幸人はアレックスを倒す。

事件が片付いて、幸人はナギサとともに日常に戻る。あいかわらずナギサの幼さは幸人をイラつかせるが、アレックスの傲慢さを見た幸人は、彼女を恋人の影ではなく、ひとりの人間として見るようになっていく。

変化があり、未来へつながっていく、満足感のあるエピローグ

模範解答

② 彼方の国の物語

何か楽しくて刺激的なことはないものだろうか。

いつもそんなことを考えていた高田健斗（ケント）はある日突然、不思議な世界へ迷い込む。心の強さが力になるというその世界には魔王が現れ、魔物がうろつき回り、人々の生活が脅かされていた。

主人公はこれぞ自分が望んでいた冒険だとその気になり、お盆状の世界の中心にある魔王が住むという山へでかけていく。この世界の事情を伝えてくれた王様が止めようとするのだが、耳に入らない。

設定説明役としての重要な脇役を登場させた

ところが、魔物に遭遇し、魔物退治しようとすると、いざ心の力を使おうとしても上手くいかず、ピンチになってしまう。

そこを日本から来たユーリという少女に助けられる。彼女はケントを助けてすぐにそこを去ろうとするが、ケントが積極的に声をかける。また隙だらけなケントをユーリは放っておけず、心の力の使い方を教えながら一緒に魔物退治をすることに。

いろいろな街へ行ったり、幻想的な風景を見たりすることでケントは大いに異世界の冒険を満喫するが、ユーリはあくまで魔物退治にしか興味がない様子。

また、ケントはやんちゃなので女の子にものを教わるのがちょっと嫌だが助けられた負い目があるので大人しく従う。そのうち彼女が特別な事情を持っているらしい（自分と同じように王様に呼び寄せられたのだと思っていたが、事情が違う）と、興味を持ち始め、次第に互いに惹かれていく。

ケントとユーリ、両方を読者に好きになってもらわなければいけないので、実際に書く際には非常に重要なパートになる

そうしてユーリとふれあい、また街の人達と交流する中で、ケントは自分が頭でっかちになっていたこと、この世界の冒険を心から楽しんだり、この世界の人のために本気で戦ったりできていなかったことを思い知る。そのことが彼に秘められた心の力の才能を開花させていく。また、この世界の人々を救わなければいけないと心から思う。

単にファンタジックなだけの話にはしたくなかったのでこんなエピソードも

また、ケントは度々現実へ引き戻される。そちらではストレスで暴れる人や自殺する人など、不穏な事件が起きていることを知る（ユーリや魔王の現実での出来事の伏線もここで張る）。

やがて、魔物を倒しながら訪れた不思議な洞窟で王様と再会し、彼女の正体とこの世界の秘密が明らかになる。この世界は地球の人が寝ている時に見ている夢とつながっていて、特に現実で悲しかったり辛かったりする人が楽しい思い出を過ごして気持ちを楽にする場所だった。

しかしあまりにも悲しい夢を持ちすぎている少年が他の人まで歪ませてしまった。それが魔王だった。ユーリは現実でもこの世界でももともと魔王の近くにいて、彼を救おうとしたができず、そのせいで本来は取り戻さないはずの現実での記憶を取り戻していた。

心の力は才能もあるが、現実での記憶を持っているかどうかが一番重要（記憶が無いと暴走して魔王のようになってしまう）。だからケントは召喚された。ユーリにも同じ資格があったが、王様が魔王退治を持ちかけなかったのは、魔王と親しすぎたので倒せないのではと思ったため。

ケントはユーリのためにも魔王のためにもこの世界を救わなければいけないと決意するが、まさにその時魔王が王様（正体はこの世界の神）を狙って洞窟へ攻めてくる。ケントは魔王から嫉妬含みの憎悪を向けられてしまったこともあって、大いに苦戦するが、ユーリの助けもあり、また魔王を理解しようと努力したかいもあって魔王を倒し、世界を救う。

気持ちのいいエピローグを用意したかった

魔王が倒れてもとに戻ると、あちこちにいた魔物も本来の人間に戻り、そして皆が夢から覚める。ケントはおぼろげな記憶とともに現実へ戻り、そこでどこかで見たことがあるような年上の少女と会う。

模範解答

①川のように、葉のように

東京に暮らす小説家の泉川法貴は長い間活動してきて、本も随分売ってきた。その時その時の流行に合わせて小器用に、それでいて人の心を打つ作品が書けたため、大いに重宝されたのである。

だが、ふと気付いた時に「自分は何が書きたかったんだろう」と疑問に思って愕然とする。書きたかったものが思い出せず、書きたいものもうないからだ。

自暴自棄になった主人公は仕事から逃げるように新幹線に乗り、在来線を乗り継いで、日本海に面する地方都市・夕凪市にたどり着いた。幸い貯金は十分にあったので、東京の取引先には電話で連絡して仕事を整理し、しばらくここで暮らそうという気になる。静かな場所で、自分自身と向き合おうと決意したのである。

ところが、夕凪市で穏やかに暮らしていたところ、カルチャーセンターの部長だという怪しげな男と思いがけず知り合い、うっかり正体を知られたせいでカルチャースクールで教えることになり、そこで小説が書きたいという少女・北条茜に出会う。

小説を書きたいタイプには見えない茜に興味を持ちつつ、ついつい親身になってコーチをすることに。一方で東京からは以前から付き合いのあるフリーの女性編集者・羽島葵が押しかけて、どうにか新作を書いてくれという。法貴が嫌がると葵は夕凪市に引っ越してくるという暴挙に出る（仕事はネットでできる）。側からみると両手に花の三角関係だが、法貴はすっかり参ってしまった。

> 第二話は茜の掘り下げエピソードであると同時に、創作についての法貴の掘り下げエピソードでもある

法貴は茜に創作のいろはを色々教えているうちに、彼女がこの街の旧家の生まれであること、そのことに鬱屈を覚えていることを知る（法貴自身の過去にも関わっている）。伏線を張る）。法貴は茜の文章のくせ、また物語作りにおいて無意識に蓋をしている部分などを指摘しながら、創作で心を自由にする術を教える。

> 第三話は葵の掘り下げエピソードであると同時に、法貴の商業作家としての立ち位置を掘り下げたエピソードでもある

ある時、法貴はうっかり自分の小説が原作の映画が映画館でやっているところを見てしまい、忘れかけていた苦悩を思い出してしまう。これをきっかけに葵が執筆要求を加熱させ、彼女から逃げるべく夕凪市を走り回る。そのドタバタの中で、葵がもともと彼の小説のファンであることを知り、自分の作品が誰かに伝わっていたことを知る。

これらのエピソードと同時並行して、法貴は夕凪市の町おこしをしようとする人々（北条家の若手たち）から何かとちょっかいを出される。しかもそのせいで北条家の重鎮からは睨まれてしまう。

法貴が夕凪市にやってきてから数ヶ月が経った。すっかり落ち着いてしまった一方で、このままでは良くない、という思いもある。茜は創作に励んでずいぶん前向きになった。葵は相変わらずうるさいが、以前よりもいい距離をとってくれるようになった気がする。町おこしの連中がしつこいのは変わらないが、小説を書くこと以外はなんとかしてやっていいような気もする。

> 創作の原点はちょっとしたことでいいんだよ、という結末にしたかったので、あえてドロドロの修羅場的展開にはしなかった

そんな中、法貴はデジャビュに襲われるようになっていた。その正体を求めて夕凪市を調べ、わかったこと。それは、実はこの街が法貴にとってゆかりのある生まれ故郷であり、両親は北条家の分家の生まれで、地主一族との縁を嫌って逃げ出したということだった。詳しい事情を聞きたくとも、両親は既に離婚した上に両方死んでいる。そして、自分を養うために忙しく働く母親がかまってくれない寂しさを埋めるために自分は創作を始めたのだ……と、つい先程まで忘れていた記憶が連鎖的に蘇る。

思い出しても今更北条家に執着する気もない。しかし自分のルーツと向き合うことで法貴は改めて書くことの意味を確認し、この夕凪市で再び作家生活に戻る。

ストーリーのキモを押さえる

ここ数回のまとめとして

この何章か、より良いプロットを作るためにさまざまなポイントを紹介してきたが、「ストーリー」について紹介する本章で一区切りになる。そこで、課題もそれにふさわしく、ストーリーをしっかり作りこむものに挑戦してもらったというわけだ。追加で考えなければいけないことがたくさんあったので、苦労した人も多いのではないだろうか。

大事なのは、ストーリー、キャラクター、世界設定の三者は不可分の存在である、ということだ。ストーリーはキャラクター抜きで考えることはできないし、両者に説得力を与えるのが世界設定だ。

だから、アイディアを考え、まとめる際にも「このキャラを活かすにはどんなストーリーが必要かな」などと、相互の関係性に注目しながら考えてほしいのである。

ストーリー構成という技術

それでは、キャラクターや世界設定の作り方について述べてきた前項までに引き続いて、いよいよ本項からはストーリーの作り方について紹介していくことにしよう。

基本的なストーリーの作り方は、ここまで述べてきたことである程度フォローできるかと思う。テーマと「ストーリーの背骨」を決めた上で、その物語に必要なエピソード、自分が書きたいエピソードは何かを突き詰めていけば、自然とある程度の形が出来上がる。

しかし、これだけだとただ漫然と要素を積み上げただけになってしまいがちで、作品としては面白みに欠けるものが出来上がりやすい。そのために必要なのが、ストーリー構成という技術である。これは「ストーリーを構成するエピソードをバランスよく配置して、物語をより魅力的にする」能力だ。

メリハリと説得力を兼ね備えて、キャラクターの魅力やテーマを損なうことなく、かつ物語全体の雰囲気をきっちり統一する——そんな作品を書くためには、構成力を身につけなければならないのである。

起承転結と序破急

構成の基本は、ストーリーをある程度の大きさのブロックに切り分けて捉えることだ。

人間の認識力には限界があるから、ひとつの大きな塊を理解しようとするより、分解して小さな塊にしてやったほうがずっと理解しやすくなるものなのだ。

この分け方には、古くから使われている二つのパターンがある。「起承転結」と「序破急」がそれだ。

起承転結は中国の詩「絶句」の形式をルーツとして、次のような四部構成になっている。

起：物語の開始

↓キャラクター、世界設定、主人公たちの置かれている状況などを提示する。ただ説明するだけではなく、なるべくインパクトのある形にしたい。

承：物語の展開

↓「起」の内容を掘り下げて読者を物語に引き込み、「転」「結」の準備をする。キャラクターや世界設定の魅力をじっくりと表現する部分。

転：物語の転換

↓真実が明らかになる、事件や裏切りが起きるなど、それまでと違う動きが起きる。いわゆる「どんでん返し」が基本だが、読者の意表をついたり、マンネリ感を打倒する展開であることが大事。

結：物語の結

↓クライマックスを経てオチがつき、物語が決着を迎える。

序破急は雅楽や能などの構成からきている言葉で、次の三部構成になる。

序：物語の開始
破：物語の展開
急：物語の結末

見てのとおり、基本的な考え方は同じなので、どちらかしっくりくる方を選べばよい。ただ、起承転結で作るとどうしても「起」で設定の紹介をやりすぎたり、「承」でインパクトの弱いストーリー展開を積み重ねすぎてしまう、という癖のある人は、いちど序破急でストーリーを作ってみるといいかもしれない。パーツが少ない分、スマートな構成を作れるようになる可能性があるからだ。

また、起承転結にせよ、序破急にせよ、これらの構造はさらに小さく分割していくことができる。たとえば、「起」をさらに「起の起」「起の承」「起の転」「起の結」と分けられるわけだ。こうして細かくストーリー構造を確認することで、「どの位置にどのエピソードをおくべきか」「このエピソードはどこに入るべきか」ということがわかってくる。それを理解することが、構成力を身につける第一歩なのだ。

注意点として、起承転結にせよ序破急にせよ、物語を馬鹿正直に四分割（三分割）する必要はない、ということを覚えておいてほしい。

「序」でじっくり世界の紹介をしたほうが面白い作品もあれば、ほとんどすっ飛ばしてすぐに「承」、さらには「転」と話を進めていったほうが面白い、ジェットコースターのような作品もある。

そもそも起承転結の四ブロックに拘る必要すらない。たとえば、「起」を二段階に分けてみせる方法がある。物語本編の事件を始める前に、まず主人公たちが活躍する様子を描くシーンを入れ込む。こうすることで、序盤に読者の興味を引ける魅力的なエピソードを入れられるし、設定紹介もスムーズにいく、というわけだ。さらには起承転結ではなくて起承転承転結、つまり大掛かりなどんでん返しや展開の急変が複数にわたって繰り返される作品もある。

大事なのは起承転結や序破急に示されている考え方――ストーリーは順序を追って描かれた方が面白くなりやすい――であって、形そのものではないのだ。

この辺りは正直なところ、言葉でどれだけ説明されてもわかりにくい。そこで、自分でいくつもプロットを作っては起承転結に当てはめてみたり、あるいは既存の作品を起承転結に分解してみるなど、実践で確認するのがお勧めである。

起承転結のポイント

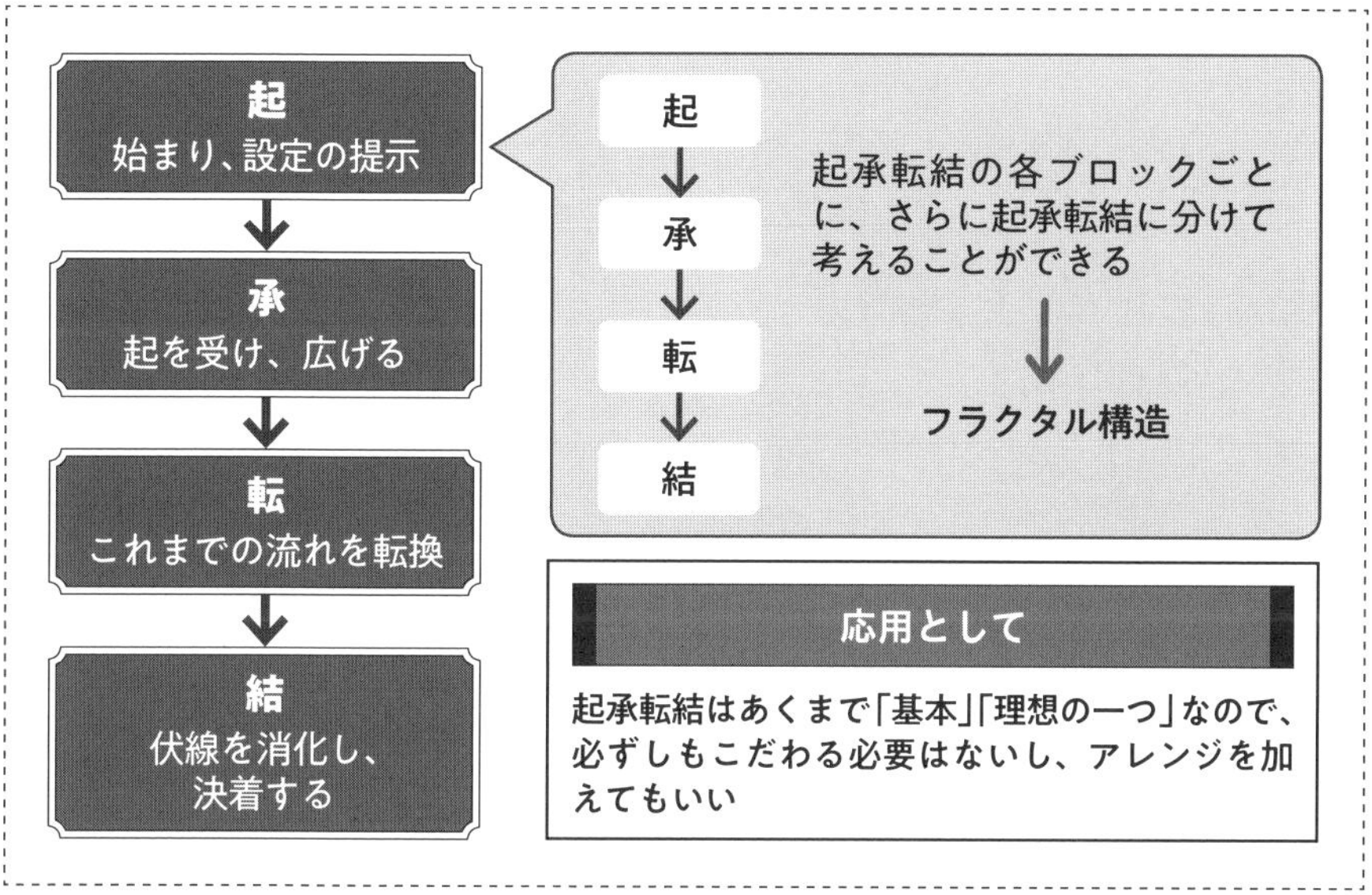

箇条書きのススメ

しかし、起承転結の四項目の段階ではバランスが取れていたのに、必要なエピソードを増やしていったらなんだかおかしなことになってしまった……とか、原稿を書いていくうちに当初予想もしなかったほどにバランスが崩れてしまった……というのも残念ながらよくある話だ。

そういう時にお勧めなのが、作中に登場するシーン・エピソードを列挙することだ。まず何が起きて、次に何が起きて、その後には——と、とにかく箇条書きにしていく。これは、頭の中にあるあやふやなイメージをしっかりと形にする効果がある。舞台になる場所や登場するキャラクターがめまぐるしく変わるタイプの作品（群像劇など）なら、それらの要素も書き添えていく。多色のボールペンか何かがあれば、起承転結ごとにブロックわけをするとさらにいい。

こうしてある程度グラフィカルな形に整理することで、自分の作品がどのような構造になっているかがよりはっきりとした形でわかるようになる。

ウリを作り出すために

オリジナリティは要注意だ

ここからは、読者の興味を引くようなウリを作っていくやり方について、別のページで紹介したのとは別のアプローチを模索していきたい。

ここで紹介するのは、「オリジナリティ」「独創的なアイディア」でウリを見出そうとするやり方だ。

読者の意表を突くストーリー展開、斬新な世界設定、誰も見たことがないような魅力的なキャラクター……そういうものを用意できれば、それは紛れもなく大きなウリとなってくれるだろう。

しかし、この方面でウリを作ろうとするのは決して簡単なことはない。オリジナリティと作品の面白さはかなりの部分トレードオフ（二律背反）な関係にあり、両者をうまく成立させるのには高度なテクニックか発想の転換が必要だ。これを身に付けるのは容易なことではないが、それ故大きな価値があるのも事実だ。

オリジナリティとパターンとはなにか

オリジナリティある物語――口で言うのは簡単だが、実際に作ろうと思ったらこんなに難しいものはない。

いや、この言い方はちょっと事実に反する。オリジナリティだけならものすごく簡単に作り出せる。普通はやらないことをやればいいだけだ。

解決しない殺人事件、成長も勝利もない成長物語、最後に主人公があっさり振られて終わるラブコメ。これらは独創的であり、オリジナリティがある――さて、では面白そうだと思うだろうか？

残念ながら、普通に書いたらただ意表をついているだけのつまらない話になるはずだ。よっぽどうまく書くことができればあなたは一躍ヒット作家の仲間入りかもしれないが、まず無理だろう。思い付きとして決してそこまで突飛ではないだけに、「それができるなら、誰かがとっくにやっている」のである。本当に誰も見たことが無いような新しいパターンというのは、そもそもきっかけとなるアイディア自体が真に意外で斬新なものであることが多い。

少々残酷な事実ではあるが、読者というのは基本的に「パターンが好きでオリジナルが嫌い」なのである。これを言い換えると、「パターン（定番、王道）は読者が面白いと感じるポイントをしっかり押さえているのでさまざまな物語で活用されて陳腐化し、オリジナルを目指そうとすると自然にそこから離れてしまって面白くなくなる」ということになる。だからどんどんなジャンルにも「定番」「王道」と呼ばれる物語のパターンやエピソードがあり、長い期間にわたって親しまれ続ける。

残念ながら、価値観や物の善し悪しが短期間でうつろうようになった最近では、以前ほど「長年の鉄板」はなくなった。それでも『水戸黄門』『サザエさん』『ドラえもん』『ちびまる子ちゃん』『アンパンマン』が愛され続けることからわかるように、定番の魅力は健在である。そして、物語から定番要素をはずすのは大きな冒険になる。

ある一定の「燃え」や「萌え」要素に人気が集まるのもこれに近いところがあるだろう。そこには読者の興味を引きつけるだけの理由があるのだ。たとえば、萌えの代表的存在に「ツンデレ」と呼ばれるキャラクター属性があるが、これなどは古くから存在した「自分の前だけでは別の顔を見せてくれる」というギャップの魅力と、ある種の独占欲を満たしてくれるキャラクター性に新しい名前がつけられただけ、ともいえるわけだ。

それでは、物語に使えるパターンにはどういうものがあるか。これは本当に無数にあるので簡単に紹介するのは難しいのだが、なかでも基本的なパターンについてはすぐに考え方として活用することができるので、覚えておいてほしい。それは次の四つだ。

パターン1：成長もの

↓主人公が成長、変化、復権する様が物語の軸になる。読者の共感やあこがれを得やすいが、成長という大きなテーマを扱うので、物語が無為に膨れ上がる危険性がある。

パターン2：プロフェッショナルもの

→主人公はすでに大人として、プロとして成熟しており、大抵の場合はその卓越した技術を武器にさまざまな事件に関わっていくことになる。主人公の成長や変化はメインになりにくいが、代わりに周囲の人々のそれは主題になりやすい。

パターン3：日常もの

→主人公の日常（大抵の場合、不思議な存在によって引っ掻き回されるちょっと変わった日常）を描く。舞台は基本的に固定されている。

パターン4：旅もの

→「股旅もの」などともいう。主人公たちが旅をすることで舞台が切り替わっていく。

パターンの1と2は主人公の、パターンの3と4は舞台の変化がポイントとなっている。この二つの要素が縦軸・横軸になることで物語の傾向が決まっていくのだ。

もちろん、そのようなパターンを好まない読者もいる。たくさんの作品に触れて少々目が肥えてくると、「パターンから外れている」「他の人がやらないことをやっている」ことを高く評価したくなるものだ。

これはどういうことなのだろうか。一つには、パターンに飽きてきた、ということでもあるのだろう。そして、こうした目の肥えた読者が既存の作品に我慢できなくなって作家志望者になるというケースが多いので、オリジナリティを過剰に求めて妙にひねった作品を書いてしまいがちなのである。

忘れてはいけないのは、娯楽小説においてはまず面白さこそが優先であり、オリジナリティというのはそのための手段にすぎない、ということである。面白さを阻害するオリジナリティはあってはならない。それはただの書き手の自己満足なのだ。

ちなみに、「基本的な」と書いたとおり、実際にはもっと多様なパターンが存在する。これについては本書と同時期に刊行される拙著『増補改訂版　物語づくりのための黄金パターン117』『増補改訂版　物語づくりのための黄金パターン117　キャラクター編』に詳しく書いてあるので、合わせてのご購入をお勧めしたい。

オリジナリティと面白さは両立可能か

それでは、オリジナリティと面白さを両立させるためにはどうしたらいいのだろうか。ひとつは、あくまでパターンを踏襲しながら、要所要所でだけオリジナリティを発揮することである。90％、あるいは99％くらいをパターンで固め、残りの10％、あるいは１％程度を変化させる。きちんと読者の印象に残るような見せ方ができれば、このくらいの変化でも十分にオリジナリティを感じさせることができるのだ。

また、複数のパターンを組み合わせる、というのもひとつの手である。ファンタジー世界にミステリー的な殺人事件を持ち込むとか、現代ファンタジーで『水滸伝』モチーフのアウトロー物語をやってみるとか、組み合わせ方はいろいろあるはずだ。

キャラクターという面で見ても、たとえばハーレムものを書く時に、メインヒロインをどんなキャラにして、サブにはどんなキャラを……というキャラの組み合わせにも、基本的な（流行の）パターンがあり、さらにそこに変化をつける余地があるわけだ。

さらにいえば、「違うジャンルからアイディアを持ってくる」のは非常によいやり方だ。たとえばライトノベルでは星新一的な寓話ＳＦの手法を用いた時雨《しぐ》沢恵一《さわけいいち》『キノの旅』（電撃文庫）や、少女小説的な青春群像の雰囲気を強くまとった竹宮《たけみや》ゆゆこ『とらドラ！』（電撃文庫）などの人気作がある。

これらの作品が高い評価を受けるようになった背景には、それまでのライトノベルにはなかった――しかし、他ジャンルには存在した――手法がオリジナリティのあるものとして受け入れられたことがあった。

つまり、オリジナリティとは「全く新しいもの」ではなく、「読者たちが知らないもの、見たことのないもの」の呼び名にすぎないのだ。

だから、以前は存在した、あるいは別の場所にあったものだとしても、それをきちんと読者が面白く思えるように加工できれば（ここは非常に大事！　ライトノベル的なパッケージングがきちんとできなければ、先述の二作もヒットはしなかっただろう）、オリジナリティのある作品として高く評価され得る、ということなのである。

6章のまとめ

ストーリー構成の基本とは**「起承転結」**である

物語を「起」「承」「転」「結」の四ブロックに切り分けて考えることで、「段階を追って展開し、どんでん返しもある理想的な物語」を作り出す方法論

それだけでは足りないので……

定番のパターンを活用し、またアレンジでオリジナリティを出すことで、物語としてのウリを作り出していく

課題 6

読みやすい文章、正確にイメージを伝える文章を意識して、「混雑する都会を急ぐ」をテーマに、400文字程度で短いシーンを書きましょう。

★ポイント1
まずは何が起きているのか、どう行動しているのかを手抜きせずに書くところから

★ポイント2
文章が読者の目にどう見えているか、を意識する

★ポイント3
この設定なら、緊迫感や緊張感の演出も心がけたいところ

7章

小説文法の基本と応用を学ぶ

【課題６の内容】
読みやすい文章、正確にイメージを伝える文章を意識して、「混雑する都会を急ぐ」をテーマに、400文字程度で短いシーンを書きましょう。

模範解答

人混みを走る

土曜日の昼下がり。原宿の竹下通りはスムーズに歩くことが難しいくらいの人混みで賑わっていた。学生グループやカップル、家族連れなど色々な人たちが楽しそうに買い物をしたり、キッチンカーで売られている食べ物を美味しそうに食べたりしている。

そんな竹下通りに、啓太は猛ダッシュで入って来た。

「すみませんすみません！　ちょっと通ります！」

人混みを掻き分けながら啓太は目的地へと急ぐ。しかしあまりの人の多さに一直線に走ることはおろか、スピードダウンを余儀なくされてしまう。しかも自分と同じくらいの男性の肩にぶつかってしまった。「おい！」と怒鳴られるがそれどころではなく、「すみません！」と軽く頭を下げて先へ進む。

今日は竹下通りにあるカフェのバイト面接だった。約束は十四時。しかし、現在時刻は十四時五十分。

約束の時間を一時間勘違いしていたことに気づいたのはつい先ほどのことだった。

ここはどこなのか？　どんな人がいるのか？　丁寧に書いてあってわかりやすい

焦りの原因はやはり必要

勢いが表現できている。こういうシーンではスピード感が何より重要。

小説文章の基本

良い文章とはなにか

課題で文章を書いてもらったことからもわかるように、今回のテーマは「良い文章の書き方」である。さて、小説における良い文章とはなにか――こう聞かれたら、あなたはどう答えるだろうか。

人によってこの答えは大きく違うだろう。そしてそんな中でも、いわゆる「美文」、すなわちさまざまな修辞技巧を凝らして飾り立てた文章や、詩的で美しい文章をこそ最高と思う人は少なくないはずだ。

しかし、私の意見はちょっと違う。もちろん、美文には美文の価値がある――美しい文章には、読者を圧倒し、大きなインパクトを与える力がある。だが、小説の文章において最優先で考えるべきは文章の美しさではなく、本来作者の頭のなかにしかないイメージや物語の情景をどれだけ正確に、そしてわかりやすく読者に伝えるか、ということだと思うのだ。

この傾向はライトノベルのようなエンターテインメント作品の場合、更にくっきりと浮かびあがる。これらの作品の読者は、基本的に美しい文章など求めてはいない。魅力的なキャラクターや興味を引く世界観、起伏豊かなストーリーが求められているのだ。

むしろ、美しい文章を書こうと気張ることで、読みにくい文章を書いてしまうほうが怖い。新人賞の一次審査において文章の拙さを理由に落選する人は、多くの場合その「独りよがり」「誰かに伝えようとする文章ではない」ことが原因になっている。だから、エンターテインメント小説に適しているのはまずもって「シンプルでわかりやすい文章」なのだ。

これを出発点とした上で「自分はわかりやすくも美しくて詩的な文章を自分の武器にしたい」と思うなら、是非挑戦すればいいのである。エンターテインメント作品にも文章・文体をウリにしている作家は少なからず存在しているのだから。

日本語文章の基本

それでは、具体的にはどんなところに気を付ければいいのだろうか。まずは日本語文章の基本ルールのうち、見落としがちなルールに絞って追いかけてみよう。

○行頭は一文字分スペースを空ける

いわゆる「行頭一字空け」。段落を変えた場合、最初の一文字目はスペースを空けること。

ばかばかしいと思うかもしれないが、新人賞投稿作品にも時々これをやっていないものがあるのは残念ながら事実である。

○主語・述語・修飾語の扱い

読みやすい文章を書くためには、修飾語の使いすぎや省略のしすぎによって主語述語がわかりにくくならないようにする工夫が必要だ。それぞれの意味は次のとおり。

・**主語：文章の主体**（誰が、誰を、誰は、など）

・**述語：主語を受ける**（どうした、どうなった、など）

・**修飾語：主語述語の関係を始めとする文章・言葉を飾るもの**（新しい、綺麗な、など）

このなかでもっとも大事なのは主語だ。極端に言えば、各文章の主語、すなわち主体（誰視点なのか）さえはっきりしていれば、たいていの文章は読みやすくなる。

しかし、その一方で修飾する言葉がなければ文章は味気ないし、日本語は主語を適度に省略しないと鬱陶しくなる文章であるのも事実だ。「この文章の主語、ちゃんとわかるかな」と意識しながら文章を書いていくのが一番のやり方と言っていいだろう。

○漢字の扱い

小説文章でどれだけ漢字を使い、どれだけ「ひらく」（漢字を平仮名にすること）かは意外と大きな問題である。単純な話、紙面を占める漢字の割合が多ければ多いほど「堅い」という印象を与え、逆に少なけ

7章

良い文章とはなにか

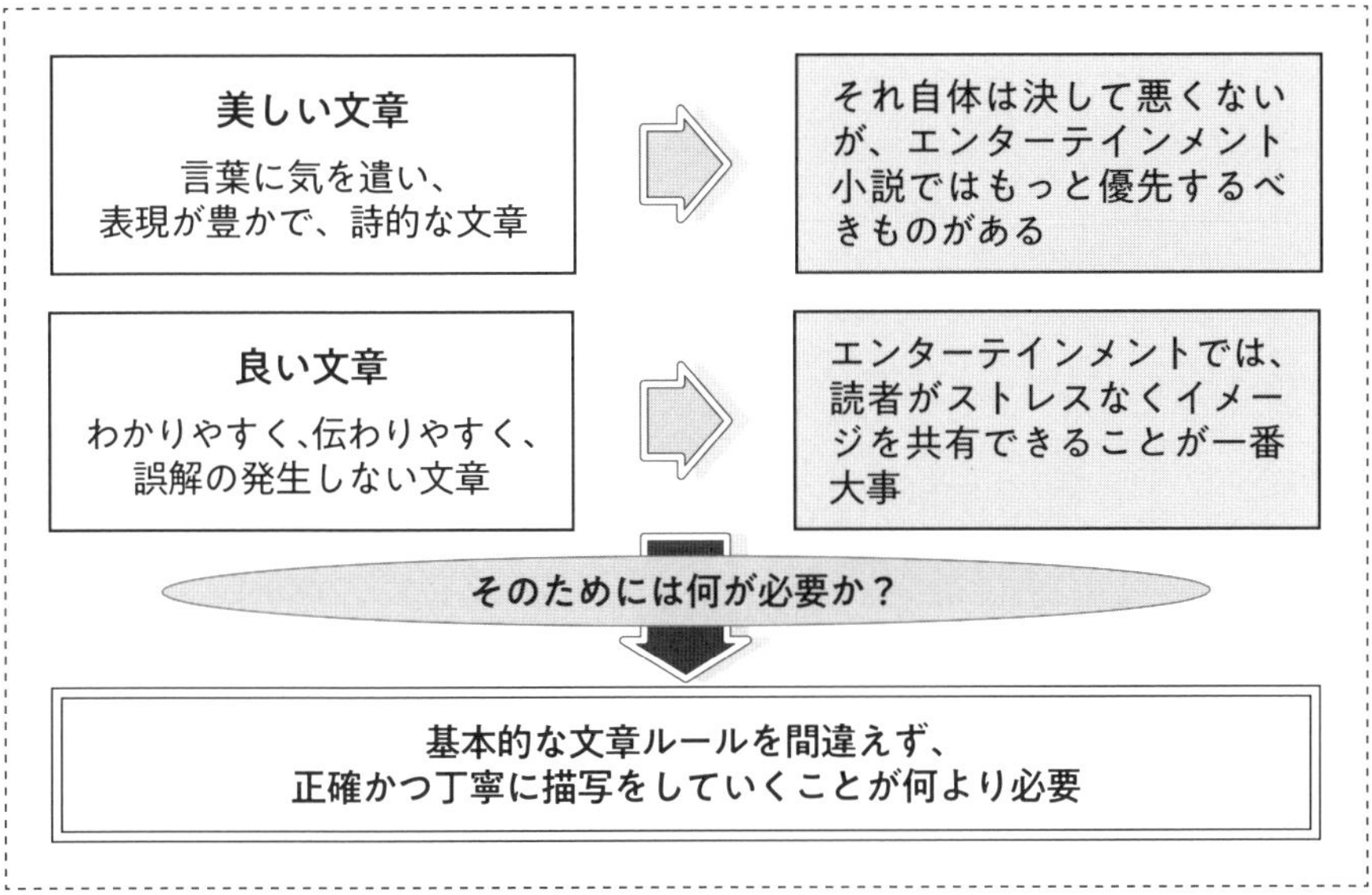
美しい文章
言葉に気を遣い、表現が豊かで、詩的な文章
それ自体は決して悪くないが、エンターテインメント小説ではもっと優先するべきものがある
良い文章
わかりやすく、伝わりやすく、誤解の発生しない文章
エンターテインメントでは、読者がストレスなくイメージを共有できることが一番大事
そのためには何が必要か？
基本的な文章ルールを間違えず、正確かつ丁寧に描写をしていくことが何より必要

れば「やわらかい」印象を与えるからだ。

また、あんまり漢字が多いと読者が読めなくなって悪印象になるが、逆に漢字が少なくひらがなばかりでも読みにくい、ということも覚えてほしい。

また、漢字の二文字熟語を使いすぎても、文章が堅い印象になる。つまり、【多用する】と【多く使う】は意味が同じだが前者のほうが堅いイメージになる、というのも押さえておくと役に立つだろう。

○句読点の扱い

句点（。）は一文を区切る文章記号。これに対し、読点（、）はその一文を更に短く区切って読みやすくするための文章記号である。この二つを上手く使えると、非常に読みやすい文章になる。

ライトノベルを始めとするエンターテインメント小説では、一文はあまり長くしたくない。切ると意味がおかしくなる、どうしても切れないケースはあるだろうが、それでも三行以上にわたって一文が続いてしまったら「何とかならないかな」と考えたほうがいいだろう。

読点を打つタイミングの基本は、音読みした際の「息継ぎ（プレス）」なので、迷ったら音読してみるといい。しかし、読点を打つタイミングはそれだけではなく、たとえば接続詞の次には読点を打つことが多い。

その他にも、読点には「意味を区切る」効果があるので、「ここからここまでは同じ意味」「ここからは別の意味」とブロック構造的に読点の打ち場所を考えることをお勧めする。

また、感嘆符（！）や疑問符（？）の後ろに句読点はつかない。これらの文章記号が文中に入った場合には一文字分の空白を入れ、またこれらの文章記号で一文を締めくくる場合には、何も書かず感嘆符あるいは疑問符で終わらせる。

○数字の扱い

通常、日本語文章で使用する数字は、算用数字（あるいはアラビア数字1、2、3……）か漢数字（一、二、三……）のどちらかである。ローマ数字（Ⅰ、Ⅱ、Ⅲ……）は通常の文章ではまず見ないが、タイトルのナンバリングや単語の一部としては稀に使われる。

算用数字と漢数字の使い分けについては、実は明確なルールがある。それは「縦書きなら漢数字、横書きなら算用数字」というものだ。だから小説は普通漢数字で書くことになる。

ただし、熟語や固有名詞を構成している場合――たとえば「一期一会」、あるいは紙のサイズ「A３」など――はこの限りではない。

○音や意味、言葉の重なりの扱い

日本語文章では「重なり」がカッコ悪いものとして読者の目に映ってしまうことが多い。

一つは音の重なりだ。たとえば「僕の腕の上の鳥」という文章を見て、どんな印象を受けるだろうか？　かなり不格好だと感じるのではないか。

さすがにこれは極端すぎる例なのでこんな文章を書く人はそういないが、「～の～の～」や「～に～に～」などはついついやってしまう。どうしても言い換えられないケースもあるが、なるべく注意しよう。

二つ目は意味の重なりだ。「重語」ともいう。典型的なところでは「馬から落馬する」「頭痛が痛い」「小さく呟く」などがあり、これらはすべて意味が重なってしまっている。「落馬」するんだから馬に決まっているし、「頭痛」だからそれは痛いだろう。そして「呟く」という言葉にも最初から小さいという意味が入っている、というわけだ。こちらにもある程度仕方がない部分があるし、あまり気にしないという向きもあるだろうが、言い換えられるなら言い換えてしまったほうが良い（ただし、「一番最初に」などのように厳密には重語だがあまり気にされないものもある）。

最後は文章のなかでの言葉の重なりだ。簡単にいえば、「あんまり狭い範囲で同じ言葉を何度も連呼すると鬱陶しい」ということである。

たとえばキャラクターの名前や、設定に関わる固有名詞、あるいは物の名前などが何度も繰り返されると、「いやもう知ってるから」となることがある。他のケースでも、たとえば主人公が悩んでいるシーンで「沈黙」「黙る」「言葉に詰まる」など、同じような意味合いの言葉が何度も出てくると、やはり同じように鬱陶しくなる。言葉の重なりには注意しよう。

○三点リーダー（…）とダッシュ（—）の扱い

二個セットで「……」あるいは「——」の形で使用する文章記号。

微妙な「間」を表現したり、ためらいや沈黙、余韻などを意味したり、「息を呑む」様を演出したりするためなどに使用される。お手軽に「カッコいい」雰囲気を作れるため、特にライトノベルなどでは多用されるが、使いすぎると意味がわかりにくくなるので、注意。

また、特にダッシュは文意を補足するためのカッコ（）と同じように使うこともある。

○「てにをは」の扱い

日本語には「てにをは」と呼ばれる言葉がある。「僕は」の「は」、「君に」の「に」などが代表的な「てにをは」で、言葉の意味を補助する効果があり、他に「て（で）」「を」「が」「も」といった種類が存在する。

これらの「てにをは」は言葉の微妙なニュアンスを左右するものであり、たとえば「彼は」といえば単体の人間のことを語っているが、「彼も」といえば他に誰かがいることになる。「てにをは」の微妙なニュアンスを本書ですべて紹介するわけにはいかないが、読みやすく正確な文章を書くためにはその用法をしっかりと身に付けておく必要がある。

○接続詞の扱い

文章や単語をつなげ、その関係性を明示するのが接続詞の役目である。種類は次のようなものがある。

・**そして、それで、だから**——順接（前の文章の結果、当然後ろの文章になる、という関係を作る）
・**しかし、だが、けれども**——逆説（前の文章と食い違う結果としての後ろの文章をつなげる）
・**および、また、ならびに**——並列（前の文章と後ろの文章は対等の関係にあることを示す）
・**そのうえ、さらには**——添加（前の文章に後ろの文章を付け加える）
・**つまり**——説明（前の文章を言い換えた後ろの文章を付け加えることでわかりやすくする）
・**または、もしくは**——選択（前の文章と後ろの文章のどちらかを選ぶ時に対象を並列させて示す）
・**ところで、いっぽうで、さて**——転換（場面や状況、話題を変える）

これらの接続詞は少ないと文意が伝わらないが、多すぎると非常に鬱陶しい。小学生が書く遠足の感想文を思い出してほしい。接続詞の使い方を理解していない小学生はなんでもかんでも「そして」をつけてしまい、結果として「そして〜でした。そして〜でした。」という文章を書いてしまいがちだ。

ある程度文章を書き慣れていればさすがにこんなミスは犯さないが、それでも「接続詞の使いすぎ」なケースは新人賞作品でもしばしば見られる。なるべく余計な接続詞は使わない（特に順接）ように意識するといいだろう。

○文末表現の扱い

文章の最後（文末表現）を現在形（〜する）にするか、過去形（〜にした）にするかでも、雰囲気は大きく違ってくる。

なるべく状況ごとに適切な選択をしたい（現在形だと勢いが出て、過去形だと落ち着く）が、同じ文末表現が連続すると鬱陶しくなるという問題もある。

○会話文と地の文のルール

声として発した台詞（会話）は「」で書くが、例外もある。

例①

総司はすっかり俯いてしまった。時おり、どうしたらいいんだろうな、という呟きだけが彼の口から漏れてくる。

はっきりと浮かび上がらせる必要がない場合などは、このように表現することもあるわけだ。

会話文の最後は【」】のみを書く。【。」】のように、句点を入れたりはしない。

通常、会話文はそれ以外の文章（地の文）と区別し、一つ一つ改行する。

会話文単体では誰が喋ったのかわからないことが多いので、ここに工夫が必要だ。地の文で「○○は言う」「××は言った」とフォローするのが基本だが、延々とこれを繰り返すと鬱陶しい。そこで、まずAが喋り、次にBが喋って、という具合に順番を固定する。あるいは、喋り口調や一人称などを個性的なものにする。このようにして、フォローの文章なしでも見るだけで誰の台詞なのかわかるようにすることも多い。

もちろん、地の文は会話文のフォローだけでなく、物語のなかで起きているさまざまなことを描写するために必要だ。

この際のポイントとして、「情景を止まったものとして書かない」というものがある。不思議に思うかもしれないが、地の文にも止まっているものと、動いている（動きがある）ものがあるのだ。たとえば町中の様子を書くなら建物や道の様子だけでなく「行き交う人々」を入れ込む、草原を書くなら木々や草の表現を通して「吹き渡る風」を描写するという具合に、動きを作ってあげる。たったこれだけで物語の臨場感が驚くほど変わるのだ。

また、地の文と会話文の関係性としては、一つの文の中に会話文を差し込むやり方もある。

例②

佑樹はひとしきり迷ってから、

「……分かった、お前に任せる」

ようやく首を縦に振るのであった。

こうすると、キャラクターの動きと会話を一連の流れのなかで表現できる。地の文の後半（例②でいうところの「ようやく首を〜」）を省略することで、更にテンポを速くするやり方もある。

さらに特別な用法として、会話文の前後で改行しないケースもある。

例③

達也はさっきからぼんやりとしているばかりで、俊一がどれだけ呼びかけても「ああ……」と生返事をするばかりだ。

例④

「お前の言いたいことはわかっている。私にだって、それが正しいであろうことはわかっているんだ」紡ぎ出す言葉の裏には、深い苦悩があった。「でも、大人っていうのはいつも正しくはいられないんだよ」

例③は地の文で会話文を挟み、逆に例④では会話文で地の文を挟んでいる。前者はわざわざ改行してしまうとテンポが悪くなってしまうような短い、あるいは意味合いの薄いセリフの時に使う。一方、後者はセリフを一連の流れとして表現したいが、仕草や周囲の状況なども一緒に織り込みたい場合に使用する。

普通、会話文のなかで改行はしない。しかし、あまりにも長すぎる会話文は非常に読みにくくなってしまうので、なんらかの対策をとりたい。

例⑤

「敵は見えている。味方も揃っている。しかしそれだけでは勝てない——わかっているんだろう？　僕達には、彼らに対して有効な武器がなにもないんだ。今戦いを始めても、一年前と同じことを繰り返すだけなんだよ。

だから必要なんだ——神々の剣が。邪悪な神を打ち倒せる力が」

このように改行してしまうのが一番手っ取り早い方法である。その他、途中で一度会話文を区切ってしまったり、喋る内容を会話文ではなく地の文でまとめたりする（彼が言うことには〜）のも一つの手だ。

三人称と一人称

三人称の特徴

通常、小説は三人称あるいは一人称で書かれる。このどちらを選択するかは書き始める際に考えなければいけない重要なポイントの一つであり、作品全体の方向性も左右しかねない。

ここでは三人称と一人称それぞれの特徴及び長所短所、そしてまた注意すべきポイントについて紹介する。

まず最初に三人称から紹介する。これは三人称で書き始めたほうが「文章力の上達」及び「妙な癖を付けない」という点において有利だからだ。

三人称は物語を第三者の視点から「彼は」「彼女は」「それは」という形で語るものだ。カメラが少し離れた位置あるいは上空にあって、キャラクターたちの行動を客観的にとらえているイメージ、といえばわかりやすいだろうか。この視点は作者自身かもしれないし、あるいは作者ともまた違う存在かもしれない。後者の場合、「神の眼」と呼ばれる。

作者あるいは「神の眼」は物語のなかで起きていることを淡々と書き連ねるケースもあるが、それ自身が意志をもって自らの感想や推測を入れ込むこともある。

例⑥

達也はすっかり黙ってしまった。彼にとってもこれはずいぶん予想外の出来事であったのだ。

例⑦

達也はすっかり黙ってしまった。どうやら、彼にとってもこれはずいぶん予想外の出来事であったらしい。

例の⑥は「神の眼」が推測をしないパターンで、⑦は推測をするパターンだ。これはどちらでもいいのだが、読者を混乱させないために作中では統一すること。

三人称の一番の利点はとにかく客観的であることだ。特定のキャラクターに縛られていたりしないので、「主人公のいないシーンだから描写できない」「主人公の知らないことだから書けない」ということがない。物語のなかで何が起きるのか、また書き手が読者に何を伝えたいのか、を素直かつストレートに表現できるので、小説初心者はまず三人称で書くことに慣れたほうが良いのである。

では、三人称の短所・弱点は何か。長所であった客観性が裏返しの弱点になってしまうことが多いようだ。すなわち、客観的であるがため、どうしても淡々と「起きていることを書いているだけ」になってしまいやすいのである。キャラクターの気持ちがなかなか前に出てこず、臨場感・緊迫感が演出しにくい、という欠点がどうしても三人称にはある。

だから、三人称では心情描写を増やし、またセリフによってキャラクターの気持ちをどんどん表現していく工夫が必要になるのだ。

また、三人称の視点はキャラクターに縛られない作者あるいは「神の眼」なので、その気になればあらゆるキャラクターの心情・内心を描くことができる。しかし、これをやりすぎると読者のキャパシティーを超えてしまって、「あれ、ここに書かれているのは誰の気持ちだっけ?」となりかねないので、注意しよう。

この自由度の高さは別の問題も引き起こす。三人称の視点はどこにでも配置できるから、主人公や物語のテーマに直接関係のないシーンを書こうと思えばいくらでも書ける。これによって物語に奥行きや膨らみを与えることができるので、それが三人称の長所でもあるのだが——一方で、あまり物語の本筋に関係のない話ばかりになると、「これ結局何の話だったっけ?」ということにもなりかねない。

つまり、三人称は「工夫をしないと淡々としすぎてつまらなくなるし、工夫をしすぎると何がなんだかわからなくなる」文章技法なのである。「初心者向きではあるが、一方で上級者になればこそ、その良さを引き出すこともできる」奥深いテクニックだ。

一人称の特徴

一人称の場合は、登場人物のうち誰かひとりが語り手となり(多くの場合、主人公が担当する)このキャラクターの視点によって物語が進行する。語り手が「俺は~」「僕は~」「私は~」と一人称で物語を綴るから「一人称小説」なわけだ。

三人称ではカメラが遠くから見ているようなものだと紹介した。これに対し、一人称では語り手の眼がカメラになっていて、かつ語り手が口に出さない内心の思いもそのまま録音されるようなものだと思ってもらえばわかりやすいだろう。

三人称では「●●はふざけるなと思った。」と書くところ、一人称では「ふざけるな！」と心の声をストレートに書くことができる。「思う」「感じる」などの言葉を使わないで、キャラクターの気持ちをそのまま文章にたたきつけられるのは非常に大きなアドバンテージといっていい。

そのため、一人称ではキャラクターの気持ちが強く出る。結果、読者の共感や応援を引き出しやすいし、アクションシーンなどでも語り手が焦ったり気持ちが高ぶったりする様子をそのまま描けるので臨場感や緊迫感の演出もしやすい。

もちろん、一人称にも弱点がある。一番大きいのは、「一人称のほうが書きやすいのではないか」と作家志望者に思い込ませてしまうことだ。

実際、一人称文体はキャラクターの気持ちになって、その思いをひたすら書き出せばとりあえず形にはなるから、書きやすそうだと思ってしまうのは無理もない。実際、私が専門学校やカルチャーセンターなどで出会ってきた作家志望者には、そのような思い込みを持っている人が少なからず存在した。

しかし、本当は一人称のほうが難易度は高いのだ。その最大の原因は、キャラクターの気持ちを心の声のような形で思いつくままに書き連ねていくと非常に鬱陶しくなる、という点にある。無駄に長々しく意味のない呟きや説明が入って話が進まない——これが非常によくあるパターンだ。なので、繰り返すが「最初は三人称から始めよう」と伝えている。

また、視点＝カメラが語り手に固定されてしまっているから、彼（あるいは彼女）の見ていないもの、知らないものは書けない、というのも大きい。

これは単純に語り手のいないシーンを書けない、他のキャラクターの気持ちを書く時には推測させるしかない（「驚いているようだ」や「ひどく汗をかいている」など）という話にとどまらない。

状況描写として語り手が気づきそうにないことを細かく書き込むのはおかしい――この作品の語り手は直情的なキャラクターなのに、周囲の状況や他人の気持ちについてこんなに観察できているのは変だ――という話にもなってしまう。

また、語り手はその世界についてよく知っているが、読者は説明がない限り知らないので、このギャップを埋めつつ、自然に説明するのが難しい（自分がよく知っていることであれば、理由がない限りわざわざ心のなかで確認しない）、という問題もある。

これらから、一人称は語り手のキャラクターについて深く理解し、配慮しなければ書けない文体といえる。

特別な人称

最後に、普通の三人称や一人称とは違う、特別な人称について紹介したい。

まずは「二人称」文体だ。小学校などで学んだことがあるだろうが、人称には自分を示す一人称、第三者を示す三人称、そして今話している相手を示す二人称――「君」や「あなた」など――がある。二人称文体はこの二人称を使って小説を綴る。語り手が誰かに対して「あなたは～」と文字通り語りかけるわけだ。

古典的な文学作品などでは稀に見る形で、読者に対して語りかけていたり、手紙などの形をとっていたり、あるいは「主人公の頭のなかにいるもうひとつの人格」や「主人公をサポートする人工知能」などが主人公に対して語りかける形であったりする。

特殊すぎるので機会も少ないだろうが、ふさわしいアイディアが思いついたら挑戦するのもいいだろう。

もう一つ、三人称と一人称をミックスした文体というものもある。これは基本的には三人称なのだが、時折まるで一人称のようにキャラクターの心の声が挿入されるものだ。二つの文体のいいとこどりになれるので、ライトノベルなどで特に多用される。

ただ、この文体には注意すべきポイントがある。それは「この心の声は誰のもの？」と読者を迷わせてはいけない、ということだ。そのため、一つのシーンで複数のキャラクターの心の声を混ぜてはいけないし、「神の眼」も自我を持って推測するタイプにするべきではない（キャラの心の声と混ざってしまうので）。

三人称と一人称

三人称

「神の眼」あるいは作者自身という第三者の視点が、「彼は」「彼女は」「それは」で語る。特定の登場人物にとらわれない

○	×
客観的に広く物語を描くことができる	物語が淡々とした進行になりがち
登場人物や彼らを取り巻く状況の説明がしやすい	心情・心の声の表現に注意が必要
複数の人物の心情描写もできる	自由にシーンが作れるので、わかりにくくしてしまいがち

小説の文体としては基本的なものであり、まずこれで慣れた方が技術向上につながる

一人称

「俺が」「僕が」「私は」という、作中の登場人物の誰かの視点で描く。語り手の主観が物語に強く反映されるのが特徴

○	×
読者の感情移入（共感）をうながしやすい	周囲の状況や語り手以外の心情を表現しにくい
臨場感や緊迫感を出しやすい	設定の紹介にひと手間かかる
登場人物の心の声をスマートに表現できる	語り手の登場しないシーンは書けない

キャラクターの気持ちそのままに書けるから初心者は好むが、描写が偏りがちなので最初はお勧めしない

豊かな表現、適切な表現

豊かな表現のために

ここからは「応用」編だ。より複雑な描写、より豊かな表現を実現するためのテクニックについて紹介する。

「美文より正確にイメージが伝わる文章」を大前提として守りつつ書き手のイメージを正確に伝え、かつ読者にストレスを与えないという条件を備えた上で、さらに美しい文章を書くことを目指してもらいたい。

といっても、書き手が自分の感性任せで「こういうものが美しいに違いない」と書き散らすようでは、間違いなくうまくいかない。書き手の思惑が伝わらず、そもそも美しくもない文章になるのがオチだ。

では、どうしたらいいのか。私のお勧めは、語彙（知っている言葉の数）を豊かにし、状況に合わせて類語（意味が近い言葉）の中から一番ふさわしい言葉を選べるようにすることだ。さまざまな言葉の意味と適切な使い方をマスターしていれば、状況に合わせて多様な「言い換え」をすることができる。

これによって作り出される豊かな表現力は、美しい文章を目指す書き手にとっては絶対的に必要なものだ（詩的な文章を求めるよりはわかりやすく、多くの読者ともイメージを共有しやすい文にもなる）。

では、語彙力をつけるためには、具体的にどうすればいいのだろうか。その第一歩は類語辞典を入手することだ。

特に豊かな表現力をアピールするために重要なのが、動詞の類語を使いこなすことだ。たとえば「見る」という行為一つについても「睨む」「眺める」「見上げる」「見下ろす」「見つめる」「見比べる」「見下す」など多種多様な類語があり、それぞれに適切なシチュエーションが存在する。これらの類語を状況に合わせて適切に使いこなせれば、美しい文章を書くという目標に大きく近づいたといえるだろう。

ただ、この点においてもやりすぎは禁物だ。「言った」「言った」「言った」の連続というのも味気ないが、だからといって本来「言った」以外に表現のしようがないところをわざわざ類語を使おうとすると分かりにくくなる場合があるのだ。

「ガイド」の重要性

ある程度のボリュームがある物語は、最初から最後までたった一つのシーンだけで構成されるということはまずない。幾つものシーンが組み合わされるなかで、多様なキャラクターたちが登場と退場を繰り返し、場面が何度も転換され、時間も経過していく。そうすることで物語に広がりや膨らみが生まれ、またスケールの大きさも表現されるのである。

しかし、そのなかでは新たな問題も出てくる。シーンとシーンが切り替わる時の「継ぎ目」というべき箇所において、きちんと状況描写ができない書き手が多くいるのだ。その結果、「このシーン、誰が登場しているの？」「え、このシーンって道路を歩いているところだったの？　室内だと思ってた」といった、書き手と読み手のイメージの食い違いが発生することになる。これは良くない。

そのために私がお勧めしているのは、「ガイド」を意識することである。これは私の造語で、つまり「そのシーンがどんなシチュエーションなのか」を示す状況描写のことだ。これをそのシーンの最初の一行、それが難しくともせめて五行目までには入れ込められれば、読者を混乱させることがなくなる。

慣れないうちはほとんど機械的に「最初にガイドを入れる」でも構わない。そうして経験を積むなかで、適切なガイドのタイミングが身に付いてくるだろう。

では、具体的にはどんな情報を「ガイド」として入れ込めばいいのだろうか。おおまかに分けるとポイントは三つある。

・「場所」のガイド

→文字通り、「どんな場所なのか」を入れ込むこと。室内なのか室外なのか、周囲に何があるのか。人の多い大通りなのだとしたら、群衆の描写などもこちらで意識したほうが書きやすいだろう。

ガイドと5W1H

ガイドとは

シーンの頭に、「これはどういうシーンなのか」がわかる描写を書き込む。
なるべく早い段階（最初の数行）が良い

場所	人物	時間

5W1Hとは

状況描写の基本。この6要素がきちんとあれば混乱しない

When = いつ	Where = どこで	Who = 誰が
What = 何を	Why = なぜ	How = どのように

また、周囲の状況をきちんと意識すると、それをシーンの雰囲気に生かす、という手も使えるようになる。たとえば映像作品の古典的手法で「陽気なシーンでは晴れ、悩みや挫折では雨、衝撃的なシーンでは雷」など天気で気分を演出するものがある。

・「時間」のガイド

→単純に「今がいつなのか（昼なのか夜なのか、また何年の何月何日なのか）」という意味もあるが、もう一つ「前のシーンとどうつながっているか」も重要。

・「人物」のガイド

→これにも複数の意味がある。一つは「どんなキャラクターが登場しているか」で、もう一つは「誰の視点で描いているシーンなのか」だ。特に一人称小説ではなるべく早い段階でこのガイドがないと、読者が混乱するので注意。

また、ガイドにだけ限った話ではないが、正確な状況描写をしたい場合は盛り込む内容として「5WIH（ページ上部図版参照）」を意識すると取りこぼしをしないで済む。

シチュエーションに合わせた描写・演出

文法テクニックの回の最後に、小説を書いていくなかでよく出るシチュエーション、また「こういうところで気を付けるとライバルに差をつけられる！」というシチュエーションを幾つか紹介する。参考にしてほしい。

できれば、これらのテクニックについては目を通して「ふーん」と思うだけでなく、そのシチュエーションに合わせた短い作品を書いてみてほしい。たとえば、今あなたが書こうとしている、あるいは書いている作品の主人公達が食事をしているシーンを書いてみる、などだ。

何のためにそんなことをするのかといえば、理由は二つ。一つは、「さまざまなシチュエーションの文章を書いたことがある」というのがひとつの自信になるからだ。「バトルは苦手だし書いたことないからバトルのない話を作ろう」という態度ではどうしても物語の幅も狭まるが、色々とやったことがあれば、「あの時やったことがあるからなんとかなるだろう」ともなる。あるいは、書いてみれば実は食わず嫌いだった、ということもあるかもしれない。挑戦することには大きな意義があるのだ。

また、二つ目は文法的なものではなく、あくまで副次的効果なのだけれど、自分の考えたキャラクターを色々なシチュエーションに遭遇させてみると、思いもよらない顔を見せることがある。気の強いキャラクターが病気や怪我で気弱になると妙にしおらしくなったり、気弱な人であっても大切なもののためには勇敢になったりするのが典型的な例だろう。もちろん、一人前のレディーであるヒロインがあくまで優雅に食事をする、などという可能性も十分にある。

こんな風に、キャラクターについて理解するために大いに役立つ（具体的なキャラクターのことだけでなく、「こういうタイプのキャラクターはこうなる」とパターン理解の役にも立つ）のだ。

食事シーン

物語の中心にはなりにくいが、多くの小説ではタニ(物語の盛り上がりを一度抑える)のシーンとして活用される。それどころか、「食事シーンが美味しそうな小説は名作」という風潮さえある。

食事シーンはキャラクターの方向性や雰囲気を見せるのにはぴったりだ。なぜなら、きちんとご飯が食べられるのは日常の象徴だからだ。そのキャラクターがどんな風に食事をするのか、何を食べているのかということは、日常をどのように過ごしているか、という表現にもつながる(逆説的に、空腹を強調することは非日常感の象徴にもしばしばつながる。追い詰められたキャラ、孤独になってしまったキャラには空腹を覚えさせてみよう。雰囲気が出るはずだ)。

たとえば、手早く自炊をするキャラ、コンビニ弁当を寂しく食べるキャラ、オシャレなレストランに慣れたキャラ、ゼリー飲料やサプリメントでの食事ばかりのキャラ——それぞれに強く個性が出てくる。これを利用しない手はない。

また、同じくらい「どう食べるか」も重要だ。食べ方が汚い人は心も汚い——とまでは言い切れないが、そのような印象は与えやすい。雑な人は雑にものを食べるし、気取った人は気取って食べるものだ。

では、具体的にはどんなポイントに気をつければいいのだろうか。まずは自分や友人の「食事(食べ物、食べ方)へのこだわり」を自覚・観察してみよう。意外と気が付かないところに妙な癖やこだわり、共通点などがあるものだ。

その上で、「美味しそうな」食事にはどんな描写が必要か、考えてみよう。既存作品の中の「美味しそうなご飯」描写に答えがあるかもしれない。

寝起きシーン

キャラクターを作者が理解する、また読者に理解してもらうためには、キャラクターの一日について考え、描写するのがもっとも手っ取り早い。その中でも「起床」はほとんどの人が一番最初にやることである。その姿には、普段の生活が強く出てくるのだ。

そのキャラクターはどうやって起きるのだろう。自然に目をさますのか、目覚まし時計か、それとも誰かが起こしてくれるのだろうか。子供や犬、一緒に寝ている人の寝相、というのも面白いかもしれない。

朝目を覚まして、まず何をし、何を考えるだろうか。すぐに布団から出る人もいるし、しばらくぬくぬくとしている人もいるだろう。布団の中でスマホをいじったりテレビを見たりという可能性もある。

眠りから覚めれば、それまでなかった五感情報が一気に入り込んでくる。見るもの、聞くもの、肌で感じるもの。それらをしっかり書く練習をすることは、描写の訓練にもなる。

布団から出たあとの行動もさまざまだ。まずトイレに行く、着替える、シャワーを浴びる、食事をする……これらをゆったり行う場合もあれば、バタバタしてしまう場合もある。家族と暮らしていれば誰かの支度を手伝ったり、手伝ってもらったり、ということもあるだろう。

また、「どのように起きるか」は「どのように寝たのか」ともつながってくる。そのキャラクターは健康的な睡眠をとることができたのだろうか？

病気や怪我

戦えば怪我を負うことがあるのは当たり前のこと。バトル物で毎回主要キャラクターが怪我をして、その後の治療や療養を延々と描いていたら単調になるが、挫折からの復帰を演出したり、タニを作りたい時などに便利だ。また、日常ものでも状況を変えたい時に「ヒロインが病気になって、見舞いに行ったら意外なものを見てしまって……」というのは定番のシチュエーションといえる。

キャラクターの痛みや苦しみを表現するのに躊躇する人がいるかもしれない。物語の都合上、そうしたものに縛られたくない、と考えている人もいるかもしれない。しかし、キャラクターの行動に説得力を与える、あるいはキャラクターに共感や感情移入をしてもらうために、病気や怪我、痛みや苦しみをしっかり書くのは大事だ。なぜなら、痛みに耐えて頑張る主人公の姿、あるいは過ちを取り返すために傷という代償を払う姿は、多くの読者の共感と応援を呼ぶからである。

もちろん、注意すべきポイントはある。リアルを追求すればいいわけではないことは物語全般に言えるが、病気や怪我という点では特にそうだ。傷や病を描写しすぎればグロテスクになるし、バトルのたびに傷つく主人公たちの痛みばかりを書いても変だ。

リアルの追求はしばしば誤ったところへたどり着く。現代の高校生と、中世の傭兵が同じように傷に苦しみ、痛みで動けなくなるはずがない。「この物語ではどうか」ということをしっかり考え、その振る舞いに説得力を与えるのが大事なのだ。

加えて、キャラクターの気持ちもしっかり入れ込みたい。熱っぽければ頭の回転も遅くなるし、痛みが人の心を変えることもある。その辺りをしっかり書けると、物語に説得力が出るというものだ。

町中の描写

主人公たちが町中を歩いているシーンなどはよく書くことがあると思う。その時、町並みの様子や通りを歩く人々の姿などをしっかり書き込んでいるだろうか？　私は作家志望者の原稿を見る時、いつも「ああ、ここで損をしているなあ」と感じてしまう。

だが、プロ（特にファンタジーの書き手）は町の様子をきっちりと描写する。それは「この世界はどんな場所なのか」をアピールするのに「主人公の目から見て、その町（＝世界）はどんな様子なのか？」を書くのが一番わかりやすいからだ。面倒くさくとも、きちんと描くことを忘れずに。

ファンタジー世界や現代でも海外などの、読者にとって身近でない特別な舞台を描こうとする時は、この町中の描写において、「その世界の技術レベル」もアピールしたい。車が走っているなら近代以降だし、街頭テレビやラジオがあれば現代にかなり近い。SF的な世界なら服装や設備に特徴があるだろう……。そういった情報は作者の頭のなかにはしっかり入っているだろうが、読者には「書かない限り伝わらない」のである。

当然、いきなり物語上に無関係な町中の描写を入れ込んではいけない。ちゃんと自然な物語の流れのなかで背景として演出すること。また、視覚情報だけでなく音や匂い、雰囲気で書くことを探すような心遣いも忘れないでほしい。

旅の描写

世界を描くという視点に立った時、「町」だけでは物足りない、ということもあるだろう。特に異世界ファンタジーなどでは、より広い世界を描くからこそ物語を魅力的に見せられるものだ。そこで重要なのが「旅」の描写である。

たとえば町中のようにそう頻繁に出てくるものではないが、それだけに非日常を演出するのにはもってこいでもある。日常から離れることでの高揚もあれば、不安もあるだろう。それをしっかりと描いてほしいところなのだ。

そもそもファンタジーの冒険物語の根幹には、「行って帰る」（普段住む領域の外へ出かけ、怪物退治などの成果を得て帰ってくることで、成長を体現する）ストーリー構造があり、そのなかでも旅は非常に重要なモチーフになる。この点は現代ものでも重要で、一人旅を契機に成長する青春ものというのは王道パターンの一つである。

ただ、リアルな「旅」を描こうと思ったら、他のシチュエーション以上に資料調べが欠かせないという問題はある。どんな道具が必要なのか、旅の光景はどんなものか、どのくらいの時間を移動することでどの程度の距離を稼げるのか、などだ。

ファンタジーなら既に紹介したような資料を調べておきたいし、現実の場合は旅のガイドブックなども有用だが、できれば自分でも一度現地取材をしておきたいところだ。

ファンタジックな存在の登場

ファンタジーならドラゴンに代表されるようなモンスター、あるいは魔法使いが「魔法」を使う瞬間。SFなら宇宙船やエイリアン、光線銃にサイボーグ……ともあれ、作品世界が現実と違うのだと強くアピールする架空の存在が登場するシーンは、しっかりと描写してほしい。

これらは「町」や「旅」に通じるところがあり、「この世界はどんな世界なのか」をアピールする際には、このようなシーン演出が絶対に必要になる。

まずは、ドラゴンはどんな姿形をしているのか、魔法はどんな現象を起こすのか――といったビジュアル描写が必須だ。この際、大きさなどを具体的な数字やたとえ（ビルほどの大きさ、など）によってしっかり書けると説得力が出るし、ドラゴンのことを「大きなトカゲ」と書くように読者とコンセンサス（共通理解）が成立している何かにたとえるのもひとつの手である。

しかしそれだけでは足りない。お勧めの方法としては、まず抽象的な描写（この世界には魔法があるんだとセリフや地の文でアピール）をし、具体的な描写（魔法使いが魔法を実演する。あるいは町中に魔法のアイテムが存在する様子など）をし、もう一度抽象的な描写（キャラクターの魔法への感想など）をするというサンドイッチ形式にすると、非常にわかりやすく、読者にも明確に伝わる。

特に、登場させる架空の存在がストーリーのテーマを象徴するような重要なものなら、しっかりタメ、伏線も張り、演出もドラマチックになるよう心がけること。あっさりやって意表をつくのはこの場合お勧めできない（読者は肩透かしを受けたような感じになってしまう）。

恋愛シーン

先にも少し触れたが、恋愛は物語を盛り上げるためにほとんど必須と言ってもよい存在である。

特にライトノベルなどの青春という要素が強く関わってくる物語ではないほうがおかしいくらいだし、中学生・高校生の男女にとってもっとも興味のあるテーマの一つでもある。よほどの理由があったり、テーマと明確に反したりしていない限り、恋愛要素はなるべく物語の中に取り込みたい。

しかしそれだけに「うまく書けない」「できれば避けたい」と苦手意識を持っている人は少なくないはず。しっかり書けるようになっておこう。

恋愛をきっちり盛り上げるために大事なのは、「惚れる理由」をなるべくしっかりと、それも読者に伝わる形で描写することだ。恩があったり、憧れの対象になったり、自分にないものを持っていたり、喜怒哀楽など感情面で共感するものがあったりといった、惹かれる要素をちゃんと用意してあげた上で、そのことを描写のなかで明記していくことが大事なのである。

とはいっても「一目惚れが書きたい」という場合もあるだろう。その場合は美貌や振る舞いなどの外見的な「惚れる理由」をつけてあげる、あるいは「まず外見に惚れ、次に魂へ惚れなおす」などの段階を用意すると、より読者の納得を得られるだろう。もちろん、現実には理由のない一目惚れもあるだろうが、物語においてはそれを設定にしてしまうとなかなか読者が説得力を感じてくれないのである。

その他の描写面では、気持ちの高ぶりや逆に冷えきった感じなどをメリハリよく表現することが重要だ。これは「書き手がキャラクターの気持ちにのめり込みすぎてひとりよがりな文章になってしまう」のが怖い。恋愛シーンのようなテンションを他よりも上げたり下げたりするようなシチュエーションでは、その一方で冷静かつ客観的な視点を保持することも忘れずに。

多人数での会話

会話（セリフ）のルールは前回紹介したとおりだが、多人数が関わってくるような会話シーンではまたちょっと話が変わってくる。

二人や三人での会話なら「Aさん↓Bさん↓Cさん↓Aさん」という具合にローテーションを回していけば「誰がしゃべっているのかわからない」ということにはそうそうならない。しかし、これが四人以上となると順番に話すのはちょっと変だ。

集団のなかでは積極的に喋る人もいれば、わりと黙ってしまう人もいるだろう――話の流れや各キャラクターの性格なども考え、誰が会話の主軸にいるのか、誰がどこで会話に入ってくるのか、ということを考える必要がある。

この問題に対しては、実際に自分たちはどんなふうに会話しているかを考えるのが一番だ。それだけでなく、バラエティー番組などでの会話の様子などを文章に起こしてみる練習が意外と役に立つ（TVでの会話は普通の人の会話よりも文章にするとスマートなものになっているので、会話・セリフ文そのものの訓練にもなる）。

加えて、誰がどこにいるのか、それぞれがどんな位置関係にあるのかも忘れずにしっかり書き込んでほしい。読者の頭のなかで映像を想像できるくらいの情報を入れるのが理想だ。

アクション&バトル

冒険もの、活劇ものにおいてアクションやバトルはもっとも盛り上がるシーンだ。主人公のカッコ良さを表現するためにも、敵の強さをアピールするためにも、しっかりと盛り込んでいきたい。

ただ、戦闘シーンは典型的なヤマで、盛り上がる分読者に緊張を強いるし、あまり多いとダレる場合も。適宜、タニのシーンも入れこんでいこう。

アクションにせよ、バトルにせよ、勢いとスピード感が非常に大事なのは言うまでもない。そのため、一文を短めにしたり、体言止め（名詞で終わらせる文末表現）を使ったり、などの文法的な工夫が必要になってくる。

また、スピード感があればいいというわけではないのが小説のアクションやバトルシーン。キャラクターが体をどういうふうに動かしているのか、位置関係（距離関係）がどうなっているのか、をきちんと考えよう。

とはいっても、剣道や柔道、ボクシングなどの武道や格闘技、あるいはスポーツの経験がない人は、いまいち「体をどういうふうに動かすのかイメージができない」ことが多いはず。その場合は格闘技やスポーツの試合を映像で見て勉強するのも一つだが、とりあえず自分で「こんな感じかな？」と体を動かしてみるだけでも、結構勉強になるはず。

もしファンタジーなら、怪物を出す、魔法を出す、状況にこだわるなど、「ファンタジーらしさ」の演出にも気を配りたい。

一方、現実ものの場合、基本的にはファンタジーのそれと変わらないが、現実に近い分、より読者の目は厳しくなる。

たとえば「普通の高校生」が特別な理由もなく異常なタフネスを発揮し、ボロボロになっても平然と動くようでは、ファンタジー世界以上に「変」に見えるので注意。

また、現代や近未来など文明・技術レベルの高い世界が舞台のアクションやバトルのシーンでは「銃」が出てくることが多い。場合によっては「戦車」「戦闘機」「ヘリ」「ロボ」のような兵器が出てくることもあるだろう。これらをフィクションで読んだだけのぼんやりとした知識で書くと、不自然なものを書いてしまうことが多いので注意。

シチュエーションの都合上あえて現実とは変えることもあるだろうが、その時も「どうせ変えるから調べない」「細かく書くとバレるからごまかす」ではなく、「調べた上であえて変える」態度をとると、展開に説得力が出てくる。

スポーツシーン

本書でも少し触れているが、スポーツはマンガやアニメでは定番の題材だが、ライトノベルではあまり見ない。これはスポーツシーンを盛り上げるために必要な動きの魅力や迫力、勢いなどを表現するのに、文章では少々力不足なところがあるからだ。

とはいえ、スポーツそのものをメインテーマとしたライトノベルのヒット作も比較的少数ながら存在している。大人向けエンタメの世界では、「プロスポーツの事情」や「クラブ活動にすけて見える青春の光と影」のような搦《から》め手を使っていくことで、十分物語の主題にしていくことが可能だ。

他にも、青春ものでは体育の授業に部活動とスポーツ（運動）をするシーンはいくらでもありえるから、書く機会は少なからずあるだろう。大人向けの現代もので、ジョギングをしているシーンを書く機会もあるかもしれない。書けるようになっておいて損はないだろう。

そのうえで、具体的にはどんな点に気を付ければいいのか。バトル・アクションシーンと同じく、体の動きや位置関係が重要である。ファンタジックな要素がない分地味になりがちな欠点を、迫力ある描写でカバーしたい。あるいはほとんどファンタジックで非現実なレベルの必殺技を登場させる、キャラクターたちに明確な二つ名・異名を与えるのもよくある手だ。

そのうえで、適宜そのスポーツについてのうんちくが入れ込めると面白い。アニメや漫画では難しい、小説ならではの「説明を入れ込める」メリットを存分に活用しよう。

7章のまとめ

「良い文章」と「美しい文章」は必ずしも一致しない

↓

良い文章とは
「書き手のイメージを正しく伝えられ、読者にストレスを与えない文章」
である

そのためには何が必要なのか？

- **基本的な日本語文章・表現のルールをきちんと押さえる**
- **類語を使いこなし、豊かな表現力を身につける**
- **ガイドに気を配り、読者を混乱させない**
- **多様なシチュエーションに合わせて最適な描写・演出をする**

課題 7

次ページの校正の基本を参考に、次々ページ以降に掲載した２つの原稿をコピーして、誤字のチェックや日本語文章としておかしいところの指摘、ストーリーの改善点確認などを行い、赤字を書き込みなさい。

★ポイント1
冷静に、一歩引いて作品を見つめよう

★ポイント2
迷った時には音読してみるとわかりやすくなることも

★ポイント3
難しいものではないし、基本的な校正記号は暗記しておきたい

よく使う校正記号（編集記号）

※校正の正規ルールとは若干異なるところがあるので注意

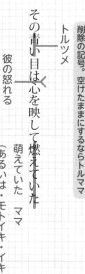

削除の記号。空けたままにするならトルママ

トルツメ

その青い目は、心を映して燃えていた

彼の怒れる

挿入の記号

萌えていた　ママ

（あるいは・モトイキ・イキ）

修正の取消記号

句読点を入れ込む際は、このような簡易記号もある。また、修正する文章の中に句読点がある場合も、同じように囲むと親切

ふーっ、息を吐き、呼吸《こきゅう》を整える。

ルビ（ふりがな）の記号

よし、やるぞ！……□□

三点リーダーのほか、中黒（・）やダーシ（―）も四角を添える、もしくは四角で囲む

「くらえ、火球《ファイアボール》！」

叫びとともに手のひらから炎の玉が飛び出す。

一文字分下げる記号

単語にまとめてルビを入れる場合はこう書く（群ルビ）

改行の記号

どうやら、迷っていられる時間は過ぎたようだ。どうしようもない、と覚悟を決めた。

改行取り消しの記号

彼は、太陽の方角へ走りはじめた。

入れ替えの記号（隣接している場合）

「ここでしくじるわけには万が一にもいかない。

よーし、慎重に……」

息を整えつつ、俺は前を向いて、足を一歩踏み出す。

入れ替えの記号（位置が離れている場合）

「それでは、立候補したいは手を挙げてください」

制服のスカートを校則通りの丈に履く学級委員長がメガネのフレームを手で上げながらクラスメイトの方に振り返る。黒板には『文化祭劇「白雪姫」　担当振り分け』とあり、役柄や裏方の名称が並んでいる。

「はいはーい！」といの一番に手が上げたのは廊下側の後方に座る男子生徒・高木だった。高校生にしては幼い顔つきをしており、身長が低めなこともあって下手をすれば小学生に間違われなくもない。

「俺、白雪姫に立候補しまーす」

「えっ」

「マジかよ」

教室に響き渡る立候補に、クラスメイト一同は騒然とする。

「木高くんは男の子じゃない。なんで白雪姫をやるのよ」

「やりたいからに決まってるじゃん」

「いやいや高木、ここは女子に譲っておけよ。具体的には西村さんに」

「それはお前が西村さんのドレス姿を見たいだけだろ」

「ていうか高木は七人の小人の方が合うじゃん。身長的に」

「誰だ身長の話をした奴は！」

高木の白雪姫役立候補は、教室の至る所から抗議の声が上がる。

「他に白雪姫役をやりたい人はいないの？ いないなら自動的に高木くんが白雪姫になるけど…」

司会進行役である学級委員長も戸惑いの様子を隠せてはいない。しかし、司会の役目を全うしようと頑張っている。

「高木やるくらいなら俺がやる」

そう言ったのは高木の一つ前に座る大久保だった。高木よりも二十センチ以上背が高い。

「いやいやいや！　身長百八十センチ間近の白雪姫なんて誰が見たいんだよ。　王子だって目覚めのキスする気が失せるわ！」

「僕だってやりたいから立候補した。それまでだ。百八十センチの白雪姫でなにが悪い」

火花を散らす高木と大久保を周りが囃し立て。委員長は大きなため息を吐いた。

街道がよく見える丘の上で草むらにうつ伏せに隠れれたまま、六時間が経っていた。

私は目の前の街道を戦車と装甲車の一団が通るという情報があったので、狙撃手として足止めの任を受けてこうして待っているのだ。

四〇を過ぎた身体に徐々に悲鳴を上げ始めていた。

「暇っすね」

気だるげな声に釣られて顔を上げて、退屈そうに双眼鏡を覗きこむ男。二十も歳の離れた部下の観測手である。

「オスカル、死後は控えろ。我々は石みたいに息を殺すのが仕事だぞ」

「でもマルクスさん、暇は暇っすよ。雑草が風に揺れるのがいくら面白く立って、いつまでも眺めてたら飽きますって。せめて雑談くらいしましょうよ。

本当は強くもっと黙らせるべきだったのだろう。そこまで厳格に慣れなかったのは、きっと私も退屈していたのだ。

声を潜めるよう言い含めると、オスカルは目から双眼鏡を離すことなく頷いた。俺もライフルのスコープを覗きなおす。「マルクスさん、最近なにか面白いことありました？」

「面白い、か。そうだな……最近ではないが、変化はあったな」

「変化っすか。奥さんに見限られました？」

「娘だ。どうも最近男ができたらしくてな。一層私を近づけようとしなくなった。国を離れた直前でさえそうだった」

自分には分からない話しっすね。まだ結婚もしてないし。

「お前みたいな根気のない女と結婚したがる男なんていないだろう」

「そうでもないっすよ。今自分、国に恋人いますし」

ほう、と私は眉を上げた。こんな奴に惚れるとは、見る目のない女だ。

マルクスはなおも惚気る。

「クラブハウスで出会ってから、ずっとラブラブすっすよ。ドロテアって言って――」

「待て。ドロテアだと？　その女、ファミリーネームは何だ」

思わず話を遮ってしまった。なにせ私の娘の名前もドロテアなのだ。

マルクスははっと目を丸くした後口にしたのは、私のファミリーネームを口にした。

コラム　語彙を増やすことのさらなる意味

この章では表現力を高めることに関連し、類語を使いこなすこと、そのために類語辞典を持ち、語彙を増やすことを推奨した。しかし、語彙、すなわちたくさんの言葉を知ってそれを的確に使い分けられることの意味はもっと多い。ここではその点に触れたい。

語彙とはすなわち「言い換えられる力」だ。たとえば、ある一つの行動や状態をやわらかいひらがなの言葉で表現するか、二文字熟語で表現するかで印象は大きく違う。地の文で使えば作品全体の雰囲気を左右し、キャラクターのセリフで使えば彼らの雰囲気が変わる。だから語彙は重要だ。

語彙を増やせているかどうかが大きな意味を持つ言葉もある。敬語がそれだ。日本語の敬語は単に喋っている相手に敬意を示す尊敬語だけでなく、自分の立場を下げて相対的に敬意を示す謙譲語もある。この二つの言葉は性質が全く違うのだが、「敬語だから敬意を示す言葉だろう」とごちゃまぜになって覚えてしまい、結果として相手の行動に謙譲語を使ってしまうケースが多い。これは実生活で行えば失礼だし、キャラクターにさせてしまうと違和感が出る。

「ですます」に代表される丁寧語は基本的にシンプルな言葉なので困ることは少ないだろうが、尊敬語・謙譲語を使いこなせない大人のキャラクターはやっぱりちょっと変だ。

また、語彙を増やすためには、普段から「気になったら調べる」を習慣付けてほしい。類語辞典を持とうと推奨したのもこの一環なのだが、辞典がなくとも調べることができる。パソコンなり、スマートフォンなりでいいのだ。今は無料の辞典サービスが充実しているので、「あの言葉はなんという意味かな?」くらいであれば簡単に調べることができる。

この「気になったら調べる」ができる人は、意外なほどに少ない。その時ちょっと気になっても、結局どうでも良くなってしまう人が多いのだ。あるいは、自分の使っている言葉に不安を覚えることが少ないので、そもそも調べる機会を逃してしまう場合もある。だが、小説を書こうというのであればそれではいけない。目にした新しい言葉は片っ端から調べよう。

8章

校正は作品を完成させる最後の一歩

【課題７の内容】

　校正の基本を参考に、掲載した二つの原稿をコピーして、誤字のチェックや日本語文章としておかしいところの指摘、ストーリーの改善点確認などを行い、赤字を書き込みなさい。

模範解答

おそらく同じような意味で「下手をすれば」と「なくもない」を使っている。片方だけにしてあげると読みやすい

「それでは、立候補したいは手を挙げてください」

制服のスカートを校則通りの丈に履く学級委員長がメガネのフレームを手で上げながらクラスメイトの方に振り返る。黒板には『文化祭劇「白雪姫」　担当振り分け』とあり、役柄や裏方の名称が並んでいる。

「はいはーい！」といの一番に手が上げたのは廊下側の後方に座る男子生徒・高木だった。高校生にしては幼い顔つきをしており、身長が低めなこともあって下手をすれば小学生に間違われなくもない。

「俺、白雪姫に立候補しまーす」

「えっ」

「マジかよ」

教室に響き渡る立候補に、クラスメイト一同は騒然とする。

「木高くんは男の子じゃない。なんで白雪姫をやるのよ」

「やりたいからに決まってるじゃん」

「いやいや高木、ここは女子に譲っておけよ。具体的には西村さんに」

「それはお前が西村さんのドレス姿を見たいだけだろ」

人
穿
を
を
、

「ていうか高木は七人の小人の方が合うじゃん。身長的に」

「誰だ身長の話をした奴は！」

高木の白雪姫役立候補は、教室の至る所から抗議の声が上がる。

「他に白雪姫役をやりたい人はいないの？ いないなら自動的に高木くんが白雪姫になるけど…」

司会進行役である学級委員長も戸惑いの様子を隠せてはいない。しかし、司会の役目を全うしようと頑張っている。

「高木やるくらいなら俺がやる」

そう言ったのは高木の一つ前に座る大久保だった。高木よりも二十センチ以上背が高い。

「いやいやいや！ 身長百八十センチ間近の白雪姫なんて誰が見たいんだよ。王子だって目覚めのキスする気が失せるわ！」

「僕だってやりたいから立候補した。それまでだ。百八十センチの白雪姫でなにが悪い」

火花を散らす高木と大久保を周りが囃し立て。委員長は大きなため息を吐いた。

に　が　アキ　ツメ　……□□

この句点は読点のつもりで打たれたものだろうか、とすれば、読点に直してほしい街道がよく見える丘の上で草むらにうつ伏せに隠れたまま、六時間が経っていた。

私は目の前の街道を戦車と装甲車の一団が通るという情報があったので、狙撃手として足止めの任を受けてこうして待っているのだ。

四〇を過ぎた身体に徐々に悲鳴を上げ始めていた。

「暇っすね」

気だるげな声に釣られて顔を上げて、退屈そうに双眼鏡を覗きこむ男。二十も歳の離れた部下の観測手である。

「オスカル、死後は控えろ。我々は石みたいに息を殺すのが仕事だぞ」

「でもマルクスさん、暇は暇っすよ。雑草が風に揺れるのがいくら面白く立って、いつまでも眺めてたら飽きますって。せめて雑談くらいしましょうよ。」

本当は強くもっと黙らせるべきだったのだろう。そこまで厳格に慣れなかったのは、きっと私も退屈していたのだ。

声を潜めるよう言い含めると、オスカルは目から双眼鏡を離すことなく頷いた。俺もライフルのスコープを覗きなおす。「マルクスさん、最

トルツメ

が

年齢の漢数字表記は統一してほしい

私語

た

な

この「私は」は文中の「狙撃手として」の前に置いた方が良い。言葉のかかりが分かりづらいため

主語・主体の変化がわかりづらい。「俺が顔を上げると、そこには」のような書き方なら問題がなくなる

近なにか面白いことありました？」

「面白い、か。そうだな……最近ではないが、変化はあったな」

「変化っすか。奥さんに見限られました？」

「娘だ。どうも最近男ができたらしくてな。一層私を近づけようとしなくなった。国を離れた直前でさえそうだった」

自分には分からない話しっすね。まだ結婚もしてないし。

「お前みたいな根気のない女と結婚したがる男なんていないだろう」

「そうでもないっすよ。今自分、国に恋人いますし」

ほう、と私は眉を上げた。こんな奴に惚れるとは、見る目のない女だ。

マルクスはなおも惚気る。

「クラブハウスで出会ってから、ずっとラブラブすっすよ。ドロテアって言って―」

「待て。ドロテアだと？　その女、ファミリーネームは何だ」

思わず話を遮ってしまった。なにせ私の娘の名前もドロテアなのだ。

マルクスははっと目を丸くした後口にしたのは、私のファミリーネームを口にした。

ツメ

離れる

彼は「オスカル」のはず

〓

トルツメ

おそらく途中で書こうとした文章が変わった。「口にしたのは～だ。」か「目を丸くした後～を口にした」としたかったのでは？

注意深く校正する

校正＝推敲の手法

校正（作品のチェック）はプロの作品を完成させるために絶対に必要な最後の作業である。

書き手の言葉で言えば「推敲《すいこう》」ということになる。簡単に見えて意外と一筋縄ではいかない作業であることを、今回の課題でわかってもらえたはずだ。

推敲をしていない作品は、必要なページ数を満たしていたとしても、まったくの未完成だと考えてほしい。最低でも一回、できれば二回三回と読み返し、手直しをすることで、初めて作品は完成するのである。

そこで、この項では推敲のポイントについていくつか紹介してみよう。

まず最初にするべきなのは、校正記号をしっかり身につける、ということだ。プロ作家になった場合、推敲・校正作業では必ずこれらの記号を使用する（独自の書き方をすると誤解が発生する可能性があるため）。

前回の「校正の基本」に書いてあるのがよく使う基本的な校正記号なので、参照してほしい。

また、推敲を「書き終えた後」から始めるのではちょっと遅い――というと、意外に思う人もいるだろうか。実は、理想の推敲は毎日の執筆を終えたところ、あるいはその日書き始めるタイミングで読み返す癖をつけることなのだ。これで内容の矛盾やキャラクター&文章のブレを防ぐことができる。

そしていよいよ書き上げて推敲する――となった場合、必ず執筆終了から少し時間を置いて推敲してほしい。「原稿を寝かす」と表現してもいい。どうしてすぐに読み返してはいけないのかといえば、それは冷静な目で自分の作品を見つめる必要があるからだ。書き上げた直後は疲れてもいるだろうし、気分が昂ってもいるはずだ。作品への思い入れも強くなっているから、なかなか客観的な推敲ができない。

そこで、しばらく――せめて一日、場合によっては次の作品のプロットを作りながら一週間くらい置いて、それから推敲を始めても遅くはない。大事なのは冷静な目を取り戻すことなのである。

プリントアウトして紙の形で推敲することも大事だ。原稿執筆中に確認する程度ならわざわざ印刷しなくてもかまわないが、書き上げた後の推敲では必ずプリントアウトして読み返してほしい。

これは実際にやってみないとわからないのだが、紙で見るのとモニターで見るのとでは本当に見え方が違い、それまで気付かなかったようなミスが見えてくるものなのだ。

文法テクニックの再確認

今度は、文章・文法面でのチェックポイントを見ていこう。

以下に文章面で特に確認しておくと良いものをリストアップしたので、参考にしてほしい。七章で紹介した文法のテクニックと重なるところもあるが、改めて確認すること。

A）基本的な誤字・脱字はないか？

別に落選理由にはならないが、プロを目指すなら誤字・脱字のない文章を書くのは最低限のマナーだ。

B）文章の基本ルールを間違えていないか？

行頭一字空け、「」内の句読点、三点リーダーやダッシュの偶数使用など。

C）漢字のひらきの統一はされているか？

基本的な動詞・名詞（「動く」や「時」などが代表的）に特に多いミス。

D）重語を使っているところはないか？

「頭痛で痛い」「お仕着せを着る」などの表現は見苦しい。

E）☆／♪／アスキーアート／擬音の多用／拡大文字を使っていないか？

インターネットの小説ならともかく、商業小説では使わないのが普通。幼稚に見える（学生の主人公がメールを打つ場合など、状況次第ではマッチすることも）。

F）……（三点リーダー）や――（ダーシ）を多用しすぎてはいないか？

カッコ良さを求めるのに使いたくなりがちだが、使いすぎはうるさい。また、そもそも偶数セットで使用するもので、単体では使わないのが普通。

G）文末がワンパターンになってないか？

「する」「だった」「だ」「である」「（体言止め）」など、ある程度のバリエーションをつける。時制（現在形、過去形……）も大事だが、文末をバリエーション豊かにして作るリズムも同じくらい大事。

この文末表現には色々な考え方があり、「これが正解」とは言い難いが、自分なりのやり方を見出し、一つのシーン、あるいは作品のなかでしっかりと統一することが必要だ。

H）何度も同じ比喩、同じ語彙を使い回していないか？

右に同じ。ワンパターンは技量不足の証と取られる。

I）一文が無駄に長くなっていないか？

長すぎる文章は「で、結局何が言いたいのか？」となりやすい。

J）句読点を打つ場所は適切か？

右に同じ。読み上げることがもっとも効果的な対処法。

K）代名詞や接続詞が効果的に機能しているか？

「あれ」「それ」「これ」や「彼」「彼女」はまったく使わないと文章がうるさくなり、使いすぎると何を言っているのかわからなくなる。接続詞はその逆。

L）『の』が連続して続いていないか？

「〜の〜の〜」と続きすぎると非常に不格好。

M）使用している専門用語をうまく説明できているか？

一般的な知識でない場合は説明を怠らないこと。（）で括るのも一つの手だが、できれば物語の流れのなかで自然に。

校正の分類

次に、プロの視点からこの作業を追いかけてみよう。これは作家が作品を書き上げたあとに校正者、そして編集者が行う作業だ。

一般に校正、あるいは校正・校閲というが、このチェック作業は次のように細かく分けることができる。

○**校正**

↓単純な誤字脱字のチェック。漢字の「ひらき」の統一なども。

○**校閲**

↓調査や確認。流れのなかでの文章のつながりや、ストーリーや世界設定の破綻、論理の破綻など、基本的にはマイナス面の指摘を行う。たとえば【ファンタジー世界の中に唐突に電灯が登場する】【現実では二〇一三年六月一日が土曜日なのに作中では火曜日】といったことを指摘するのは校閲。

○**編集校正**

↓ストーリーに対するアドバイスを行うもので、こちらは基本的にはプラス面の指摘になる。「こういうふうに書くといいよ」「こういう描写を入れるといいよ」などと提案する。

この際、校正や校閲における明らかなミスは赤ペンで書き込むが、ミスかどうかが明確で無い（作者が意図的にそうした可能性がある）場合は鉛筆にしたり、あるいはクエスチョンマークをつけたりする。

その鉛筆赤字やクエスチョン付き赤字を受け入れるか、あるいは「いや、これはこのままで」とするかは作家に委ねられる（もちろん、他の赤字についても作家が否定することはある）。これは、編集者にせよ、校正者にせよ、あくまでチェックして指摘するのが仕事であって、作品を作る主体は作家だからだ。

だったらそもそも校正作業なんていらないのではと思ってしまうかもしれないが、それはやはり短絡的すぎる考えというべきだろう。ひとりの人間が確認できるミスには限界があるし、改めて指摘されてみると「うーん、思ったよりも演出効果が少ないし、ここはやめておこう」となる可能性もある。やはり、複数の人間の目でチェックすることには大きな意味があるのだ。（これを「ダブルチェック」「トリプルチェック」と読んだりする）。

作家志望者時代にはこのようなチェックを行うことは難しいが、志望者同士で集まってチェックしあえると効率が良い。

長編作品を校正・校閲するポイント

全体のバランス

ここからは「編集校正」的なストーリー部分の校正をするための、「物語としてこれでいいか？」「キャラクターの演出は適しているのか？」といった具体的なチェックのテクニックについて紹介したい。

物語をより良くするために校正／推敲作業を行うのは、書き手として、ひいては小説家デビューとして必須の作業だ。

そこで、ここでは長編を校正する際に覚えておいたほうがいいストーリーのポイント、全体のバランス調整の方法について紹介する。

物語のバランスについて考える時、大事なのは「マクロな（大きな）視点で考える」ことだ。物事の細部に囚われると、全体のバランスについて考えることができなくなってしまう。

小説においてそのためにもっとも多用される考え方が以前も紹介した「起承転結」である。これはすなわち、物語全体を四つのブロックに切り分けることで、細かいことに気を取られず、大きな視点から物語の流れがチェックできるようになる（しかもそのなかで自然と「転」＝どんでん返しを入れることで物語に起伏を生む）というやり方だったわけだ。

ただ、これだとどうしても大雑把な見方になりすぎる。そこで、私は長編の推敲を行う際には「エピソードをすべて箇条書きにしてみよう」とアドバイスをすることにしている。

こうすることで「何が起きるか」がわかりやすくなるし、そのなかで矛盾が起きているか、あるいは間延びしている（無駄にページを使っている）ところがないかもチェックできる。

また、もうひとつのやり方として「グラフ推敲法」というのもある。これは、物語の盛り上がりをY軸、時間の経過（ページ数）をX軸にした「曲線グラフ」

グラフ推敲法

物語の盛り上がりを折れ線グラフで書くことで、なんとなく把握しているものを可視化し、今後に活かす

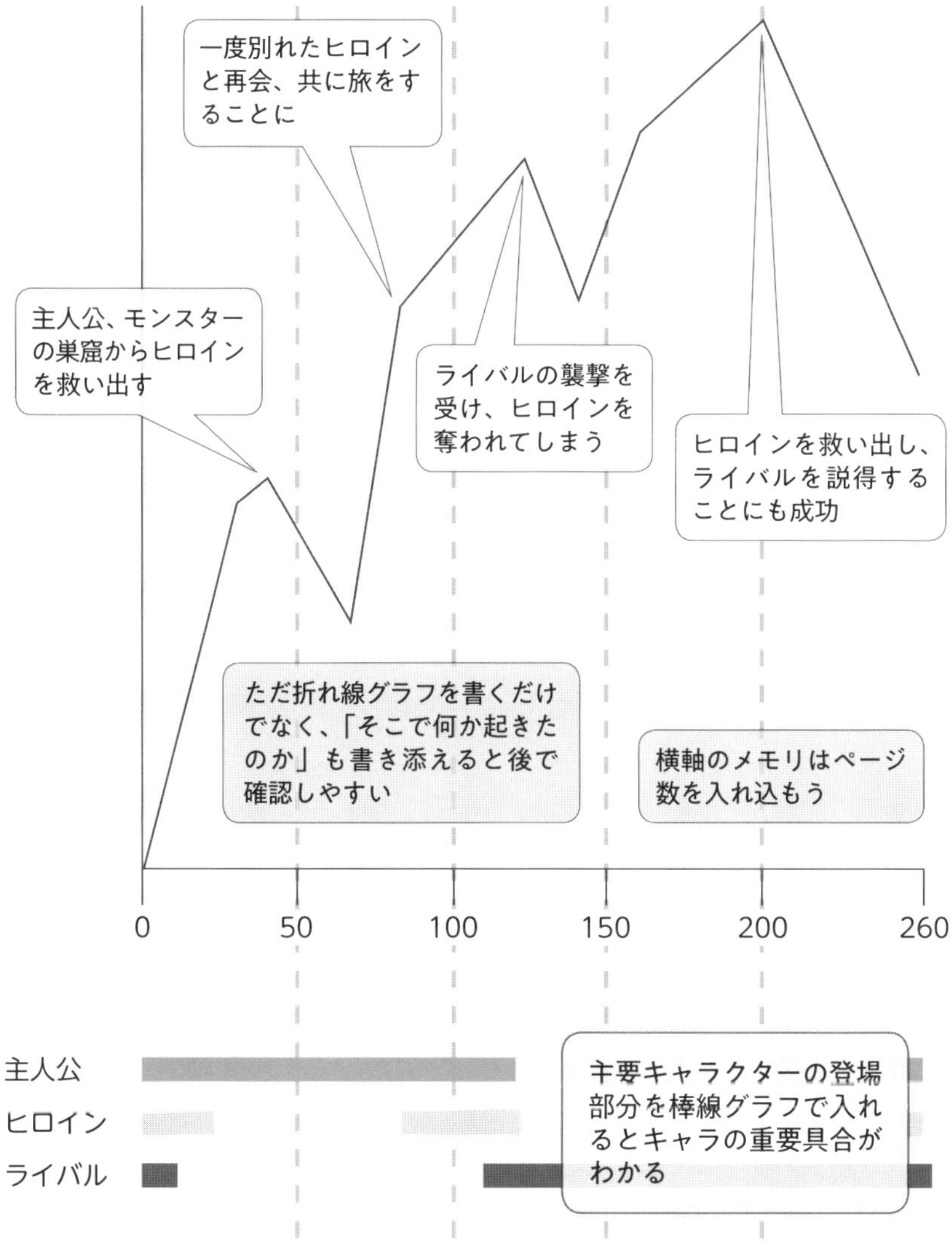

として書き出し、さらに主要キャラクターの登場シーンをその時間の経過に合わせた棒グラフとして重ねるやり方である。

こうすると、よりグラフィカルな形で物語の盛り上がり、ストーリーのバランスを確認することができるのだ。

修正・削除を恐れない

ストーリー全体の校正をする時、心構えの点でぜひ伝えたいことがある。それは「大幅に書き換えることを恐れない」ことだ。

おそらく、ほとんどの作家志望者は自分の書いた作品を削るのは嫌なはずだ。当然である。何週間、何ケ月、何年もかけて来た、ある意味自分の分身のような存在なのだから。できることならば、書いた文章はすべて活かして作品という形にしたいだろう。

しかし、プロは自分の書いた文章を削り、書き換え、位置を入れ替えることをためらわない。作品への愛着はもちろんある。しかし、それ以上に「作品の質を上げ、出版社と読者の期待に応える」という重い義務があるのだ。

また、これは他者の意見を聞く時にも大事だ。批判を受け、直さねばならないとなった時に、必要以上に傷つかない、へこまないこと。批判されたのは作品であってあなた自身ではないのだが、ついついその二つの境界は曖昧になってしまいがちなのである。

書き出しの注意点

ここからは、全体のバランスを見るにあたって特に大事なところ——「始まり」と「終わり」のポイントを紹介する。

極端なことを言えば、この2つがしっかりしていれば、残りは結構なんとでもなってしまう。だから、長編を校正する際にはこの二箇所を特に念入りにチェックしてほしいのだ。

エンターテインメント小説一般で重要なポイントに、「冒頭」がある。「物語の始まりをいかに魅力的に描けるかどうか」は、しばしば「あなたの作品に商業的な価値があるかどうか」に直結する。

第一印象が作品全体の印象に与える影響は大きい

し（人間に対する印象も、かなりの部分で見た目の第一印象で左右されるというが、それに近いところはある）、そうでなくても「立ち読みで数ページ読んで、買うかどうかを判断する」というのはごく普通に行われていることだ。

では、具体的にはどのくらいの部分が「冒頭」として特に注目されるのだろうか。基本的には、「一番最初の一文」と「最初の三～四ページ（見開きで二セット）」が重要だ、と思ってほしい。大体このあたりで印象がある程度確定し、読者が良いか悪いか（気に入るか気に入らないか）を判断する、というところがあるようだ。

最初の一文には「作品のイメージを体現していること」「読者の印象に残ること」「それでいてあまり懲りすぎないこと」が求められる。

これがどんな作品で、どんな雰囲気をもっているかを印象的なフレーズで伝えつつ、しかし懲りすぎていて何を言いたいのかわからないような状況にはならず、読みやすい（最悪なのは読者が何度も読み返すような羽目に陥ること）、というのが良い「最初の一文」ということになる。

良い作品を書きたいと思う人、完璧な作品を書きたいと思う人は、しばしばきっちりと手順を踏んだ文章を書こうとする。前提条件をきちんと紹介した上で物語を描かなければならない、と思ってしまうのだ。しかし、実際にその作品を読む際の印象というのは、そんなに単純なものではない。「Aがあって、Bがあって、そしてC！」よりも、いきなり「C！　なぜかというと……」のほうが読者の興味をそそるのはよくあることだ。

これに続く見開き二枚で求められることもほぼ同じだが、もちろん一行だけで書けることには限界があるので、ここから「物語の主人公」「物語の舞台」「具体的な雰囲気」をじっくりと、しかしスピード感を持って描いていくのが基本的なやり方になる。

また、起承転結の項で紹介した「起起承転結型」（本編開始前にミニエピソードを挟んでキャラや設定の紹介をスムーズに行うだけでなく、冒頭からアクションなどの派手な演出を入れやすくなる）も、冒頭の演出として非常に効果的なものの一つである。

結末の注意点

ごく当たり前の話だが、始まりがあれば終わりがある。物語はきちんと終わりを迎えてその魅力を完成させることができる。特に、新人賞に投稿する作品のような本一冊分の長編にとっては、「きっちり終わっているかどうか」というのが非常に大きな意味を持つことになる。

読者の印象は冒頭で大きく左右される、というのはすでに紹介した通り。しかし、それに次ぐ形で結末もまた大事だ。

優先順位で言えば娯楽小説ではアタマのほうが大事で、「いっそ竜頭蛇尾になってもいいくらいのつもりで冒頭に面白さを詰め込み、読者の興味を引け」とアドバイスをすることもある。しかし、物語としての完成度を上げていきたいのであれば、結末を無視するわけにはいかないのだ。

良い結末は読者に満足感を与え、また「次の作品も読んでもいいかな?」と思わせる力がある。極論を言えば、途中がちょっと中だるみをしたとしても、始まりが印象的で終わりがしっかりしていれば、最終的には「良い作品だった」と思わせられる、ということだ。そのくらい、結末にもまた大きな力があるのだ。

それでは、どういう結末がよくないのだろうか?

一番よくないのは、「終わっていない」話だ。最後が「未完」「第一部完」「つづく」で終わるのは言語道断だ(残念だがこれは笑い話ではなく、新人賞でしばしば見られる!)。

しかし、そうでなくても「テーマに(一応の形でも)答えが出せていない」「伏線が回収されていない」というのはよく見る。このあたりは、シリーズものの漫画やライトノベルでは伏線の回収を次巻以降に回して読者の興味を引くのが常套手段なだけに、そのような作品に慣れている読者がそれを真似してしまう、という部分があるようだ。

このような作品は読者にもやもやとした思いを抱かせてしまうし、何よりも新人賞の審査員は「一冊分の分量で物語を終わらせる力がない」と判断する。これがプラスの評価であるわけがないのはわかるはずだ。

また、後味の良くない終わり――バッドエンドの類

書き出しと結末

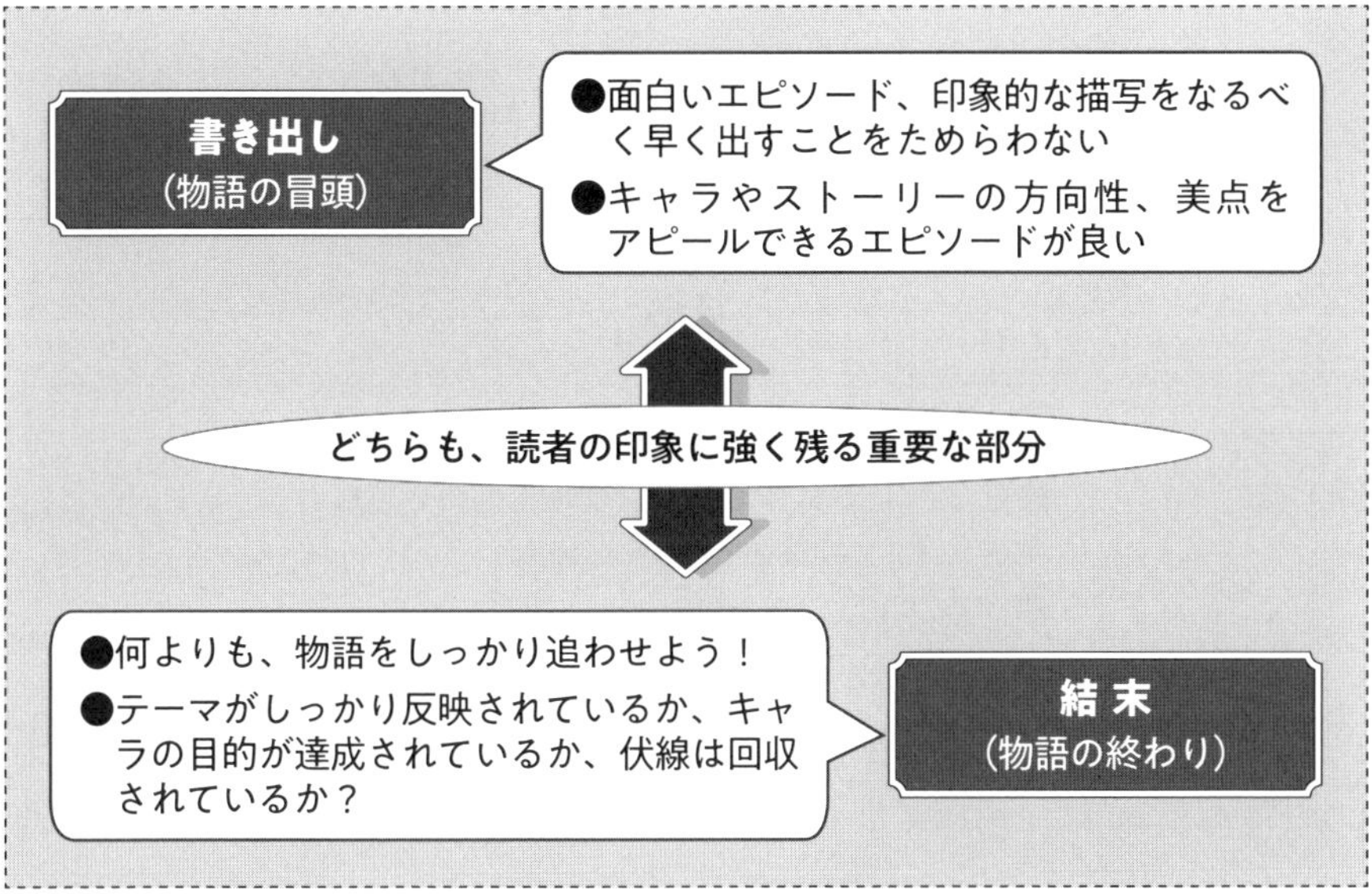
書き出し
（物語の冒頭）
●面白いエピソード、印象的な描写をなるべく早く出すことをためらわない
●キャラやストーリーの方向性、美点をアピールできるエピソードが良い
どちらも、読者の印象に強く残る重要な部分
●何よりも、物語をしっかり追わせよう！
●テーマがしっかり反映されているか、キャラの目的が達成されているか、伏線は回収されているか？
結末
（物語の終わり）

も、あまり良い結末とはいえない。悲劇や破滅で終わる物語、あるいは最後の最後でそれまで積み上げてきたものをすべてひっくり返してしまうような物語は、基本的にはお勧めできない。娯楽小説を求める読者の多くは快感を得るために作品を読むので、そのような後味の悪さは求めていないからだ。

もちろん、あえて後味の悪さを求める手法もある。徹底的に後味が悪く、読者を不快にさせるような作品を好む人もいるし、そうでなくても後味の悪さは印象の強さに直結することがある。無視されるよりは憎まれたほうがいい、というものだ。

それでもこの手法をお勧めしないのは、一つには難しい――ただ嫌われるだけではなく、その一方で魅力的であると認めさせなければいけない――からで、もう一つは後味の悪さをウリにデビューするのは難しいからだ。そのような作風を売りに活躍している作家はすでに相当数存在し、彼らのポジションを奪う、あるいは自分の席を増やすのは決して簡単ではない。だったら、ハッピーエンドの作品を目指したほうが効率がいいということになるわけだ。

8章のまとめ

校正（推敲）＝作品をチェックし、文章とストーリーを修正する

具体的なポイントは

- ●文章ルールに気を配る
- ●なるべく印刷し、赤ペンで修正を書き込む
- ●編集者的な客観的視点を忘れない
- ●グラフ推敲法もお勧め
- ●冒頭と結末は特に重要なチェック対象

校正によって作品は完成する

課題 8

自分がこれまでに読んできたなかで好きな、あるいは作家志望の原点となったジャンルについて、400 文字でレポートを書いてください。

★ポイント1
まずは「好き」という気持ちを正直に書こう。創作にあたって格好をつけてもいいことはない

★ポイント2
どうして好きなのか、どこに惹かれたか、を掘り下げる

★ポイント3
きっかけを掘り下げれば、「自分が何になりたいのか」「何をしたいのか」も見えてくる

9章

小説ジャンルを知ることは、道しるべを得ること

【課題８内容】

自分がこれまでに読んできたなかで好きな、あるいは作家志望の原点となったジャンルについて、400文字でレポートを書いてください。

模範解答

回答①

具体的な作品名が出ると、イメージも明確になる

象徴的な言葉が出ている

私は現代ファンタジーと呼ばれるジャンルの小説が好きだ。きっかけは鎌池和馬『とある魔術の禁書目録』を読んだことだった。オカルト的な魔法が現代日本に登場すること自体はベタな手法だと思うのだが、この作品はそのオカルト的知識の出し方、ネタの探し方が非常に真に迫っていて、大変にハッタリがきいていると感じた。

くわえて、このシリーズではそのオカルト的な魔法に対峙するもう一つのサイドとして科学が登場するのが良かった。しかもその科学サイドのテクノロジーは、現実の科学技術の延長線上にあるであろう兵器と、とても科学技術が発展してもたどり着くとは思えない超能力の、両方で発揮されているというのが非常に印象的だった。

剣と魔法の異世界ファンタジーにはない魅力を感じたのだ。

模範解答

回答②

ジャンルの魅力を自分の言葉で分析し、ロジックを組み立てられている

私はもともとホラー映画が好きで、そこから転じてホラー小説も読むようになりました。映像や音声による恐怖がホラーの魅力だと思っていたので、当初小説にはあまり興味がありませんでした。しかし、実際に読んでみると映像作品や肝試し・お化け屋敷などにも劣らない恐怖体験をすることができて、食わず嫌いは良くないと改めて思いました。

小説で読むホラーは文字しか情報がないぶん色々と自分で考え込むところがあり、結果として想像を膨らませてしまって非常に怖くなってしまったことを強く覚えています。

また、映像作品でのホラーはただただ怖がるばかりで設定やセリフなどを楽しむ余裕がなかったのですが、小説ではそれらの部分までしっかり伝わってきて、結果としてさらに怖くなる、あるいは作者が伝えようとしているメッセージもよく伝わりました。

模範解答

回答③

　私がＳＦ小説に求めているのはロジック（理屈）とシミュレーションだ。その世界は、どんな理屈で成り立っているのか？　そして、特別な前提条件がある場合、世界はどんな風に今私達が暮らしているものと違い、どんなところは同じなのか？　それらがしっかり描かれているようなＳＦ小説が大好きだ。

　だから、壮大な世界の描写や、さまざまな人々の思惑がぶつかる政治や戦争のシーンも好きなのだけれど、もっと心惹かれるのはその世界で生きる人々の生活描写だ。

　何を食べるのか。どんな服を着ているのか。仕事は、趣味は、そして家族は。それらがあまりに突拍子もなく、現実とまったく同じになってもちょっとつまらないなと思ってしまう。異質で、それでいて「なるほどこの世界ならこうなるだろうな」と思わせてくれるようなＳＦが、私は大好きなのだ。

独自の視点をしっかりと持てている。これは自分が書く時に何をすればいいか、ということにつながる

コラム　ライトノベルに向かないジャンル？

　本書を手にした作家志望者のみなさんにとって一番興味のあるスタイルの一つであろう、ライトノベル。これはしばしば「面白ければ何でもあり」と評されるが、やはり「比較的向いていない」ジャンル、「ひと工夫が必要」なジャンルはあるとされる。

　たとえば、ミステリーはちょっと相性が悪い、とよくいわれる。トリックや事件の動機など、どうしても読者に考えこませる要素が多いので、ライトノベルのメインターゲットである中高生に避けられやすい、というわけだ。また、スポーツものも漫画ではよく見るが、ライトノベルではあまり見ない。これは活字で表現するという際、スポーツの試合シーンはどうしても地味になりがちなのが原因だという。

　ただ「だからミステリーやスポーツはダメ」だと決めつけないでほしい。ミステリーなら探偵と犯人の心理戦に重きを置く、スポーツなら蘊蓄や舞台裏に注目するなど、小説ならではの面白さを活かす方法はいくらでもあるのだから。

ジャンルとは

ジャンルとは

小説はしばしばジャンルによって分類され、理解される。このジャンルという言葉は元々フランス語で、種類や部類を意味する。

小説におけるジャンルには二つのパターンがある。一つは、作品としての方向性や作中に出てくる要素によって分けられるものだ。ミステリー小説、SF小説、ファンタジー小説、青春小説などがそれだ。

もう一つは、ターゲット読者やパッケージングの性質によって分けられるもの。児童文学やライトノベル、一般文芸、ラノベ文芸などがこちらに入る。

これらのジャンル分けは絶対的な区分ではない。一つの作品が前者と後者へ同時に所属するのはごく当たり前(ライトノベルのファンタジー、など)だ。また、前者的な意味でも後者的な意味でも複数のジャンルの境界線に位置する作品も珍しくない(近未来の殺人事件を扱った作品はSFであると同時にミステリーでもあり得る、など)。

また、一つの言葉が前者的な意味と後者的な意味の両方を持つこともある。いわゆる「なろう系」だ。これは本来の意味では「小説家になろう」に代表される小説発表Webサイトで人気を得て刊行された小説」を指しているから、前者的な位置付けがある。しかしこれらの作品の少なくない数が「異世界転生転移」「俺TUEEE・無双・チート(特別な能力を持つ主人公がさしたる苦戦もせずに大活躍する)」「ゲーム的」な要素を持つため、このような方向性の作品のことを包括する言葉としても「なろう系」が使われている。これは後者的な用法だ。

このように一部あやふやではあるものの、ジャンルについては知っておいた方がいい。それは、各ジャンルごとに傾向や特徴、また創作のツボとでもいうべきものがあるからだ。すでに紹介したようにジャンルは

ジャンルとはなにか

「ジャンル」と簡単に言うけれど……

ジャンル→「種類」や「部類」の意味。物事を分類する時の概念

ひと口にジャンルといっても性質の違いがある

主にターゲット読者による分類

ライトノベル　ライト文芸　児童文学
エンターテインメント小説　純文学

主に作品内容による分類

異世界ファンタジー　現代ファンタジー
ＳＦ　ホラー　ミステリー　歴史もの
現代社会もの　ジュブナイル／青春もの

絶対的なものではないから、それらのポイントもまた金科玉条のように崇め奉る必要はない。しかし、知っておけば効率的に物語を作れるようになるのも事実だ。

ライトノベル①　ライトノベルとはなにか

ライトノベルは非常に人気のある小説ジャンルだ。書店でも目立った位置に置いてあることが多く、アニメやドラマ、映画などの原作として話題になることも珍しくない。本書を手に取られた皆さんの中にも、ライトノベルが書きたい、ライトノベルでプロになりたいと考えておられる人は多いのではないだろうか。

新人賞を盛んに開催するなどして人材を吸い上げる動きも活発であるため、本書でもライトノベルを中心に取り扱うところがある。

ただ、このライトノベルとはなんぞや、を定義するのは難しい。

・「ライトノベル専門のレーベル」「ライトノベル専門の作家」が出版するもの

・アニメあるいは漫画風のイラストがついて、文庫で

刊行されているもの

・キャラクターが強調されているもの

・ファンタジックな要素が入っているもの

以上のような定義を聞いたことがある人も多いだろう。しかし、これらの要素を持たないにもかかわらず「ライトノベル」と呼ばれる作品も少なくない。

その上で、榎本メソッドにおいてはライトノベルを以下のように定義する。

・中学生〜高校生を主なターゲットとし、キャッチーさを重視する娯楽小説

この定義で重要なのは、「ライトノベルは中学生や高校生などが読むことを念頭に置かれて書かれてきた小説だ」ということだ。この年齢層の読者は基本的に読書習慣があまりなく、活字がびっしりと連なっている小説を好んで読むことが少ない。

そのため、ライトノベルには彼らにとって親しいアニメや漫画風のイラストが掲載され、短くテンポのいい文章を改行多めで積み重ねることによって読みやすくしている。キャラクターを重視するのは、ストーリーよりもキャラクターのほうが内容が「わかりやすい」「伝わりやすい」からだ。ファンタジックな要素も、活字においては現実そのものの物語より、魔法や怪物が出てくるほうが興味を引きやすいからに他ならない。

つまり、ライトノベル的な要素というのは、「いかにターゲットを引きつけることができるか」のために存在するわけだ。

ライトノベル② 変わり続ける「ライトノベル」

実際、ライトノベルは１９８０年代末の登場以来その性質を変化させ続けている。黎明期にはファンタジー（それも、中世ヨーロッパをモチーフとした「剣と魔法の」ファンタジー）が全盛だった。やがて９０年代末ごろからゼロ年代にかけて、現代ものにファンタジックな要素を加えた作品が主流となる。１０年代にはそのファンタジックな要素もなく、代わりに青春の葛藤や個性的なキャラクターで読者の目を引く現代青春ものが台頭。またこれと並行して再び異世界を舞台にした作品が勢力を盛り返している。

キャラクターやストーリー、またそれ以外の各種要素のバランスも、多分に変遷を繰り返している。

そして、それも結局は「読者の求めるものを提供する」ためのものであり、その方法論こそが「ライトノベル」の正体ともいえる。そこを押さえることこそがライトノベルを理解するための必須要件といえよう。

そして、そのターゲットたる読者さえも変化を続けていることを見逃してはいけない。それは「各時代ごとに読者の好みが変わる」「時代ごとに受け入れられる物語のスタイルが違う」からだけではない。

中学生や高校生がメインターゲットということは変わらないながらも、読者がそこで卒業せず、あるいは一度卒業しても戻ってきて、より年長の層が読者としてライトノベルを買い支えるようになっているのだ。

90年代を中学生・高校生として過ごした三十代は現代の若者に比べて人口が多く、また財力もある。これらの層に向けて書く、というのも一つの戦術として考えるべきだろう。

ライト文芸は大人向けライトノベル？

ライトノベルから派生したジャンルとして、ライト文芸やキャラ文芸、あるいはキャラクター・ミステリー（キャラミス）などと呼ばれるものがある。メディアワークス文庫の登場を契機とし、その後、集英社オレンジ文庫、新潮文庫ｎｅｘ、富士見L文庫などが続いているのが現状だ。

まだ生まれたばかりのジャンルであるのでライトノベル以上に定義があやふやだが、一般的には、

・より大人向けのライトノベル

くらいの理解がなされているようだ。ライト文芸という呼び名も、ライトノベルと一般文芸の合いの子的存在であることから来ていると考えて良いだろう。ライトノベルの項で紹介したように、読者ターゲットがより上の年齢層へ拡大する中で、従来のライトノベルとは差別化したフォーマットが必要になったのだと考えられる。

ライトノベルとの具体的な差異としては、現時点で以下のような特徴が散見される。

・主人公はじめ、主要キャラクターには比較的大人のキャラクターが多い。

・ライトノベルと同じくアニメ風・漫画風のイラストがついてはいるものの、その数がライトノベルと比較して少なめであること。表紙のみで口絵や挿絵などはないケースが多い。

・バトル・冒険展開よりはミステリー・サスペンス・日常的展開の方が好まれること。

・一冊の文庫にひとつながりの長編が収録されるスタイルよりは、主人公をはじめとして共通のキャラクターや舞台設定、大きなストーリーを持ちつつも各話が独立したエピソードになっている短編連作スタイルの作品が多いこと。

しかし、今後はこの傾向も変わっていくかもしれない。まだまだ若いジャンルとしてその変化に注目するべきだろう。

ライトノベルとライト文芸

ライトノベルの特徴①定義しにくい

後付け的な名前なので、「ライトノベル」という言葉だけで
ジャンルを定義するのは難しい

それでもあえて定義するなら

↓

主に中学生・高校生向けの、キャッチーでわかりやすい小説のことを指す

ライトノベルの特徴②変化している

その時その時のはやりの変化、若者の嗜好の変化、
大ヒット作の登場などによって、ライトノベルの在り方は大きく変わる

異世界ものから現代もの、
そしてまたファンタジーへ

作中要素の好みも
その時その時で変わる

読者層が拡大し、大人向けの
ライト文芸が登場する

児童文学① 子供向けの物語

児童文学は文字通り児童、すなわち子どもをターゲットとした文学作品のことである。

その範囲は幅広く、絵本や詩、童話や童謡、また新たに創作されたものだけでなく神話や昔話などの伝統的に受け継がれてきたもの、元々は大人向けの話だったものが子供向けとして変化したものまで、多種多様だ。この項ではその中でも特に新規に書かれた小説に絞って紹介する。

日本において児童文学ジャンルの小説といえば、講談社の「青い鳥文庫」、KADOKAWAの「角川つばさ文庫」、集英社の「集英社みらい文庫」といった新書サイズのレーベルが中心だ。ライトノベルのように各レーベルごとに新人賞を主宰していることが多く、そこで結果を残すことでデビューへの道が開く。

児童文学② ライトノベルとの境界

近年ではライトノベルの大ヒット作が内容を一部改変するなどして刊行されたり、ライトノベル風のイラストを採用した作品が主流となるなど、ライトノベルとの接近が目立つ。自分が書きたいものの方向性によっては、ライトノベルではなくこちらを狙ってみるのもありかもしれない。

とはいえ、ターゲットはやはり違う。ライトノベルが中高生をメインにそれ以上の年齢層も伺うのに対して、児童文学は小学生〜中学生あたりがメインターゲットになる。これをライトノベルと同じように書いて上手くいくはずもない。

では、児童文学にはどんな特徴があるのか。ライトノベルとの違いも交えて、左記にまとめた。

・分量が比較的少ない

あまり難解・長大になってはターゲット読者に手に取ってもらいにくいこともあり、児童文学の小説は一ページごとの文字数が少なく、全体としての分量もライトノベルなどと比べると少ないことが多い。

一例として、電撃小説大賞が受け付ける分量が42＊34のフォーマットで80〜130枚であるのに対し、「角川つばさ文庫」は42＊28のフォーマットで70～100枚。これが「集英社みらい文庫」になると同じフォーマットで50～70枚になる。この分量で描ける物語をプロット段階から考えたほうが新人賞レースで有利になるだろう。

・ライトノベル以上に読みやすい

ライトノベルは中学生や高校生など、小説を読みなれていない読者をメインターゲットにするため、一文を短くし、改行を増やすなど、読みやすさを意識することが多い。

児童文学はそれよりもさらに低い年齢層をターゲットにする。そのため、漢字を開く、平易な言葉を使うなど、より読者にストレスを与えない文章にする必要になる。

このあたりは『スレイヤーズ』『涼宮ハルヒの憂鬱』など、ライトノベルから児童文学化された作品を読み比べると役に立つだろう。文章が改変されているのはもちろん、物によっては一部ストーリーも変更されている。その違いを確かめることによって、児童文学に求められているものが何か、見出せるはずだ。

・寓話的、教訓的な物語が多い

寓話とは、なにがしかの抽象的概念を物語の形をとって表すものだ。動物や植物を擬人化させ、彼らが演じる物語を通して、たとえば勤勉さ、友情、ルールを守ることの大事さ、愛情などを伝える……というものが多い。童話によくあるパターンと言えばわかりやすいだろうか。

児童文学にはしばしばこの寓話そのもの、あるいはそれに近い形をもって教訓的メッセージを読者に伝えようとするものが見られる。幼い子供に読ませるものとして、親や教育者が教訓的効果を求めるからだろう。だから、何らかの寓話的・教訓的要素を物語に忍ばせるのは良い手かもしれない。

そしてこれは児童文学に限らず、ライトノベルでも時にみられるテクニックでもある。物語を読むことが単に娯楽や趣味に終わることなく、読者が「何らかの学びを得た」「新しい気付きを得ることができた」と感じてくれれば、作品の面白さが付加価値によって押し上げられることにもなるからだ。

ただ、書き手が寓話や教訓を盛り込もうとすると、読者にはしばしば「説教臭い」という印象を与えかねないことには注意。書き手や親、教育者の意図とは別に、読者は基本的に娯楽を求めて小説を手に取るのだ。そこで説教臭さが鼻につくのは逆効果である。あくまで物語としての面白さを優先に、ちょっとした隠し味程度にとどめるのがいいだろう。

本書は児童文学を主題としたものではないのでこのくらいにとどめておく。しかし、長い歴史と独自の雰囲気を持つジャンルなだけに、挑戦するのであれば「子どもが読む話なら簡単に書けるだろう」といった態度で挑むことはお勧めしない（これはライトノベルでもいえることだが）。

「子どもだまし」という言葉もあるが、子どもに受け入れてもらうのは非常に難しいのだ。その心構えで挑戦してほしい。

エンターテインメント小説と純文学

本書は大目標として「面白いエンターテインメント小説を書く力を養うこと」を掲げている。エンターテインメント小説は文字通り娯楽、すなわち読んで面白い小説であり、読者に楽しい時間を提供することが本義だ。古くは「大衆文学」や「通俗文学」などとも呼ばれた。

これに対して、小説の芸術的な側面を追求しよう、という流れがある。エンターテインメント小説は読者の興味を引き、またその心を慰めることを目的とするが、それは小説への態度としては不純なものである。あくまで純粋に芸術として小説を書くべきだ……という姿勢の、このジャンルは「純文学」と呼ばれる。直木賞と並んで日本でもっとも有名な文学賞の一つ、芥川賞はこの純文学をターゲットとしており、太宰治が受賞を強く望んだがついに叶わなかったエピソードで知られている。

では、現代日本ではエンターテインメント小説と純文学は明確に区分けされているのだろうか？　この問いかけへの答えはちょっと難しい。純文学の完全な定義は難しいからだ。どれだけ芸術を追求しても、本として出版するということは誰かに買ってもらうために書く必要がある。すると自然と、ある程度の娯楽性を付加しようとする。その時、どの程度「娯楽的」ならエンターテインメント小説で、どの程度「芸術的」なら純文学か、という区分けを明確にはできない。

　たとえば、ある年の芥川賞受賞作と直木賞受賞作をどちらがどちらと知らずに読んで、さてわかるかというと……わかる人にはわかるかもしれないが、多くの人には難しいのではないだろうか。

　また、芸人の又吉直樹《またよしなおき》は『火花』で芥川賞を受賞した。この作品は芸人を主人公とし、お笑いの世界を題材としているためどこか私小説（書き手自身を主人公とし、その体験の中にテーマ性を盛り込んでいく小説）的な匂いがする。純文学はしばしば私小説と同一視されることがあるので芥川賞こそふさわしいのかもしれないが、一方で軽妙な掛け合いは十分に娯楽的だし、話題性も手伝って多くの読者を獲得したのだからエンターテインメント作品に贈られる直木賞のほうが適切だという意見もあるだろう。

　このように、エンターテインメント小説と娯楽小説をはっきりと分けるのは難しいのだ。ただそのうえで「こうするとより娯楽的」「こうするとより芸術的」という傾向はあるようだ。これはエンターテインメント小説の書き手にも有用なので、紹介したい。

・キャラクターの心理や行動の動機、目的、また作品としてのテーマやメッセージなどを明示すると娯楽的。はっきりと書かず、ぼかしたり、読者が考える余地を残すと芸術的。
・シンプルでわかりやすい描写をすると娯楽的。情景や心理を修飾的表現やたとえを多用しつつ言葉多く飾ると芸術的。

　これらはあくまで一つの傾向だが、ストーリーにしても、描写にしても、明快でわかりやすく伝わりやすい方がエンタメ小説的で、その逆を行くと純文学的、と受け止められやすいように思う。

　また、どちらが良い悪いという話ではなく、どんなスタイルの小説が好まれるかという話なので、誤解しないでほしい。

　そして、この両者の差異を理解していることは、エンタメ小説を書きたい人にとって大きな武器になる可能性がある。純文学的な「答えが明示されない」「解釈が読者にゆだねられている」物語を自分なりに読み解き、かつ「これをエンタメ的な物語にする方法はな

エンターテインメント小説と純文学

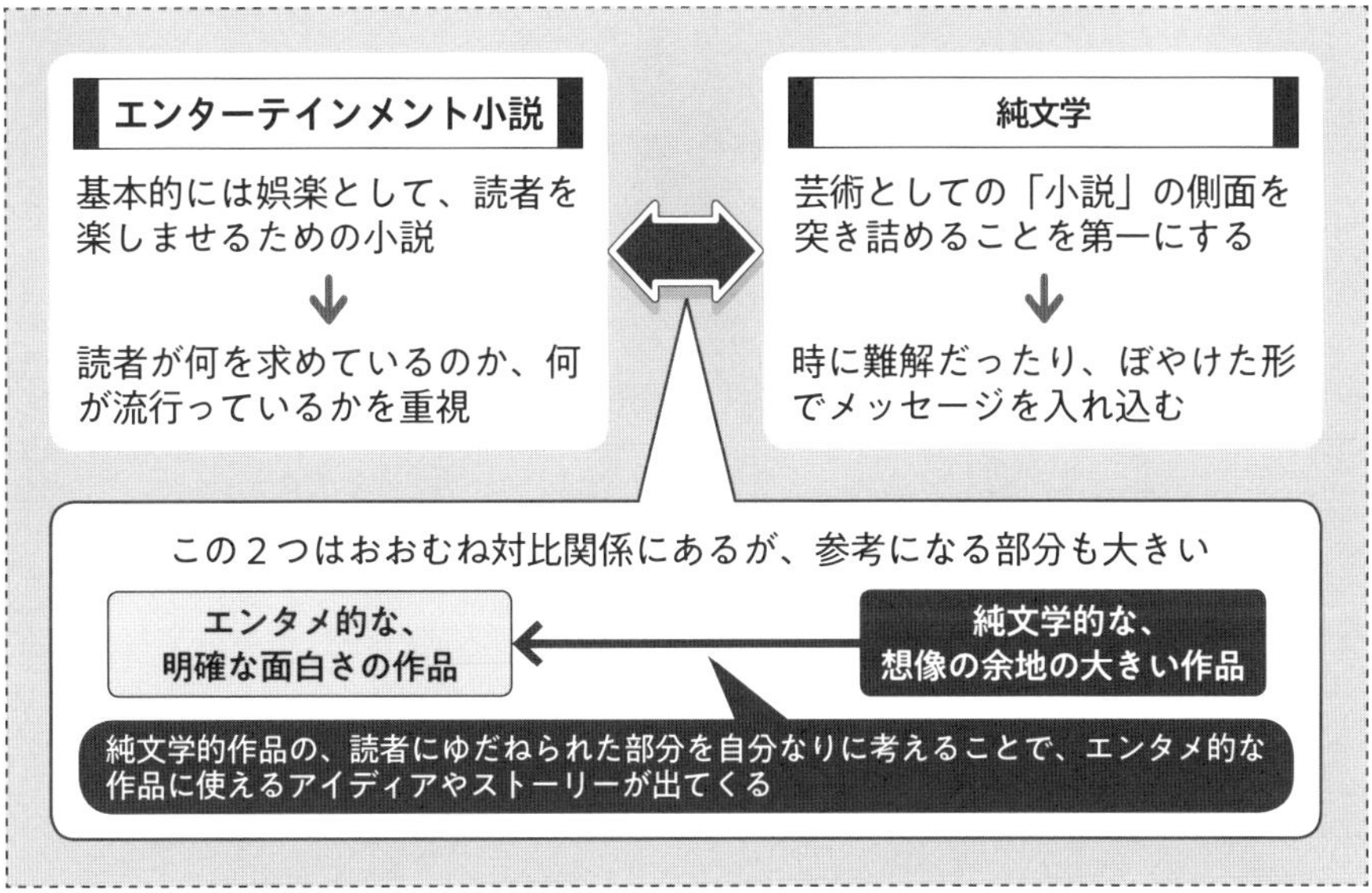
エンターテインメント小説
基本的には娯楽として、読者を楽しませるための小説
読者が何を求めているのか、何が流行っているかを重視
純文学
芸術としての「小説」の側面を突き詰めることを第一にする
時に難解だったり、ぼやけた形でメッセージを入れ込む
この２つはおおむね対比関係にあるが、参考になる部分も大きい
エンタメ的な、明確な面白さの作品
純文学的な、想像の余地の大きい作品
純文学的作品の、読者にゆだねられた部分を自分なりに考えることで、エンタメ的な作品に使えるアイディアやストーリーが出てくる

いだろうか？」と考えることで、斬新なアイディアに昇華できることがしばしばあるからだ。

特に、明治〜昭和初期の文豪の作品がこのチャレンジに向いているようだ。この時期の作品の多くは青空文庫で無料で読むことができるので、是非お勧めしたい。

異世界ファンタジー① 幻想の物語

ファンタジーという言葉の本来の意味は「幻想」だが、ここから転じて物語中に幻想的な要素が登場するジャンルの名前となった。魔法や神々、妖怪など、神話・伝説・民話的なエッセンスの登場する物語を称してファンタジーと呼ぶことが多い。

ファンタジーはその舞台をどんな世界にするかで分類されることが多く、「世界設定」の項で紹介した「異世界もの（架空世界もの）」をハイ・ファンタジーとし、現実の世界をベースにしたもの（その中に「現代もの（現実もの）」が入る）をロー・ファンタジーという。今回紹介するのは前者、ハイ・ファンタジーのほうである。

ハイ・ファンタジーにおいても、まったくの一から読者に好まれる魅力的な世界を作り上げるのはほぼ不可能なので、実際の歴史からベースになる時代や場所をピックアップしてくることが多い。そのベースの名前をとって、中世ヨーロッパ風ファンタジーとか、中華風ファンタジー、和風ファンタジーなどと呼ばれる。

ただ、現代日本で一般に（しかもライトノベルや漫画などの世界で）ファンタジーといった時、その意味はもっと狭くなる。すなわち、中世ヨーロッパ風の、魔法や怪物が存在する、「剣と魔法の（ソード&ソーサリィ）」ファンタジーこそが狭義の意味でのファンタジーである。多くの人が「ファンタジー」といわれると、これを連想するはずだ。

異世界ファンタジー②　異世界を舞台にする意味

異世界ファンタジーにおいて大事なのは、「現実とどのように違う世界を設定するか」「その違いをどう読者に見せ、どう物語に活かすか」ということである。小説の魅力のひとつに「読者を【ここではないどこか】への心の旅行に連れて行く」というものがある。【ここではないどこか】にあこがれるからこそ、私たちは異世界を舞台にした物語を読むのだ。

だから、まずはその世界が魅力的でなければならない。張りぼての設定ではなく、きちんと作りこんでいかなければ、物語やキャラクターを支えられない。

しかし、それだけでは小説として不足している。その世界が物語のテーマを表現するにあたって意味のあるものでなければ、それはただの客寄せパンダになってしまう。別に、ひとつの世界のすべてを物語の中で使いきれ、といっているわけではない。そんなことをしたら物語がパンクしてしまう。そうではなく、何らかの特徴的な要素を用意したなら、それをしっかり活用しなければ意味がなく、むしろ「邪魔なものをぶら下げている」という印象を与えてしまう、ということだ。

魔法のある世界なのに魔法使いが物語に登場しない、人間を含む多様な異種族が存在する世界なのにそうした種族同士の関わり合いが物語に絡んでこない、「空がない地中世界」なのに人間たちの行動が現実の私たちとまったく変わらない、といったことになるなら異世界にする必要がないのである。

繰り返す。異世界ファンタジーにおいて、もっとも大きな要素は「異世界」そのものだ。それが魅力的で、かつ物語に生かせないなら、異世界ファンタジーである必要がない。必要がないということは、物語に余分な荷物が乗っかっていて、面白さを阻害している、ということだ。これを忘れないでほしい。

現代ファンタジー

現代（あるいは近現代）の世界がベースになった、ちょっと（もしくはずっと）違う世界を舞台とするのが現代ファンタジーである。

特に日常の中にファンタジックな要素が混ざっている様子を描いた作品を「エブリデイ・マジック」と呼んだり、特にライトノベルにおいては現代ファンタジーを称して「学園異能」（ライトノベルが未成年の登場人物を主軸とすることから、学園ものの中にファンタジックな要素を入れていくことが多いため）と呼ぶケースもよくある。

なんといっても私たちのよく知る現実がベースになっているために感情移入がしやすく、またその「よく知る世界」が変質することによって読者に大きな衝撃を与え、興味を引くことができるのが特徴といえる（詳しくは後述）。

ライトノベルにおいては９０年代後半ごろから異世界ファンタジーに替わって現代ファンタジーが主流となったが、近年は異世界ファンタジーが盛り返しつつある。

また異世界ファンタジーのポイントが世界を個性付けているファンタジックな要素そのものにあったのに対し、現代ファンタジーではちょっと様子が異なる。もちろん、ファンタジー要素そのものも重要であることに変わりはない。魔法、超能力、怪物といった要素は、異世界ファンタジーの時と同じように作品でもっとも目立つ存在として、読者の興味を引くのに役立つ。

しかし、それ以上に大事なのが、「それによって世界はどのように変わったのか」「日常はいかに非日常に変化する（した）のか」という点だ。私たちは一生異世界に赴くことはないはずなので、異世界ファンタジーはある意味でそれ自体が巨大な非日常だ。

一方、現代ファンタジーのベースになっているのは、私たちが日常を過ごす世界そのものだ。その日常が、何らかの要素によって非日常化する。そのギャップこそが現代ファンタジーの面白さの核であり、執筆に当たってはもっとも注意しなければならないポイントでもある。

それを大きくパターンわけすると、たとえば左記のようになる。

- **物語の開始とともに非日常化するのか？**
(例：一部住民がゾンビ化する)
- **一般人が知らないところで、すでに非日常化していたのか？**
(例：人を食う怪物と魔法使いが戦っている)
- **日常そのものが完全に変質しているのか？**
(例：科学の代わりに魔法が発達した世界)

つまり、現代ファンタジーのポイントはあくまで「日常」にあるのだ。ハッタリのきいた非日常的アクションで物語を盛り上げるのも大事だが、それ以上に読者が感情移入しやすい地に足のついた日常の世界をしっかり描かなければ、アクションが浮いてしまう。日常と非日常の対比こそが現代ファンタジーのキモと覚えてほしい。

SF① サイエンスの物語

SFは非常に多様な定義があるジャンルだ。その正式名称についても、「サイエンス・フィクション」とするのが一般的だが、「サイエンス・ファンタジー」ともいう。あるいは、藤子《ふじこ》・F・不二雄は「S＝すこし／F＝ふしぎ」として、日常に近いところで起きる少しだけ不思議なこと、というところにSF性を見出していた。

ジャンルに「サイエンス（科学）」と入っていることからもわかるように、基本的には科学、それも宇宙や時間など未来的な科学が絡んでいる物語ジャンルを示す、と考えれば大きくずれることはない。

SFの定義論争を始めると日が暮れてしまう（SFマインドとかセンス・オブ・ワンダーとか言い出すと本当にきりがない！）し、正しいSF定義ができなく

9章

ファンタジーとSF

「ファンタジー」とは？

↓

もともとの意味は「幻想」。転じて、現実に存在しないような（ファンタジックな）要素が出てくる物語が「ファンタジー」と呼ばれるのが一般的だが、実際には多種多様。

異世界ファンタジー　**現代ファンタジー**　**SF**

架空の世界を舞台にするなら……

架空の世界の特徴（現実との違い）をどう設定するのか、それがどう物語に絡んでいくのかが物語のキモになる

現実に手を加えるなら……

ファンタジーでも、SFでも、現実をベースにしているなら、「どう違うのか」が世界設定の、そして物語のキモになる

ファンタジーにしても、SFにしても、舞台で分けるとわかりやすい

てもSFは書ける。大まかに「未来っぽい話」と考えておけばいいだろう。

極端なことをいえば、エンタメの書き手にとっては「魔法」の代わりに「超科学」や「超能力」、「宇宙人」が出てくるファンタジーがSFだ、くらいでも問題はないのだ。

そのSFの分類についても、ファンタジーを「異世界もの」と「現代もの」に分けたように、舞台で考えたほうがわかりやすい。

すなわち、舞台を遥かな過去、あるいは遥かな未来に設定し、現実とわずかなつながりがありながらも（あるいはまったくなくて）架空度の高い世界を描くか（特に冒険小説的・戦記物語的なものを「スペースオペラ」などともいう）。あるいは、現実にSF的な要素を放り込んで身近な世界を描くか、ということを意識するとよい。

他に、作中で扱われる要素で分けることもある。左記のようなものがよく知られている。

・ハードSF

科学的な厳密さにこだわり、それがストーリーや作品のテーマと深く結びついているＳＦ作品のこと。代表的な例としてグレッグ・イーガン作品などがある。

・サイバーパンク

サイバー（義体技術。人体の一部あるいは全部を機械で置き換える）とパンク（反体制・反社会）を組み合わせたジャンル。技術の進歩が人間と社会にもたらす変化に主眼が置かれることが多い。

・スチームパンク

蒸気機関（すなわち「スチーム」）が発達して文明の中心を担っている世界を舞台にしたジャンル。蒸気機関の時代である19世紀ヨーロッパをモチーフにすることが多いようだ。

・タイムトラベルもの

現在から過去や未来へ、あるいは過去や未来から現在へ……という具合に、時間移動が中心モチーフになるジャンル。タイムマシンや超能力による移動の場合は「タイムトラベル」、偶発的事故によって時間移動してしまう場合には「タイムスリップ」とも。

過去を改変してしまった場合、現在や未来に影響が出て、改変者の存在が消えるなど、何らかの矛盾が発生すると考えられ（いわゆる「タイムパラドックス」）、これにどう対処するかが一つのキモになる。

・パラレルワールドもの

今あるこの世界からどこかの時点で分岐した、別の世界があるのではないか……という概念をパラレルワールド（並行世界）と呼ぶ。その世界は人間の代わりに恐竜人間が繁栄しているような大幅に違う世界なのかもしれないし、織田信長が天下統一して織田幕府が現在まで続いているような歴史が変わっている世界なのかもしれない。変化はもっと小さくて、主人公や身近な人の性別が変わったり、特定の人だけがいない、という世界の可能性もある。

SF② 要素・設定をどう活かすか

これらの要素を活かしつつ、いかに物語として面白さにつなげるかが重要になる。

この項目でファンタジーとＳＦを立て続けに紹介するのは、押さえるべきポイントがよく似ているからだ。すなわち、現実とどう違う世界と設定するか、またその違いをどう物語に活かし、読者にどう見せるか、ということである。

それが魔法だろうがドラゴンだろうが宇宙戦艦だろうが超能力だろうが、結局のところすべては同じことなのである。その「違い」は読者の興味を引き、物語を盛り上げ、またテーマ性を深めるものでなくてはならない。

世界設定はただの風景としてあるのではなく、物語の土台としてあるものでなくてはならない。しかし、ファンタジーなりSFでは世界設定が特に目立つものであるだけに、そのことを徹底的に突き詰める必要がある、というわけだ。

ただ、SFで特に気にするべきことがあるとしたら、それは「道具立てにこだわったほうが雰囲気を作りやすい」ということかもしれない。ファンタジーでも、架空の世界の雰囲気をきちんと描いたり、実在する神話・魔法・伝説などをうまく物語に取り込んだほうがぐっと雰囲気がよくなる。

しかし、SFは細部にこだわる読者も多く、「SF的な」各種要素をいかに見せるか、に注目が集まりがちだ（もちろん、先に紹介したようなSFのタイプによって違うのだが）。そこは注意するべきだろう。

ホラー①「恐怖」の物語

ホラーは文字通り「恐怖」――つまり、読者を怖がらせるジャンルだ。

ホラー小説はいわゆる怪談話・怪物話・殺人鬼話がメインになる。不思議な現象や怪物、狂人、特別な状況に遭遇した主人公が危機に陥って、命からがら問題を解決したり、生き延びるために奮闘したりするのが基本だ。

読者の恐怖を掻き立てる必要があるため、しばしば異様な怪物や人間の死体など、グロテスクな表現がされるが、必ずしもこれが必須ではない。

ただ恐れさせ、怖がらせるだけがホラーではない。読者を驚かせ、おびえさせるのみの要素では、遊園地のお化け屋敷と一緒で、小説としての面白さがちょっと弱い。

恐怖というのは読者の心を動かす強いインパクトだ。これをうまく使えば、あなたが読者に伝えたいテーマを何倍にも増幅することができる。いわゆる「釣り橋効果（不安定な状況での興奮が錯覚を招き、恋愛に発展しやすくなる）」というやつだ。

成長のためには障害を乗り越えなくてはいけないように、強烈でトラウマになるような恐怖を乗り越えることで、プラスのメッセージも強く読者に伝わることになるのである。

つまり、単に読者をおびえさせるだけでなく、「恐怖」という道具を使って読者に何を伝えたいのか？　こそがホラーのポイントなのだ。

あなたがホラーを書くにあたって、恐怖を乗り越える愛や勇気の気高さが大事なのか？　恐怖によってさらけ出される人間の本性や醜さを描きたいのか？　当たり前の日常が崩壊するあっけなさを強調したいのか？　それらのテーマをしっかり確認しないと、ただのお化け屋敷になってしまうのだ。

また、読者の意表をつかない（つけない）ホラーはいまいちだ、というのも大事なポイントとして覚えておいてほしい。恐怖はあらかじめ予測されてしまうとその衝撃が半減してしまう。逆に言えば、読者の予想を外すことができれば、本来以上の驚き、衝撃、恐怖を与えることができるわけだ。

・その場所で起きるはずがないことが起きる

（例：警備員しかいないはずの夜の学校に子どもの声がする）

・起きると思ったのに起きない、起きないと思ったのに起きる

（例：声がしたので開けてみると誰もいない。ほっとして後ろを振り向くと先ほどまでいなかったはずの骸骨が立っている）

つまり、相手の不意を打ってこそ、恐怖は倍増される。そして、タネのわかったホラーは怖くない、ということもキモに命じてほしい。

ホラー② 二つのスタイル

ホラーで人を怖がらせるスタイルは、大きく分けて二つあるようだ。ここでは仮に「邦画型」と「ハリウッド型」としよう。

ホラー

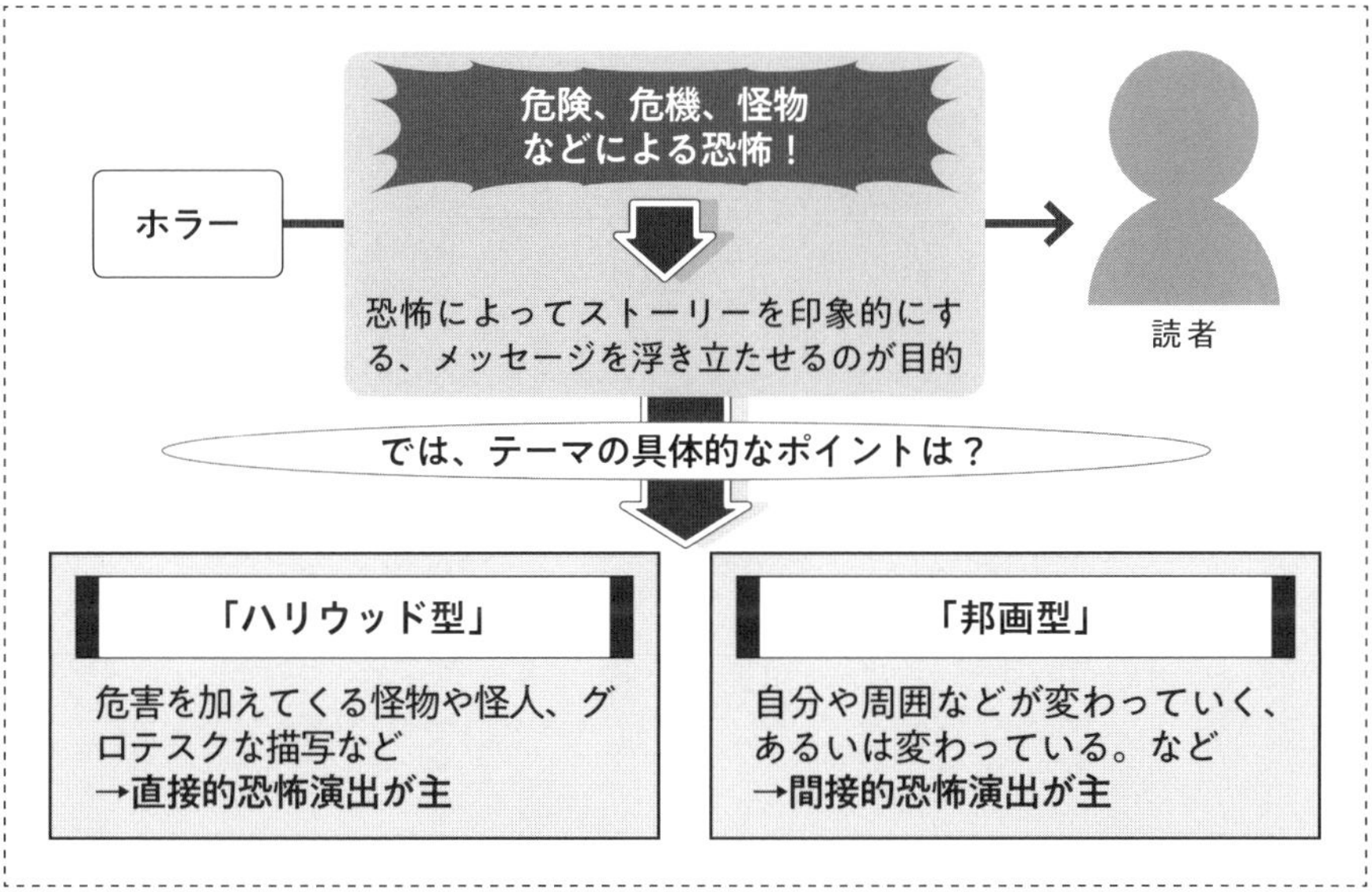
危険、危機、怪物
などによる恐怖！
ホラー
恐怖によってストーリーを印象的にする、メッセージを浮き立たせるのが目的
読者
では、テーマの具体的なポイントは？
「ハリウッド型」
危害を加えてくる怪物や怪人、グロテスクな描写など
→直接的恐怖演出が主
「邦画型」
自分や周囲などが変わっていく、あるいは変わっている。など
→間接的恐怖演出が主

ハリウッド型は直接的な恐怖演出だ。

襲い来る怪物や殺人鬼、傷口や虫などのグロテスクな描写によって恐怖を掻き立てる。それらの物体そのものも恐ろしいが、加えてそれらの恐ろしいものを目撃し、また命の危機にさらされた登場人物の強烈な恐怖表現（絶叫、号泣、腰が抜ける、逃げ出す、排除しようとする、など）によって恐怖を演出する。

これに対して、邦画型は間接的な恐怖演出だ。

日常がいつの間にか非日常に変わっていくこと、自分がそれまでの自分ではないものになってしまうことなどを恐れる姿で「恐怖」を表現する。たとえば、

・ある日突然新興宗教が流行り始める。最初、主人公は家族や友人と一緒にその宗教をバカにしていたが、やがて一人二人と宗教に入信していく。

・特別な病気に感染した主人公は、血液をおいしく感じるようになってしまう。最初は一切口にしなかったが、やがて耐えきれなくなり人間以外の血液、輸血パックと少しずつ飲むものが変わり、ついに生きた人

間を襲い血を飲むことを当たり前と思うようになる。

以上のようなシチュエーションが、邦画型ホラーのありがちな形といえよう。

これらのうちどちらか片方しかやってはいけない、という話ではない。邦画にも、ハリウッド映画にも、双方のシチュエーションが出てくる。恐怖演出のパターンとしてこういうものがあるのだ、とだけ覚えておいてほしい。

ミステリー①「謎」を解く物語

ミステリーという言葉の本来の意味は「謎（神秘的）」だ。

ここから、ミステリー小説といえば何らかの事件が起こり、そこに謎があって、探偵役（必ずしも職業としての探偵ではなく、刑事や弁護士といった、事件を追う職業の人間、事件に巻き込まれただけの一般人なども含める）がそれを推理し、解いていく様を描いていくのが定番である。なかでも殺人事件が起きて探偵が解決するパターンが多い。

ミステリーは物語の焦点、ひいては謎の焦点をどこに置くかで三つに分類することができる。以下の通りだ。

・フーダニット

誰がやったのか＝犯人がメインの謎である。

・ホワイダニット

なぜやったのか＝動機がメインの謎である。

・ハウダニット

どうやってやったのか＝手段、トリックがメインの謎である。

加えて、作中の要素でも分類できる。

・本格、新本格、パズラー

パズルを解くように、トリックの謎解きが物語のメインになるタイプのミステリー。

・日常の謎

ミステリーの定番である殺人など深刻な事件が起きない、日常的事件がメインになるタイプのミステリー。

・社会派ミステリー

ミステリー

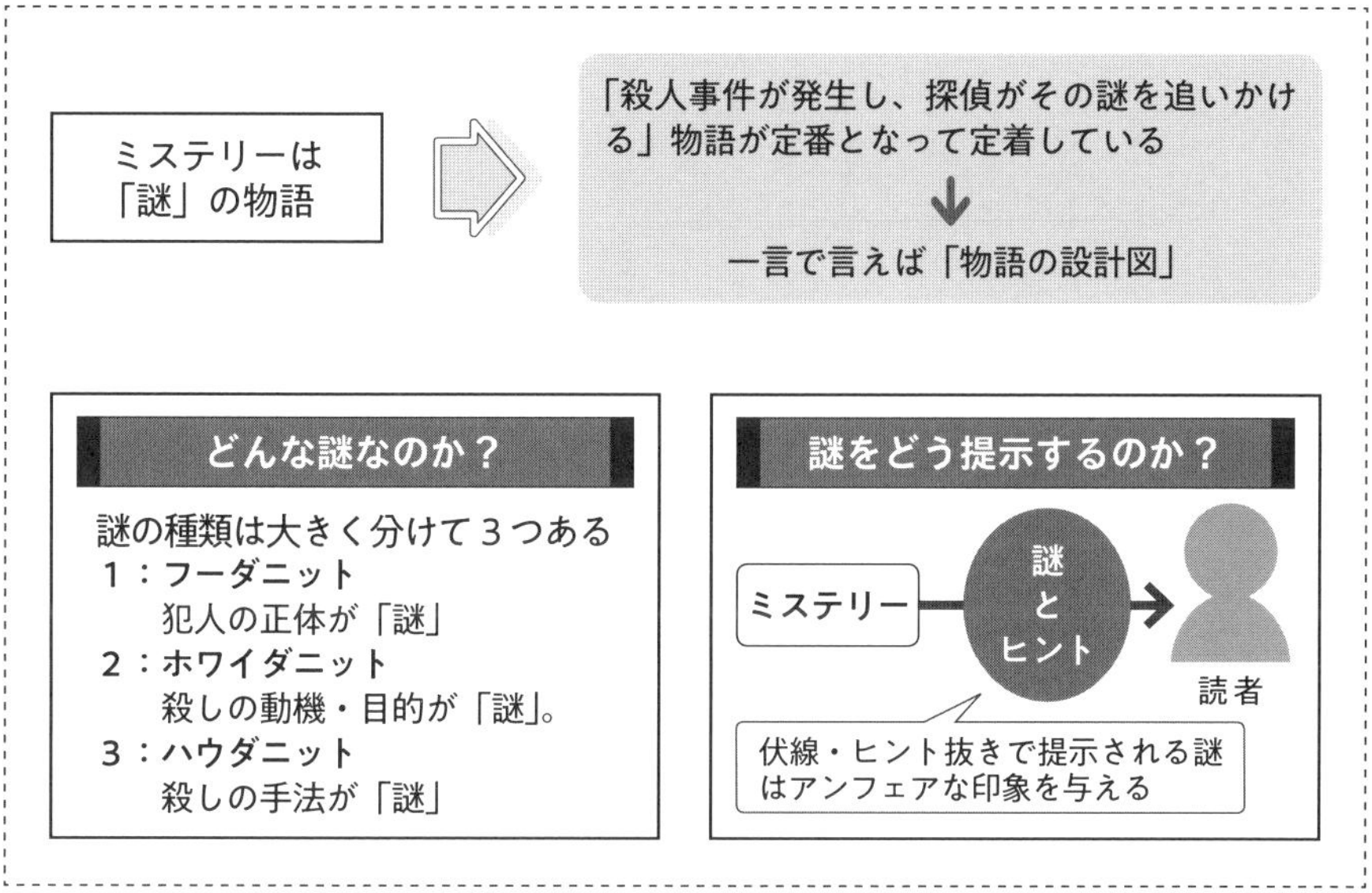

ミステリーは「謎」の物語
「殺人事件が発生し、探偵がその謎を追いかける」物語が定番となって定着している
一言で言えば「物語の設計図」
どんな謎なのか？
謎の種類は大きく分けて３つある
１：フーダニット
犯人の正体が「謎」
２：ホワイダニット
殺しの動機・目的が「謎」。
３：ハウダニット
殺しの手法が「謎」
謎をどう提示するのか？
ミステリー
謎とヒント
読者
伏線・ヒント抜きで提示される謎はアンフェアな印象を与える

社会的な問題を題材とするタイプのミステリー。

また、たとえ推理が物語の主軸になっていなくても、何らかの謎があり、それが解かれていく様が物語上の大きな要素となっている作品は多数存在する。それらはミステリー的な作品である、といっていい。

ミステリー② 魅力的な謎こそ大事

さて、ミステリー小説、あるいはミステリー的な小説において注目すべきポイントは何か。それは、まず「魅力的な謎」を考えることだ。犯人の正体、トリック、動機という先述した三種のどれであっても、提示された時に読者の興味を引き、明かされていく時に知的興奮を覚えさせなければならない。

とはいえ、革新的ですばらしいトリックなどというものはなかなか簡単に作り上げられるものではない。自分ではすばらしいものだと思っても、斬新すぎて読者に理解できない、あるいはどこかで見たような陳腐なものになっている、というのはよくある話だ。

ただ、小説を書くにあたって大事なのは「謎」そのものよりはむしろ、それをどう読者に見せるか？ という方だということは覚えておいてほしい。きちんと状況を描き、伏線を張って、いざ謎が明かされた時に「ああ、そういうことだったのか！　やられた！」と読者に思わせることができず、「それはアンフェアだ！」「いってることがさっきと違うんじゃないか……？」と思われてしまったら、どんなに斬新で魅力的な謎を用意していようと、それは失敗なのだ。

読者を騙すならスマートに、と覚えておいてほしい。

歴史もの①　歴史小説、架空戦記、時代小説

実際の歴史的出来事を題材にした小説群である「歴史もの」はかつて、大人向けのエンタメ小説として定番中の定番であった。今は書店で見かける割合も、大ヒットする作品の数もめっきり減った感はあるが、それでも大河ドラマの原作などになれば話題になるし、斬新な切り口によるヒット作も多数存在するので、まだまだ力のあるジャンルといっていいだろう。

この歴史物は大きく分けて「歴史小説」「架空戦記」「時代小説」に分けることができる。

・歴史小説

実在の歴史的事件・人物を題材として描いたもの。著者自身の独自の解釈や架空の登場人物を入れ込みながらも、途中の展開は歴史から大きくはみ出さず、最終的な結末も変えないのが基本だ。

よりファンタジックな要素（呪術や妖怪などが登場する）を加えたり、大きな改変を加えたり（徳川家康は影武者だった！）したものは「伝奇（歴史伝奇）」と呼ばれることが多いようだ。

歴史小説はあくまで歴史に沿って物語を描くので、そのまま書いてしまうと「ただ歴史を書いただけ」になってしまいがちだ。そのため、着眼点と切り口が非常に重要なジャンルといえる。

たとえば、近年ヒットしている歴史小説はだいたい次の要件のどちらかを満たしているものだ。

①あまり知られていないが魅力的な人物や事件を扱う

例：小田原攻めで豊臣の大軍を跳ね返した武将がいた！

②よく知られている人物や事件の意外な側面を掘り起こす、あるいは新しい切り口を発見する

例：織田信長は独裁的な人物といわれていたが、実は軍師に頼っていた！

つまり、人物や事件といった題材のどこに目をつけるか、どのように組み合わせるか——という発想力、アイディアが大事になるのだ。

・架空戦記（仮想戦記）

一方、歴史を大幅に変えてしまうのがこちら。

織田信長が本能寺で死ななかった、関が原の戦いで西軍が勝った、第二次大戦が長引いたなど、「歴史のＩｆ」を描くジャンルで、戦国時代ものか、第二次世界大戦ものがメイン。

ひと昔前は専門の新書レーベルが複数あって大変な人気を誇ったが、現在は下火になっている。しかし、「もし歴史がこういう風に変わったら……」というアイディアそのものはまだまだ魅力的だ。

・時代小説

時代小説は歴史の流れを背景に、架空の事件や人物を主に扱う作品群である。実際の歴史における有名人や事件を軸にして物語を組み立てる歴史小説や架空戦記とはここが違う。

歴史小説と同じように歴史的なテーマを扱い、また歴史は変えないのだが、歴史的な大きな事件は基本的に扱わず、架空の主人公をめぐる架空の事件を描くのが普通である。ただ、重要なサブキャラクターとして歴史上の人物を出すのは一般的である。

古くは歴史ものといえば（歴史小説も、時代小説も）司馬遼太郎《しばりょうたろう》、池波正太郎《いけなみしょうたろう》、藤沢周平《ふじさわしゅうへい》、吉川英治《よしかわえいじ》、山岡荘八《やまおかそうはち》、山本周五郎《やまもとしゅうごろう》、平岩弓枝《ひらいわゆみえ》、南原幹雄《なんばらみきお》などの定番作品が棚のほとんどを占めていた。新鋭作家として隆慶一郎《りゅうけいいちろう》などはいるものの、やはり定番作家の定番作品が強かったのである。

しかし、近年になって「文庫書き下ろし時代小説」というジャンルが成立して大ブームを巻き起こしたことで、この状況が大きく変化した。新たな作家が次々と登場し、娯楽小説としての時代小説が大いに注目しなおされることになったのである。しかも、キャラクター性が強いこと、シリーズものが基本であることなど、エンタメ小説の仲間とみなしてよい作品が多いので、注目して損はないはずだ。

この時代小説は歴史（江戸時代とその前後）を扱っ

ていればなんでもアリのような感じがある。それでも、以下のようなサブジャンルに分類可能だ。

・剣豪もの（剣劇、チャンバラ）

文字通り、剣術の達人が主人公となり、雇われたり、偶然から事件に首を突っ込んだり、命を狙われたりして血みどろの戦いをするもの。時代小説でもっとも人気のあるサブジャンルのひとつ。たいてい、大なり小なりの陰謀がからむ。バトルの面白さが最大の魅力だが、その中でキャラクター性を見せてこそ人気作になれる。

・人情もの（市井もの）

江戸の町の普通の人々の生活のなかで、ちょっとした人情の機微や悲喜劇を描く。人間同士の心の交流や、社会に対するやるせなさなどがメインのテーマとなる。

・捕物帳もの

現代でいえば刑事もの、警察ものに相当する。町奉行与力や岡っ引き（江戸時代の警察官）、あるいはそれに類する人々が江戸の町の犯罪や陰謀を追いかける。

・忍者もの

戦国時代や江戸時代に密偵・暗殺者として働いたとされる忍者の活躍を描く。

最近は忍者ものそのものを扱った作品はあまり見なくなったが、忍者自体はしばしば味方や強敵として、サブ的に登場する。

・股旅もの

旅を繰り返し、主人公たちがさまざまな場所を放浪しながら進む物語。ＴＶドラマだが『水戸黄門』などが典型例。

これらの人気テーマを活用しながらもいかに独自性を出すか、が鍵となる。あまり知られていないマニアックな役職や、小さいものの魅力的な歴史事件、などに着目して、読者の興味を引くのが大事なのだ。

歴史もの②　アイディアが命！

面白いことに、実際の歴史を題材にしているにもかかわらず、歴史ものでもっとも大事なのは「アイディア」「発想力」なのである。

無数に存在する歴史上の人物や事件の中から何を選ぶのか、また選んだ題材にどんな味付けをするのか？

歴史もの

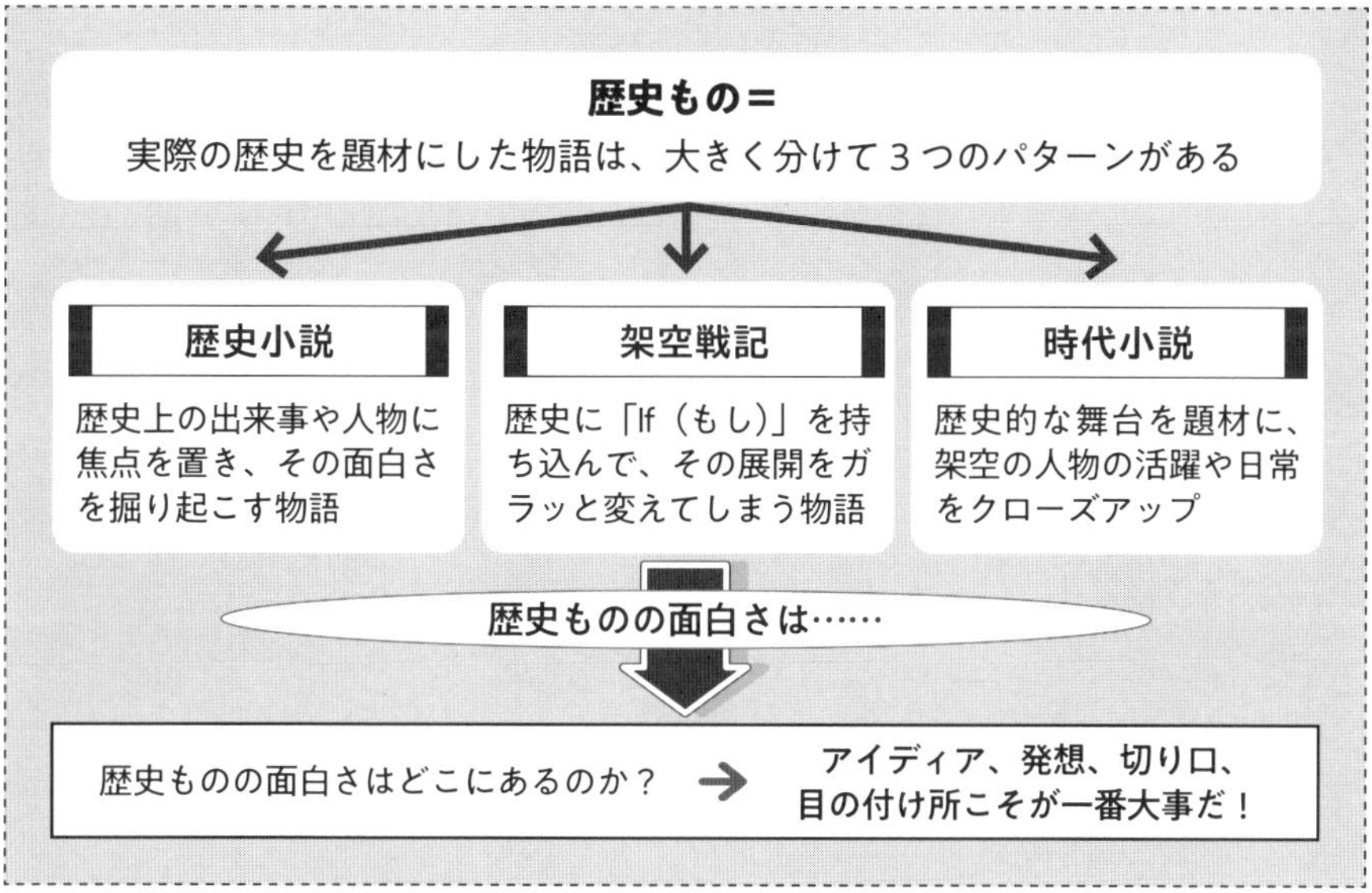
歴史もの＝
実際の歴史を題材にした物語は、大きく分けて３つのパターンがある
歴史小説
歴史上の出来事や人物に焦点を置き、その面白さを掘り起こす物語
架空戦記
歴史に「If（もし）」を持ち込んで、その展開をガラッと変えてしまう物語
時代小説
歴史的な舞台を題材に、架空の人物の活躍や日常をクローズアップ
歴史ものの面白さは……
歴史ものの面白さはどこにあるのか？
アイディア、発想、切り口、目の付け所こそが一番大事だ！

これが大事だ。

息の長いジャンルなだけに織田信長・豊臣秀吉・徳川家康ら三英傑を始めとする有名人や、桶狭間の戦い・関ヶ原の戦いといった大事件は使い古されている。しかしその一方で、これらの要素については新しい歴史的発見や解釈が登場しているのも事実なのだ。

たとえば、織田信長は長い間「革命的な発想で活躍した、エキセントリックな人物」というイメージで語られてきた。しかし、近年の研究では「常識的発想の積み重ねを行っていた人物」という新たな信長像が通説となってきている。他にもさまざまな人物・事件についての新たな切り口が考えられる。

逆に、マニアックな題材を狙う手もある。有名な武将の部下や補佐役、あるいは有名事件のキーマンになった、しかし小説やドラマで扱われたことのない人物はいないだろうか。

あなたの住んでいる場所にゆかりの人物を主人公にしてみるのも面白いかもしれない。図書館や博物館に行ってみれば、思わぬ魅力的なキャラクターに出会える可能性もあるだろう。

どちらの方向性でいくにせよ、自分なりの新しいアイディアを導き出せるか、が勝負になる。

とはいえ、アイディアひとつで勝負できる、というわけでもないのが難しいところ。実在の出来事を題材にする以上は知識が必要になる。それは包括的な歴史的知識であり、また必要な歴史情報をそのつど調べる調査能力だ。中世ヨーロッパのことをあんまり知らなくてもファンタジーは結構書けるが、江戸時代について知らずに時代小説を書くのはほぼ不可能だ。

さまざまな書籍があるので調べること自体は可能だが、たとえば江戸時代といっても長いから、初期はどんな感じで、中期はどんな感じで……くらいのことは知っておかないと、「大名の企んだ大規模な陰謀ものをやるのにふさわしいのはどの時代だろう」という目星をつけることもできない。

そうでなくても、細かいことまでいちいち調べるのは疲れるもので、小説を書くどころではなくなってしまう。

歴史小説なり、架空戦記なり、時代小説なりを書こうと思うなら、せめてその時代についてのある程度の知識は持ち合わせておきたい。そうして「歴史の面白さ」がある程度理解できていない限りは、つらいばかりになってしまうだろう。

現代社会もの①バリエーション豊か

ごく当然の話ではあるが、現代的社会事象を扱った小説は非常に多い。読者にとって身近な物事を描いた物語はイメージしやすく、共感や憧れの気持ちも想像しやすいからだ。

では、具体的にはどんな物語があるのだろうか。あくまで一例だが、以下のようなものが考えられる。

・経済もの、企業もの、政治もの

近い過去や現代・近未来の経済や企業、政治を題材にした物語。しばしば実在した有名な事件や人物、企業体をモチーフにして描かれる。

このジャンルは特に昔の歴史小説に近いところがあるかもしれない。ライトノベルが中高生の共感・憧れを誘うのと同じように、かつては歴史上の人物に自己投影していた大人たちが、今は現代的な経済ものなどで、自らの体験と物語を重ねあわせ、そこに面白さを見出すわけである。

・冒険小説

財宝、魅力的な異性、国家への貢献、スリル、そして何よりもロマンを求めて危険な場所へ冒険する様を描いた物語は小説のジャンル・テーマとして古典的なものである。

現代においては「007シリーズ」に代表されるような国際謀略もの（スパイもの）に加えて、山岳小説や海洋冒険小説なども冒険小説の範疇として理解されている。

・職業もの、サラリーマンもの

文字通り、各種職業を題材として描くのが、職業ものである。古くから医者ものや刑事もの、弁護士ものなどが人気だが、他にも多くのバリエーションがあり得る。料理人、タクシー運転手、旅館業者、SEを始めとするIT技術者、教師、書店……近年は自衛隊ものをよく見るだろうか。

他の現代ものと比べても、職業ものは専門知識の必要性が高い。各職業ごとに「知っていて当然」のさまざまな知識・ノウハウがあり、その世界のことを知らない人々にとっては非常に興味深いもの（職業ものの面白さはそこにこそある、とさえいえる）である。ただこれと同時に、ダラダラと説明されると非常に鬱陶しいものでもある。

そうした専門知識の、それも初心者が知って面白い部分だけを、効果的に物語に絡めながら、なるべく雰囲気を高める方向で紹介する必要があるのだ。

お勧めの方法は、各職業の事情の中でも生活に密着した部分をしっかり押さえることだ。給料はどのくらいで、どんな手当があるのか？　なにが楽しみで、なにが辛いのか？　感情を掻き立てられるような瞬間はどんな時か？　どんなつもりでその職業に就いて、今はどう思っているのか？　この辺りをしっかり押さえることができると、読者が登場人物を身近に感じられるようになるし、「その人物についてしっかり書けている」という印象にもつながるだろう。

・日常もの、生活もの

仕事や職業から離れた日常、生活の中にも物語を見出すことはできる。家族との関係や、ご近所さんとの人間関係。病を患ったところから始まる物語もあり得る。

中でも恋愛ものは定番だ。ふとした出会いから始まる恋。盤石だったはずの愛が揺らいでしまう瞬間。他人とはちょっとちがう形の恋や愛も物語のテーマになるだろう。

趣味やスポーツにまつわる物語もいい。現代は生涯を仕事に捧げるというよりも、ＱＯＬの充実を求めて仕事以外に生きがいを求める人が増えている。仕事に疲れ果てた男が、ある日出会った趣味をきっかけに生きる意味を問い直す……というのは、多くの人にとって興味を持てる物語になることだろう。

現代社会もの② 差別化、切り口、人間ドラマ

現代社会ものでは他作品との差別化を心がけてほしい。現代社会は多くの人にとって身近な舞台だ。それは逆に言えば、普通に書くだけなら誰にでもできる、ということだ。

ただのサラリーマンの日常を描いても面白くない。社会的に注目度合の高い事件・業種・職種・技術・事情を題材にするのが基本だが、近年はただの日常でもそこに何らかの面白さを見出すという手法も広まりつつあるようだ（この場合、二番煎じはたいてい「どこかで見たような」話になってしまうのでＮＧ。オンリーワンである必要がある）。結局は、何が面白いかを見出す視点が重要になってくるわけだ。

このような視点の興味深さ、アイディアの面白さを活かすためには、丁寧な調査と情報収集も絶対的に必要だ。経済事情や業界知識などが正確でなければ、誤りに気づいた読者は興ざめするし、そうでなくても物語がどうしても不自然になる。このような下調べが重要な点でも、歴史ものと近いところはある。

一方、そのようなアイディアの面白さだけでは限界があるのもまた事実だ。そこで見せ方の工夫が必要になる。

人間をきちんと描けるか、読者が共感し、焦がれるような【カッコいい男（女）】【熱い男（女）】が描けるか、ということだ。これができないようであれば、そもそも職業ものはやるべきでないだろう。結局、読者が求めているのは人間ドラマなのだが、現代社会も

のでは数字や専門知識にばかり目が行ってしまう傾向にある。

一昔前に流行したＴＶ番組の『プロジェクトＸ』をご存知だろうか。さまざまな企業や国家プロジェクトが、どんな困難を乗り越えて達成されたかをドラマチックに描いたドキュメンタリー番組のシリーズだ。

あれがウケたのはさまざまな発明や事業の面白さで視聴者の興味を引きつつ、メインのテーマとして掲げたのが熱い人間ドラマだったからである。これはやはり、人気のある要素なのだ。

どんな小説でも熱い人間ドラマはウリになるが、特に現代ネタを扱うなら、この人間ドラマをきっちり描けないようでは意味がない。誇り、意地、執念、人間臭さなどの要素を見せていけるかどうかが、成功の鍵になるのである。

最後に、現実に即して書くのであれば題材への配慮も必須だ。モデルの事件や人物がはっきりとわかると最悪のケースで訴訟沙汰になり得るので、名前をぼかすなどの工夫をするとよい。トラブルを防ぐために、一人の人間や事件をそのままモデルにするのではなく、複数のモデルを混ぜ合わせて書くとより安心だ。くれぐれも名誉毀損で訴えられることのないように。

ジュブナイルと青春もの①
ジュブナイル＝少年期

ジュブナイルの本来の意味は「少年期」で、転じてティーンエージャー向けの小説を称する言葉である。

ここでは少年少女の成長・冒険というテーマをメインに扱っている若年層向け作品をジュブナイルと呼ぶ。

これに近いジャンルとして、「青春もの」がある。青春的なテーマ――恋愛、成長、家族、友情、学校、将来などの若年層期特有の体験と結びついた小説群がそれだ。また、若者の多くは日常生活の大部分を学校で過ごし、その精神的世界においても学校・学校生活の占める部分が大きいため、「学校もの」「学園もの」ジャンルとも近しい。

青春にせよ、ジュブナイルにせよ、ターゲット読者にとって身近である青春的なテーマを用い、物語に感情移入してもらうのが基本的なスタイルになる。また、憧れという点でも、身近なほうがそういった感情を抱きやすい（大魔法使いよりも甲子園のヒーローのほうが現実感があって想像しやすい）というのも、大きなメリットといえるだろう。

ジュブナイルと青春もの②いかにフックをつけるか

身近だからこそ難しいこともある。それは、飛びぬけた魅力というものが作りにくい、ということである。

ありふれた青春的な一幕――ひと夏の冒険と初恋とか、友人との喧嘩とか、そういうものをベースにすればそれなりに起承転結のある物語というのは作れてしまう。しかしそれらは結局ありふれてしまっていて、小説としてはいまいち面白みが欠けたものになりがちなのだ。短編ならそれでもなんとか最後まで読者の目を引きつけることはできるかもしれないが、長編ではやはり厳しい。

ファンタジーなり、ＳＦなり、あるいはミステリーなら読者の心を引きつけるフックがあって、それが印象を強める効果もある。しかし、本当にただの青春模様を書いてしまうと、心が引かれるところがなく、スーッと最後まで読んでしまって印象に残らない、というケースがしばしばある。

対処法はいくつかある。一番簡単なのは、青春物語の中になにか突飛なアイディアをひとつ放り込んでしまうことだ。あるいは、何か特殊な状況の中での青春を描いてもいい。そのアイディアを持ってくるのが難しいのだが、うまくいけばそれだけで読者の興味を引くことができる。また、誰もが体験し得るような青春的体験を強烈に誇張する――恋愛の相手が人外であるとか、友人が規格外の金持ちであるとか、進むべき進路が殺し屋であるとか――のも良い手だ。

もちろん、他の方法もある。群像劇的な要素を強めたり、時系列をあえて混乱させてミステリー色を強めたりと、ストーリー構成の工夫をする、もしくはテーマ性がはっきり見えてくるようなエピソード選択をすることだ。本筋が平凡でも、見せ方次第で印象は変わる。ただ、これもやっぱり簡単なことではない。

改めて、ジャンルを知ること

以上、小説の各ジャンルについて、少々駆け足ではあったが説明した。

ここで紹介した内容は各ジャンルを大掴みにし、ま

現代ものと青春もの

現代もの＝現代が舞台の、現代的事象を扱う物語

サラリーマンやビジネスマンの活躍、政治や経済のダイナミックな動き、現代人の日常や鬱屈、青春の光と影……描くべきものはいくらでもある。
その中の、何を書くのか？　どう書くのか？　が大事

差別化・切り口
現代ものはすでに多種多様に出ている。どんな切り口、どんな題材なら差別化できる？

人間ドラマ
熱い人間ドラマがあってこそ、物語は盛り上がる。人間臭さや挑戦などをちゃんと書けるか

青春ものなら……
若者向けエンタメの青春ものでは特に差別化が大事。特別な環境や、ファンタジック用を混ぜるなど

た創作のためのツボを掴むことを目的としたものであり、その詳細を網羅したものとはとても言えない。まず本項の内容で、

「このジャンルは面白そうだなあ」
「このジャンルは自分に合っているかもしれない」

と見込みを付けた上で、実際に自分で各ジャンルの代表作や今の人気作を読んでほしい。

あるいは、本項の内容とは違うジャンルのツボを見出したり、「この本に書いてあることは違うのではないか？」と思うこともあるかもしれない。それは素晴らしいことだ。なぜなら、あなたはあなたなりにそのジャンルにおける自分の書き方を見出した、ということだからだ。

ジャンルはあくまで多様な作品を理解するための枠決めにすぎず、実際には各作品ごとに細かい特徴があり、それぞれの売りがある。あなたの作品も、そうでなければならない。それは、自分でさまざまな作品を読み、書くことで見出すものなのだ。

9章のまとめ

ジャンルとは、分類、区分、種類分けのこと

→大きな塊やバラバラだとわかりにくくても、小さい塊にすると理解しやすい

ジャンルを把握することにどんな意味があるのか？

1：ジャンルの知識があれば、物語の「ツボ」がわかる

↓

そのジャンルではどんな作品が好まれるのか？
どんなポイントに注力すると魅力を発揮できるのか？

2：ジャンルの知識があれば、効率的に作品が作れる

↓

そのジャンルのお約束や王道に沿って物語を作れる
あるいはそれを逆手に取ることもできる

課題 9

小説レーベルひとつを選び、どんな傾向があるのか、どんな作品が好まれるのか、自分なりに考えて２００文字程度でまとめなさい。

★ポイント1
聞きかじりの知識ではなく、自分で読んだ印象を大事に

★ポイント2
書店で「どんな作品がプッシュされているのか」確認するのも重要なこと

★ポイント3
各レーベルのサイトにも忘れずに目を通そう

10章

新人賞を突破するために！

【課題９の内容】
小説レーベルひとつを選び、どんな傾向があるのか、どんな作品が好まれるのか、自分なりに考えて２００文字程度でまとめなさい。

模範解答

①電撃文庫

ライトノベル、わけても少年系と呼ばれるジャンルのトップブランド。毎月の刊行数が群を抜いているし、数多くのヒット作も生み出してきた。

新人賞の受賞作品を見てみると、実に多様な作品を見出すことができる。いわゆるライトノベル的なパターン・ジャンルに限らず、強烈な魅力があれば選ばれる可能性がある。

ライト文芸レーベルであるメディアワークス文庫と共通の新人賞からデビューすることもあって、他にない個性を表現できるならば挑戦してみてもいいかもしれない。

レーベル研究の成果が出ている

②富士見ファンタジア文庫

角川スニーカー文庫と同時期、八十年代末に創刊された、少年系ライトノベルの老舗。「ファンタジア」という名や、神坂一『スレイヤーズ』などの印象から、ファンタジー色が強いと思う人もいるだろうが、一方で賀東招二『フルメタル・パニック！』など現代ものもあり、実際にはバラエティ豊か。

大きな特徴として母体雑誌『ドラゴンマガジン』の存在がある。雑誌連載がのちに文庫化されたり、人気作の外伝が掲載されたりと同雑誌に連動した動きがある。

他のレーベルや出版社にない特徴は重要

③ＭＦ文庫Ｊ

以前はラブコメ／ハーレム系に強い作品という印象があった。いまでもキャラ性重視の作品は多い。しかしここ数年の新人賞受賞作の傾向を見るに、群像劇的だったり、世界観がハードだったりと、以前のカラーを脱却しようとしている印象がある。

新人賞にも特色があり、普通は年に一～二度募集するところ、通年募集で年四度の締切を持ち、受賞作はトータルで決まるスタイルになっている。応募のハードルは比較的低いと考えていいだろう。

レーベル事情も時が経てば変わっていく

新人賞を突破するために

各段階のポイント

この章ではライトノベルを一つの例として挙げながら、新人賞を受賞してプロ作家になる流れを紹介する。一章で紹介したように、小説家になる方法はいくつかあるが、その王道はやはり「出版社あるいはレーベルが主催する新人賞を突破すること」である。

一次、二次、最終……と存在する選考の各段階を突破するためにはどうしたらいいのだろうか？　漫然と「僕が書きたいように作品を書けば、きっとその気持ちが審査員の心に届くはずだ！」などと考えていてはとても突破できない――というのは言うまでもない。

下読みや編集者、専門学校の講師など色々な立場で新人賞を見てきた私の経験から考えるに、新人賞突破には次のような条件が整っている必要がありそうだ。

○一次：作品としてきちんと仕上がっている上に、なにか一つ目を引く武器があること。

↓以前はとりあえず大きな弱点がなければ一次審査は突破できると言われていたが、近年は新人賞のレベルが著しく上昇しているのでこの言葉はもう当てはまらない。一次審査の時点から、読者の目を引くような力が要求されるようになっているのだ。

具体的には、「基本的な文章ルールが守れている」「大きな矛盾がない」「きちんと完結している」「キャラクターに共感できる」「賞の求める方向性とある程度合致している」などがあった上で、個性がほしい、ということである。

○二次：読んでいてストレスを感じない、スムーズに読める。

↓高い文章力やストーリー構成力が必要。もちろん、作品に魅力をもたせる「武器」についても一次審査の時よりさらに厳しく見られるのはいうまでもない。

○最終：「作家性」がある、読者を引き付ける魅力がある。

→数多くのライバル（これは同じ賞の投稿者だけでなく、すでにデビューしているプロ作家たちも含む）と並んでも一歩前に出られる強力な個性。

自分の作品がこれらの要素を備えているか、ないならどうすればいいのか——本書を改めて読み直し、その方法について考えてほしい。

梗概の注意点

新人賞では、多くの場合作品そのものだけでなく「梗概」というものも一緒に送るようにレギュレーションに定められている。梗概とは簡単に言うと、作品のあらすじのことを指す。賞によって、定められている文字数は違うが、だいたい八百文字程度であることが多いようだ。

さて、この新人賞の梗概の目的は「作品の面白さ、作家性、魅力などを編集者・選考委員にアピールすること」である。だからといって、商業流通している作品の裏表紙などでよく見られるような物語の中盤ぐらいまでしか語らず、最後は「——そして驚愕の結末が！」などとボカす手法をとるのは推奨できない。最初から最後までしっかり書くことが前提である上、下手な煽りはむしろ本当の魅力を覆い隠してしまいかねないからだ。

そのため、「魅力的に書こう！」と肩に力を入れるよりは、「大事なことをしっかり、淡々と書こう」と意識したほうが、結果的に「キャラクターの魅力」「世界の面白さ」「大どんでん返し」などが自然と浮かび上がってくることが多い。

それでもうまくまとめられないという場合は、まずストーリーを箇条書きにしてみて、その中から「これは大事だな」と優先順でピックアップしていくとやりやすいかもしれない。

また、もしあなたが専門学校に通っていて講師の指導を受けていたり、誰か友人や作家仲間にプロットについてのアドバイスを受けたりしているなら、あらすじがちょっとばかり情報不足であっても「なるほど、これはこういうことを言いたいんだな」「こういうこ

と を書き漏らしているな」と推測してもらえるが、新人賞の選考委員及び編集者はそこまで考えてはくれない。だからテーマを意識しつつ「自分の書きたいことは伝わっているかな」「なにか漏れていないかな」としっかり考える必要がある。

レーベルを研究する

どの新人賞に送るか、また目標の新人賞にどんな作品を送るかを考えるためには、レーベル研究が欠かせない。書き上がった作品を片っ端から送るより、そのレーベルの傾向にあわせた作品を書いて送ったほうが成功率が高いのは自明の理だ。今回課題でやってもらった通りである。

具体的には、どんな形でレーベル研究をすればいいのか。まず、公式サイトや雑誌などを読むのが第一歩だ。新人賞のレギュレーションが詳しく掲載されているのはもちろん、レーベルによっては理念や方向性、新人賞受賞作品への評価、また作家へのインタビューなどが掲載されていることもあって、「そのレーベルが何を求めているか」が透けて見えることもある。たとえば星海社などは新人賞応募作への講評をすべて公開し、いくつかの作品については編集者による対談の形で見せてくれるため、大いに参考になるだろう。

とはいえ、出版社から公開されている情報だけでは限界がある。他に、ネット上にある有志の「この出版社はこういう傾向がある」といった情報はイマイチ信憑性に欠ける。自分で作品を読み、「このレーベルはこういう作品が求められるんだろうな」と考えていかなければならない。

では、どんな作品を読めばいいのか。まずはそのレーベルにおける「看板作品」を読んでみよう。公式サイトや雑誌などでプッシュしている作品、またアニメ化した作品などが看板だ。これらの作品はそのレーベルの読者にもっとも好かれている作品であることが多く、レーベル全体の空気を代表していることも珍しくない。レーベル研究の材料としてはうってつけだ。

ただ注意すべきは「看板作品と全く同じ作品を書いても評価されるとは限らない」ということだ。なにしろ、その作品はすでに、レーベルに存在しているのである。よく似た作品がもう一つ出現しても、結局は目立たないことが多いし、編集部としてもそのような作品はあまり求めていない。必要なのは「その人気作品と方向性は近いが別種の魅力を持っている作品」や「その人気作品のファンに好まれそうな作品」なのである。大ヒット作品が現れると似たような作品が大挙して新人賞に送られる（そしてかたっぱしから落とされる）という傾向は実際にあるので、この点をよく見極めないといけない。

そして看板作品と同じくらい、あるいはそれ以上にレーベル研究に適した作品がある。それは新人賞受賞作だ。考えて見れば当たり前なのだが、近々の新人賞受賞作には、「こういう作品がほしい」「こういう作家をデビューさせたい」という編集部の意思が表われているものである。これを放っておく手はない。

そこでここ二～三年の新人賞受賞作を読むことでレーベル研究をするわけだが、この際も一つのポイントがある。それは「あら探しに終始しない、なるべく良い面にも注目する」ことだ。

新人賞受賞作は受賞後に編集者の指導を受けて改稿され、完成度が上がっているとはいえ、やはりデビュー作であることから細かいところに問題が多かったり、荒削りだったりすることが多い。そのため、読者目線で見ると「レベルが低いな」と感じることもあるかもしれない。

しかし、改めて書き手視点で考えてみると、そのような弱点があってもなお別の所で美点があり、パワーがあるということがほとんどだ。と言うよりも、そのような美点があるからこそ新人賞を受賞したのだから（実際、新人賞ではその時点の完成度より、アイディアやキャラの魅力、世界設定のスケールのような魅力が重視されることが多い）。そのため、重箱の隅をつつくようなあら探しに終始すると、作品そのものの魅力を見失ってしまうこともある。

正しくレーベル研究ができるように注意しよう。

近年のライトノベル界の傾向

二〇〇四年のライトノベル発見ブーム（ムック本などの登場により、世間一般からもライトノベルが注目されるようになった）頃に新規参入が相次ぐようになってもう十数年にもなる。

レーベル研究のポイント

新人賞受賞のためには、目標のレーベルについてきちんと理解し、研究することが欠かせない

どうすればいいのか？

① 看板作品を読む

読者に愛され、編集部にプッシュされ、レーベルを象徴する作品

↓

似たような作品はライバルが多いだけ、ということも？

② 新人賞作品を読む

新人賞で選ばれるということは、編集部はレーベルを今後こういう方向にしたい？

↓

あらが多く見えても、それを上回る美点があるはず

ライトノベル「発見」ブームの時代、毎年のように新レーベルが立ち上がり、新人賞が増えた。当時のレーベルは今でも多く残り、活発に活動している。その意味で、作家志望者にとってのチャンスはまだまだ十分にある、と言って良い。しかし、それだけに各レーベルは「個性化」の道をたどっているので、レーベル研究の必要性は増している。そのレーベルの主流を踏襲しつつ一味足すか、あるいは全く違う方向性で意表をつくか、しっかりレーベルの状況を把握し、考えてほしい。

作品の傾向としては、近年いよいよ多極化が進行しつつある。以下、人気の要素を挙げてみた。参考にしてほしい。

「ラブコメ」

ラブ&コメディ、すなわち「コミカルな要素の強い恋愛劇」である。

恋愛要素をメインにするのはライトノベルの大定番。特に主人公を複数のヒロインが取り巻く「ハーレム」は長く人気を持ち続ける王道ジャンルである。近年は

そのなかでも「残念系」（ヒロインたちが「残念」な個性を持っているパターン）と呼ばれるものが注目されている（代表的作品として平坂読《ひらさかよみ》『僕は友達が少ない』（ＭＦ文庫Ｊ））。

「青春もの・学園もの」

ラブコメと重なるところが多いが、つまり思春期の少年少女の悩みや苦悩、葛藤、成長といった青春的なテーマを大きく扱う作品。読者の共感を呼びやすい。

近年はその青春テーマのなかでも特に、「個性的で愉快な仲間がいて楽しい学園生活がずっと続けばいいのに」的な、モラトリアム・テーマが大きく扱われることが多い。

「セカイ系」

主要キャラクターたちの行動や心理が世界の命運に直結するタイプの物語をこう呼ぶ。

世界の命運を左右するような大きなスケールの物語であるにもかかわらず、関わってくるキャラクターの数や組織描写などが少なくなるところから、「世界」を揶揄《やゆ》してカタカナで読んだものと考えられる。スケールの大きな物語を、しかしキャラクター小説的にスマートに描けるのがウリ。

「異世界ファンタジー」

かつての主流。ライトノベルにおいては長く現代を舞台にした異能バトルに主流の座を奪われていたが、「ファンタジー学園（ファンタジー世界の学園、あるいは学園の中にファンタジー要素がある）」や「擬似的な異世界ファンタジー（ゲームの中の冒険など）」「異世界往還もの（現代日本からファンタジー世界へ移動、あるいはその逆）」などの形で復権しつつある。

「オレツエー」

主人公や主要キャラクターたちが物語の開始段階から世界でも有数の力を持ち、余程の相手にしか苦戦しないようなシチュエーションを「オレツエー（俺ＴＵＥＥＥ）」などと呼ぶことがある。

一般にこの呼ばれ方は蔑称として受けとられる事が多い（主人公がただ強いだけで物語としての起伏が小

さい、という意味が込められる）が、「強い主人公の活躍」と見るとむしろ定番手法の一つである。

　実際、ライトノベルの歴史を振り返ってみても、黎明期の神坂一『スレイヤーズ』（富士見ファンタジア文庫）に始まって最近の川原礫『ソードアート・オンライン』（電撃文庫）まで、強い主人公の系譜は綿々と連なっている。

　細かく見ると本当に強いケースから「元は最強で今は鈍っているがそれでも相当強い」「かなり強いが更に強くなっていく」「冒頭で不思議な力に目覚めて最強」まで多様だが、「強い」主人公の活躍を見て爽快感を覚える（そして、それより更に強い敵の登場に緊迫感を感じる）という構造は変わらないようである。このように多極化・拡散するなかで自分の作品をどこに位置付けるか、誰に届けるか、を考えたい。


　以上、ライトノベルを例に挙げながらレーベル研究、新人賞研究、パターン研究の一端を紹介した。ライトノベル以外の各ジャンルでもこのような研究は可能であり、受賞を目指して努力してほしい。

10章のまとめ

新人賞突破のためにはきちんと「知る」ことが大事

①各段階ごとに必要とされる要素がある

以前は大きな欠点がなければ一次審査は突破できたが、
近年は新人賞全体のレベルが非常に上がっている

②レーベル研究の必要性

各レーベルごとに特徴や個性、方向性があり、それを調べ、
合致させたり意表をついたりする作品を模索する

③ライトノベル全体でも流行がある

定番のパターンもあれば、近年流行のパターンもある。

なぜ人気があるのか、自分ができるかも考える

課題10

掲載した400文字プロットは、ライト文芸として考えられたが、少なからず問題点がある。これを編集者視点でどこに問題があるのか、指摘しなさい。

★ポイント1
キャラクターの配置はこれでいいだろうか？

★ポイント2
展開はこの方向性でいいのだろうか？　なにか足りない要素はないだろうか？

★ポイント3
設定として魅力的だろうか？

物語の舞台は、都会にあってエリート中のエリートばかりが集まる進学校……の分校として存在する、とある地方の山奥に佇むオンボロ校舎。

長いこと無人だったが、最近ここに生徒たちが住むように。進学校の落ちこぼれ生徒たちが懲罰としてここに飛ばされてきたのだ。彼らはそれぞれに学校に喧嘩を売ったり、トラブルを起こしたりしていた。教師も一人いるが、やっぱり問題教師。

落ち込むかに見えた彼らだが、現代っ子は意外とたくましい。分校の周りの土地で農業をはじめ、あるいはネット環境を用意して、元気に彼らなりの山奥生活を楽しんでいくことになる。

その中で彼らの中にあった不満や事情、人間関係が爆発してトラブルが起きることもあったが、地方暮らしで得たたくましさや分校の周囲の人たちとのふれあいによって問題を乗り越え、大きく成長を果たすのだった。

11章

あなたがプロとしてやっていくための出版社・編集者との付き合い方

【課題 10 の内容】
掲載した 400 文字プロットは、ライト文芸として考えられたが、少なからず問題点がある。これを編集者視点でどこに問題があるのか、指摘しなさい。

出題バージョン

物語の舞台は、都会にあってエリート中のエリートばかりが集まる進学校……の分校として存在する、とある地方の山奥に佇むオンボロ校舎。長いこと無人だったが、最近ここに生徒たちが住むように。進学校の落ちこぼれ生徒たちが懲罰としてここに飛ばされてきたのだ。彼らはそれぞれに学校に喧嘩を売ったり、トラブルを起こしたりしていた。教師も一人いるが、やっぱり問題教師。

落ち込むかに見えた彼らだが、現代っ子は意外とたくましい。分校の周りの土地で農業をはじめ、あるいはネット環境を用意して、元気に彼らなりの山奥生活を楽しんでいくことになる。

その中で彼らの中にあった不満や事情、人間関係が爆発してトラブルが起きることもあったが、地方暮らしで得たたくましさや分校の周囲の人たちとのふれあいによって問題を乗り越え、大きく成長を果たすのだった。

主人公不在の構成。青春群像劇はライト文芸としてはちょっと向かないのではないか？

起伏はあるが、全体を貫くストーリーがない

模範解答

修正例

物語の舞台は、都会にあってエリート中のエリートばかりが集まる進学校……の分校として存在する、とある地方の山奥に佇むオンボロ校舎。長いこと無人だったが、最近ここに生徒たちが住むように。進学校の落ちこぼれ生徒たちが懲罰としてここに飛ばされてきたのだ。彼らはそれぞれに学校に喧嘩を売ったり、トラブルを起こしたりしていた。

そこに、教師の主人公がやって来る。同僚と対立したせいだ。付き合っていた彼女まで奪われ、散々だった。ところが分校に来て驚いた。生徒たちは分校の周りの土地で農業をはじめ、ネット環境を用意して、元気に彼らなりの山奥生活を楽しんでいたのである。

色々トラブルもあったが地方暮らしで得たたくましさや分校の周囲の人たちとのふれあいによって問題を乗り越えていく彼らの姿に、主人公も立ち直る。やがて本校からの干渉で潰されそうになるも、一致団結してはねのけるのであった。

ライト文芸の読者が共感してくれそうな主人公を用意した

明確なストーリーラインと対決軸を用意した

一冊の本ができるまで

本作りを学ぶ必要とは

一冊の本、一つの物語には、色々な意図が込められているし、読者を引きつけて売るための工夫がある。それをしっかり知っておくことは、プロ作家にとって必須だ。

そこで最後となるこの回では出版社・編集者のことについて学ぶことにしたい。もしかしたらあなたは「小説家は作品だけ書いていればいい、それ以外のところは編集者に全て任せておけばいいのであって、知る必要などない」と考えているかもしれない。

それはあながち間違いではない。プロ作家になっても、少なくない部分が作家であるあなたの知らないところで進むだろう。いろいろな部分に関わることになっても、段取りは編集者が整えてくれるケースがほとんどのはずだ。更にいえば、作家志望者のうち少なくない数が「専門バカでいたい、小説を書く以外考えたくない」と考えているのではないだろうか。

しかし、それでも私は「小説家なら、一冊の本ができるまでの過程は最低限の知識として把握しておくべき」だと考えている。

自分の仕事がどのような流れの一部を構成しているのか、自分がする仕事の前後にどれだけの人が関わっていて、どれだけ責任が重いのかを知っていれば、責任感というものも出てくる。

また、仕事をするにあたって他者を慮り、独りよがりでない仕事ができるようになれば人間関係も円滑になるし、またライトノベルなら「イラストが入ることを前提に、絵になるシーンをいれていこう」「イラストにして映えるキャラクターを出そう」と考えることにもつながっていく。

だから、小説家も「専門バカ」にはならず、せめて自分に関わる分野くらいは知っておいた方がいい、と私は思うのである。

始まりは「企画」

いきなり出版社に完成原稿が持ち込まれて「これ出しませんか?」と売り込まれでもしない限り、通常は「企画」から始まるのが本作りというものである。

まず、出版社に所属する編集者、フリーランスの作家や編集者などが企画書を作成し、企画会議に提出する。その企画書には「こういう本を出そう」「執筆・イラストはこういう人に頼みたいな」「タイトルはこうで、ターゲット読者はこんな感じで、価格や判型(本の大きさ)、ページ数はこの内容」といったことが書いてある。

それを受けて企画会議側では「今の流行的に売れるだろうか?」「既存の本と差別化ができているか?」「この書き手は適切だろうか?」などを話し合う。GOサインが出れば発売日が決定され、スケジュールが決まって、それにしたがって出版に向けた動きが始まる。それ以外にも、却下されることもあれば、もう一度練り直し、ということもあるだろう。

その企画が企画会議を無事通過した場合は、そのまま作家が原稿を書き始めるケースもあるし、改めてプロット(作品の設計図)の作成や打ち合わせが念入りに繰り返されることも珍しくない。

作家志望者には「プロットなんて書かない」し「誰かと作品について相談することもない」人もいるだろうが、プロ作家はそうもいかない。

商業作品として——平たく言えば「商品」として流通させて売る都合上、編集側も「こういう作品にしてほしい」「こういう作品が売れる」という思惑があり、意見を言ってくる。一方の作家としては、時にはその意見を受け入れ、時には「いや、それはこういう事情から私の意見を通させてほしい」などと主張し、結果的に作品の質を上昇させていく義務があるわけだ。立場が違えば思惑も違うのは当然のことである。

そのため、しっかりとしたプロットを作り、また電話やメールで話し合ったり実際に対面して打合せたりをしながら意見のすり合わせをする必要がある。

更に言えば、プロ作家は基本的に刊行スケジュールに縛られており、「この原稿はこの日までに完成させて印刷会社に渡さないと、スケジュールがズレて大きな損害が出る」ということも珍しくない。複数の出版社と仕事をしているベテラン作家なら、「いついつまでにこの仕事を終わらせて次の作品にかからないと、複数の出版社に大迷惑をかける」ということを配慮する必要がある。

このような状況で「とりあえず作品を書いてみて、編集側が気に食わなかったらそれから書き直せばいい」などという態度が許されないのは誰にだってわかるはずだ。

執筆開始前からきちんとすり合わせをし、後々トラブルが起きないように配慮する必要がある。「いいから俺の書いたこの原稿だけで判断してくれ」というわけにはいかないのである。

「執筆」し、完成させ、「チェック」する

企画会議を通り、編集側からもOKが出たら、いよいよ執筆開始ということになる。

自宅に籠もってひたすら作業する人もいれば、本業・副業の合間合間で少しずつ書き溜める人もいる。移動の多い仕事をしている人や、講演が多い有名作家などは、新幹線や飛行機など移動の拘束時間を活用し、モバイル機器で原稿を書く人も多いという。それはレアケースだとしても、喫茶店やファミレスなどに出かけて原稿を書く人も珍しくはない。

そのように執筆スタイルは作家によってさまざまであっても、ほとんどすべてのプロ作家にとって共通の守るべきルールかおる。それが「締め切りを守る」ということだ。

思うように執筆が進まなかった、他の仕事が長引いてスケジュールが圧迫された、体調を崩してしばらく執筆ができなかった、家族の事情などがあってそちらに手を取られてしまった――理由は人によって色々あろうが、それでも小説家が締め切りを破れば、多くの人に迷惑をかける事になるのもまた事実である。

それでも、もともとスケジュールに余裕をもたせていたり（別に小説のことだけでなく、大人のビジネスの世界ではいざという時のことを考えてある程度の余裕を持たせるのは当然のことではある）、編集、印刷、流通などのこの後の各段階で遅れを吸収できれば、本は無事に刊行される。それもできないくらいに遅れて

しまえば出版の延期あるいは中止ということになるが――そうなれば出版社をはじめ関係者それぞれが少なくない被害を受け、作家自身も信用の低下を始め大きな傷を負う事になるのは言うまでもない。だから、締め切りは守るべきなのだ。

ただ、そのような事情はありつつも、締め切りがなければいつまでも怠けてしまうし、あったらあったで「そのスケジュールだったらまだ余裕があるな」と考えてしまうのが人間というもの。

そこで、編集側は意図的に早い締め切りを設定（先述した「余裕」の一環ではある）して作家のケツを叩く。これに対して作家側は「いつものパターンからして本当の締め切りはあと二週間は後だな」などと推測する――お互いの状況を探り合う、そんなやりとりが行われることもあるようだ。

ともあれ、完成したのであれば、作品のチェックと校正・校閲作業が必要になる。

最初の読者として原稿を読むのは普通、編集者の仕事だが、「校正・校閲者」と呼ばれる専門のチェック担当者にも読んでもらう。このような専門家は出版社に勤めていることもあれば、フリーや編集プロダクション所属であることもあるようだ。

編集者は「面白いか否か」を確認するのは当然のこと、「ストーリーの矛盾など、商業作品としての問題があるか」「プロット通り、コンセプト通りになっているか」などのポイントをチェックする。

これに対し、校正・校閲者が面白さのようなあやふやなポイントに口を出すことはほとんどないが、その代わりに「作品／文章としての問題」はプロとして非常に厳しくチェックする。たとえば誤字脱字や不適切な日本語、「二〇一三年の十二月一日は金曜日でいいか（正しくは日曜日）」「原稿中に【何でこんなことに】と【なんでこんなことに】が混在しているが、【何で】または【なんで】に統一するのか、それとも現状維持なのか」などが一例である。

これらのチェックは赤いボールペンで書き込まれるのが普通であるため、「赤字を入れる」あるいはそのまま「赤字」と表現されることが多い。

編集者および校正・校閲者によって赤字が作られると、再び作家の出番がやって来る。赤字をすべてチェックし、「どの指摘を受け入れ、どの指摘はそのままにするのか」「指摘された矛盾や間違いを解消するため、どのように修正するのか」「改めて確認した結果、新たに修正ポイントは出てこなかったか」などを考え、対応する必要があるのだ。

こうして繰り返し修正が行われ、ようやく作品は完成にたどり着く。その修正段階は一校、二校（再校）、三校（念校）などと呼ばれる。

「イラスト」「デザイン」「DTP」、そして「印刷」

ここから先、基本的に作品は作家の手を離れ、各分野の専門家によって完成に向けた作業が行われることになる。

その作品がライトノベルやそれに類するジャンルであるなら、イラストレーター（あるいは漫画家）によってイラストが作成される。

作業手順としては、まず原稿やプロットを元にキャラクターラフが描かれ、作家及び編集者がチェックする。ＯＫが出たなら、次は「どんな表紙にするの」「本文挿絵はどのシーンに入れるのか」の打ち合わせが行われ、ラフを作って再び確認、完成イラスト作成――というのが基本的な流れである。その指定は編集者がするのが普通で、作家はチェックが主で能動的に「このシーンをイラストにしてほしい」などと口を挟むのは珍しいケースらしい。

このように、少なくとも挿絵などを描く段階では原稿が仕上がっているのが普通なのだが、スケジュールが非常に切迫している時は、プロットなどを元に予測で挿絵が描かれることもある。

原稿とイラストが揃ったなら、それらの要素を一冊の本にするため、デザインが必要になる。すなわち、文字組（紙面における文字数の設定のこと）や表紙の要素配置（タイトルや著者名など）といった、紙面をどのように構成するか、というデザインを決めるわけだ。このような作業を行う人をデザイナーという。

ちなみに、デザイナーが決めた設定・仕様に基づいて、原稿の入れ込み（流し込み）作業を行い完成データを作る人は一般にＤＴＰオペレーターといい、この二つの仕事はひとりの専門家がまとめてやってしまうことも多いようだ。

この完成データをDTPオペレーターから受け取った編集者が、印刷会社に渡す。これを入稿というのだが、実は編集者（あるいは作家）にはもう一つ、仕事が待っている。

データを受け取った印刷会社が最終確認物（専門用語でゲラ）を作るため、これを見て本当に誤字脱字や大きなミスなどが残っていないかを確認するタイミングがあるのだ。また、表紙などのカラー部分についても同じように最終チェックをする「色校」という段階がある。印刷の発色は予定通りにいかないことがあるので、そのような問題が発生していないか、やはり編集者（もしくはデザイナー）がチェックを行って必要なら修正対応をする。

これらのチェックが全て終了し、編集者の手から完全に離れた段階を「校了」という。以後は印刷会社の担当で、現在の書籍印刷は主に「オフセット印刷」で行われる。

「流通」と「販売」、そして読者が読む

印刷と製本を経て完成した書籍を読者のもとへ届けるのは、流通と販売の仕事である。

通常の商品だと商品を作る会社と店をつなぐのは問屋の仕事だが、出版業界には専門の問屋が存在する。いわゆる「出版取次」がそれで、有名な会社にはトーハン、日販（日本出版販売）、大阪屋栗田などがある。彼らを通して街の書店に並び、それを読者である私たちが購入する――というのが、一般的な本の流通の姿である、といっていいだろう。

しかし、現在の出版業界には多様な流通スタイルが存在しており、通常の取次や書店を介さない形で普段から本を読んでいる――という人も今になってはそう珍しくないはずだ。

以前からずっとあったルートとしては、コンビニやキオスク、生協などのルートがある。これに加え、近年ではネット通販（ネット書店）も私たちの生活のなかにすっかり根を張った。代表的なサービスとしてはＡｍａｚｏｎやｈｏｎｔｏ、楽天などがある。

配送料や代引き手数料などで少し割高感はあるが、家に居ながらにして本が買えること、配送料なども値引きサービスが充実していること、また通常書店の取

本が手元に届くまで

企　画

「どんな本を作るのか」「いつ出すのか」が決まる。作家が企画を作ることもあれば、決まってから依頼が来ることも

↓

プロット・打ち合わせ

作家の意図と編集者（出版社）の意図を正確にすり合わせるため、プロット作成や打ち合わせは入念に行われる

↓

執　筆

締め切りに合わせるため、作家はひたすら書く。ライトノベルなどではイラストレーターの仕事もこの後、あるいは並行で存在

↓

チェック・デザイン

編集者や校正者によるチェックを経て、デザイナー・ＤＴＰオペレーターがデータを制作する

↓

印　刷

紙の本では必須の過程。しかし近年では電子流通が普及しつつあり、今後は変わってくるかもしれない

↓

流通・販売

取次（問屋）を介して書店に並ぶのがもっとも一般的だが、特殊な流通ルートやネット書店など、近年は多様

り寄せサービスよりはるかに素早く届くことなど、メリットが非常に多い。そのため、今後もネット書店は私たちが本を買う際の選択肢として、その価値を高め続けるだろう。

また、アニメ・漫画専門店（とらのあなやゲーマーズ、アニメイト、メロンブックスなど）の存在も見逃せない――これらの店は商品のジャンルを絞っているだけに、通常の書店よりもアニメ・漫画の品揃えが確実に豊富だ。多くのレーベルの作品があるし、各ジャンルの代表作以外の既刊も目にすることができる。

これらの、以前のままの流通では読者が手に入れにくかった作品群がネット書店の登場や専門店の普及で簡単に入手できるようになった結果、大きな動きが生まれた。特にライトノベルなどの分野において、中堅レーベル・中堅作家ががっちりとファンを獲得するというビジネスモデルが成立するようになってきたのだ。これは作家を目指すあなた方にとっても見逃せない、重要な変化である。

さらに新たな「本」のルートとして、全く新しい形が現れ始めたのも、近年の特徴と言って良いだろう。以前からその存在が注目され続けてきた「電子出版」――そもそも紙の本が存在せず、電子データ（電子書籍）の形で流通し、読者のもとに届くスタイルがいよいよ普及し始めているのだ。Ａｍａｚｏｎなどで非常に気軽に電子書籍が買えるようになったのはその一面であろう。

これらの電子書籍はパソコン、携帯電話、スマートフォン、タブレットパソコン、専用のブックリーダーで購入し、（ネットを介して買うのが主流だが、最近になってリアル書店での販売を目指す動きもあるようだ）読むことができる。特に近年著しいモバイル機器の普及が電子書籍の一般化を後押ししているという側面は見逃せない。

ネット書店で紙の本を買うよりも更に迅速に買え、かつ紙の本と違ってかさばらないというのは、電子書籍の圧倒的なアドバンテージである。ただ、電子データという媒体の特性上、どうしても不法アップロード&ダウンロードなどの危険性があり、作家や出版社にとってはまだまだ不安の多い流通形態だということも見逃せない。

11章

「重版」と「絶版」、そしてそれから……

――以上、ここまで見てきたような経緯を経て作品は読者の手に届く。消費する側としてはこれで終わりだが、あなたが作家でも編集者でもとにかく作り手の側に立ちたいなら、これで終わりと考えてはいけない。むしろここからが重要だ。

その作品が紙の書籍であるならば、売れれば重版（増刷）、売れなければ絶版、という未来が待ち受けているのである。

重版というのは文字通り「追加で印刷する」ことであり、それが更に売れれば何度でも繰り返される。その経緯は書籍の奥付に「第●版」などの形で確認することが可能だ。回転の早い漫画作品や、長年売れ続けるロングセラー作品などは二桁以上の重版が記録されていることもそう珍しくない。

ちなみに、小説家への報酬は印税（その本の売上のうちの何%を支払う、という形態）が基本だが、増刷の際には改めて支払いが行われる。

この印税の計算法には種類がある。一般的なのは「発行印税」で、印刷した分だけ印税が支払われる、というものだ。発行しても売れなかったら出版社に返本されるが、その分は考えない。一方、近年は「売上印税」スタイルが増えた。こちらは文字通り、売れた分しか支払われない。当然売上印税の方が金額は少ないため、作家にとって厳しい計算法と言える。

一方、絶版というのは流通しなくなった、ということである。売れない在庫が残っていると経営上問題なので、廃棄されてしまう（リサイクル用の紙の塊になり、一山いくらといった計算で売られる）ことが多いようだ。

これに対し、電子データである電子書籍はそもそも印刷しないから重版がなく、当然のこととして絶版もない。

そして、書き手がプロの作家なら、「売れたか売れてないか」「重版されたかされないか」は単に収入に関わるというだけの話ではない。売れた作家には次の仕事が来るだろうし、売れない作家は次第に仕事が減るだろう。プロの世界は非常にシビアであり、そこに飛び込むには覚悟が必要なのだ。

編集者とは

編集者のお仕事

そして、ここまで紹介してきたような「本が一冊出来上がって読者の手に届くまで」をコントロールする人が必要になる。

作家は自分の作品を書くのが仕事だから、それ以外のところには手が届かない。作家に代わって各段階での進捗を確認し、担当者に締め切りを周知する人がいる。それが編集者だ（さすがに流通面にはそんなに関わらないが）。

では、編集者は具体的にどんなことをするのか。

どんな本を出すかという「企画」を立て、本が刊行されるまでのスケジュールとこれに関わる多様な人々を管理する「制作進行」の役割を果たす。ある程度なら流しこみや修正などの「ＤＴＰ」まで自分でこなす人もいる。雑誌の編集者ならライターに記事執筆を依頼しつつ、自分も「取材」や「ライティング」を行うのはごく普通の光景だ。

このように非常に幅広く、かつ出版という業界において無くてはならない役目を果たすのが編集者という職種なのである。

実際、この編集者は出版業界と言われれば多くの人がまっさきに思い浮かべる職種であろう。もちろん出版業界の会社には営業がいて事務がいて人事がいて……とさまざまな職種が存在するのだが、これらは別の業界にも存在する。

また、作家や漫画家、イラストレーターなど作品を作る人々も出版業界独自のものではあるが、「会社と取引をする個人（中小）事業主」という見方をすれば、そう珍しくない、とも言えよう。出版社に作品を納める作り手は、大会社に部品を納める工場主と似たような存在ではある。

しかし、編集者という仕事は特殊だ。原作・大場《おおば》つぐみ、作画・小畑健《おばたたけし》コンビで週刊少年ジャンプで連載されていた『バクマン。』に代表される、漫画家を題材にした漫画などのイメージから「作家と付き合って原稿を取ってくる人」というイメージがあるかもしれない。実際それは間違いではないのだが、必ずしもそれが全てではないのは既に紹介した通りだ。

この編集者の立場、物の見方、ポジション、考え方を把握することができれば、プロ作家としてぐっとやりやすくなる。なにしろ、作家にとって編集者は出版社の、ひいては出版業界の窓口のような存在なのだから。そこで、ここからは彼ら編集者について紹介していきたい。

ちなみに、編集者は出版社の社員――というイメージがあるだろうし、実際そうであることが多い。しかしその一方で、出版社と契約する外注の編集者も数多く存在する。

これはフリーの編集者であることもあれば、出版社から本の制作を委託される編集プロダクションという組織である場合も多い（このプロダクションが文庫レーベルや雑誌などをまるまる一つ委託されていることもある）。

作家と編集者

多様な仕事、役目をもつ編集者という職業で、本書を読んでいる皆さんにとっておそらくもっとも大きな意味を持つのは、やはり「作家とやりとりをする」という部分だろう。

皆さんが新人賞を突破して（あるいは別の方法で）プロ作家になったのなら、どうしたって編集者とは付き合っていくことになる。うまく編集者と付き合えればそのことは大きな財産になるし、むやみに対立をしてもいいことは何もない。

また、編集者は作家とは違う視点を持っている。ライトノベル作家は芸術的なそれよりむしろ職人的な――読者の需要を読んで供給する力が求められるが、だからといって「書きたくないもの」「自分が嫌いなもの」を高クオリティで作り上げるのは難しい。「書きたいもの」「書けるもの」「求められているもの」の三者をいかにすり合わせて読者が満足する作品を作り上げるか、が作家にとって非常に重要なことだ。

しかし、編集者には芸術家的視点が必須ではない。

作品世界に没入し、キャラクターを自らのなかで活き活きと動かす作家に対し、編集者は冷静で客観的な視点で「読者にその表現が伝わるか」「読者はこの作品を喜ぶか」を考える必要がある。この視点の違いは、作家にとって大きな助けになる（この辺り、詳しくは次回に紹介する）。

まず、作家と編集者は原稿執筆より更に前、企画の段階で打ち合わせをすることになる。この時、作家の方から「こういう作品を書きたい」と企画を持ち込むのかもしれない（その場合、編集者は「うち（出版社）で出す価値があるか、売れそうか」と考えることになる）し、編集者の方から「こういうものを書いてみないか」と話を振るのかもしれない。

ともあれ、基本的には作家がプロットを作り、それを見て編集者が「この展開には無理があるのではないか」「こういうキャラクターが必要ではないか」「こういう設定があるとしっくり来る」などと意見出しをすることになる。

どこまで踏み込んで具体的な意見を言うかどうかは作家と編集者の力関係や信頼関係によっても変わってくるが、少なくとも新人のうちはかなりはっきりと指摘される覚悟をした方がいいだろう。

皆さんのような作家志望者は原稿を書き終えた後に何度も書き直し、クオリティを高めるチャンスがあるが、プロ作家になるとそうもいかない。一作書き終えた後にはすぐ次の締め切りが待っている——というのが珍しくないからだ。

だから、プロットの段階で編集者と意見をすり合わせ、編集者（さらにはそのバックにいる出版社）の求めるものが書けそうか、さらに言えば「売れそうか」というところを模索しなければいけない。その意味でプロット作りは大事だし、また編集者の役目も重要なのである。

ちなみに、編集者による作風・作品への助言と介入については、編集者のタイプの違いによっていくつかのパターンがある。

たとえば、「その作家の特徴をなるべく活かしてあげたい」と考える編集者は、あまり強行的に口出しをしようとはしない。もちろん、欠点を補うために各種アドバイスはするのだが、それを無理やり直すと長所を消してしまう可能性が高い、と知っているからだ。

かといって「全部君の思うようにやり給え」などと放任するわけでもない。編集者としては売れる作品を世に出さなければならないからだ。そのため、作家の個性と相性のいい流行の要素・パターンを探してきたり、あるいは作風がオリジナリティとして評価されるような売り方を考えたりする。

これに対し、「まず方向性をかっちりと決めるべきだ」と考える編集者もいる。やはり売れるパターン、読者に評価されるパターンはどうしても限られるのだから、早い段階にその方向性を意識させ、目指させたほうが良い、と考えるわけだ。

もちろん、こういう編集者も作者の個性を全く無視して強要するわけではないが、比較的方向性を強く指導する、という傾向にある。

そして、原稿を書き終えたら、真っ先に読むのは普通、編集者だ。そのため、「最初の読者」などということもある。ここでもやはり作家とは違う視点から誤字脱字や不自然な日本語、ストーリー上の矛盾などを指摘するのが編集者の役割である。

ちなみに、ライトノベルの場合はこうして出来上がった原稿を元にイラストレーターにイラストの内容を依頼するのも編集者の役目であることが多い。どこをイラストとして起こすかを決めるのは普通、編集者なのである。作家はイラストについてイメージと合致しているかどうかはチェックするが、どんなイラストレーターを選定するか、どこをイラストにしてもらうか、などに口を出すことはあまりない（もちろん、関わっていくケースもある）。

編集者の心得

ここからは、私自身の編集者としての経験に基づいて、編集者が特にどういうところに気をつけているか、どんな立場か、という点について紹介したい。

まず、編集者は作家をむやみに怒らせないように注意しなければならない。これは社会人ならあたりまえの心得だが——同僚あるいは商談相手を怒らせてOKの職場なんてめったにない！　——作家相手の仕事では特に注意するべきポイントになる。

なぜかといえば、作家は自分の作品や仕事スタイルに一家言を持っているのが当たり前で、「え、そんなこと?」と言いたくなるようなささいな言葉や振る舞いが逆鱗《げきりん》に触れるのは決して珍しいことではないからだ。むしろ「作品と作者の性格は反比例する」――癖が強い書き手ほど、広く受け入れられる印象の良い作品を書く傾向さえあるように思えている。

すなわち、ある種のこだわりの強さやクセのある性格は、作家という自分の世界を物語に仕立てる職業としては美点なのだ。だから、編集者は作家の癖の強さをうまくコントロールし、作品にそれを良い意味で反映されるように仕向けなければならない。

ただ、これは「だから、作家は編集者にどれだけ迷惑をかけても良い」ということではない。すでに書いたように、編集者とむやみに対立しても、いいことはあまりないからだ。

どうしても譲れないところはあるだろうが、基本的には編集者に敬意を示し、その意見をなるべく聞き入れて、二人三脚で挑めるようにするべきだ。つまり、作家と編集者がそれぞれに求められることを理解し、助け合うことが理想なのである。

また、編集者はスケジュール管理を徹底する必要がある。作家、イラストレーター、印刷など、出版にまつわる全体のスケジュールを管理し、把握するのは最終的には編集者の仕事である。

極端な話を言えば、作家が締め切りを忘れても編集者が教えてくれるかもしれないが、編集者が忘れたらそれを誰かが指摘してくれる可能性は低い、ということなのである。

これはクオリティという点でも同じで、作家が書いた原稿の質、イラストレーターが描いたイラストの質、デザイナーが作ったデザインの質、印刷会社の印刷の質などは、やはり編集者が把握し、確認し、場合によってはリテイク指示を出す必要がある。

たとえば原稿の間違いなどは校正・校閲など専門のチェック要員もいるが、どこまでの確認でよしとするかの判断は、結局のところ編集者次第であることが多い。

つまり、一冊の本について管理し、把握し、調整するのが編集者の仕事であり、これらを無事行うためには客観的視点が欠かせないのである。

編集者のお仕事

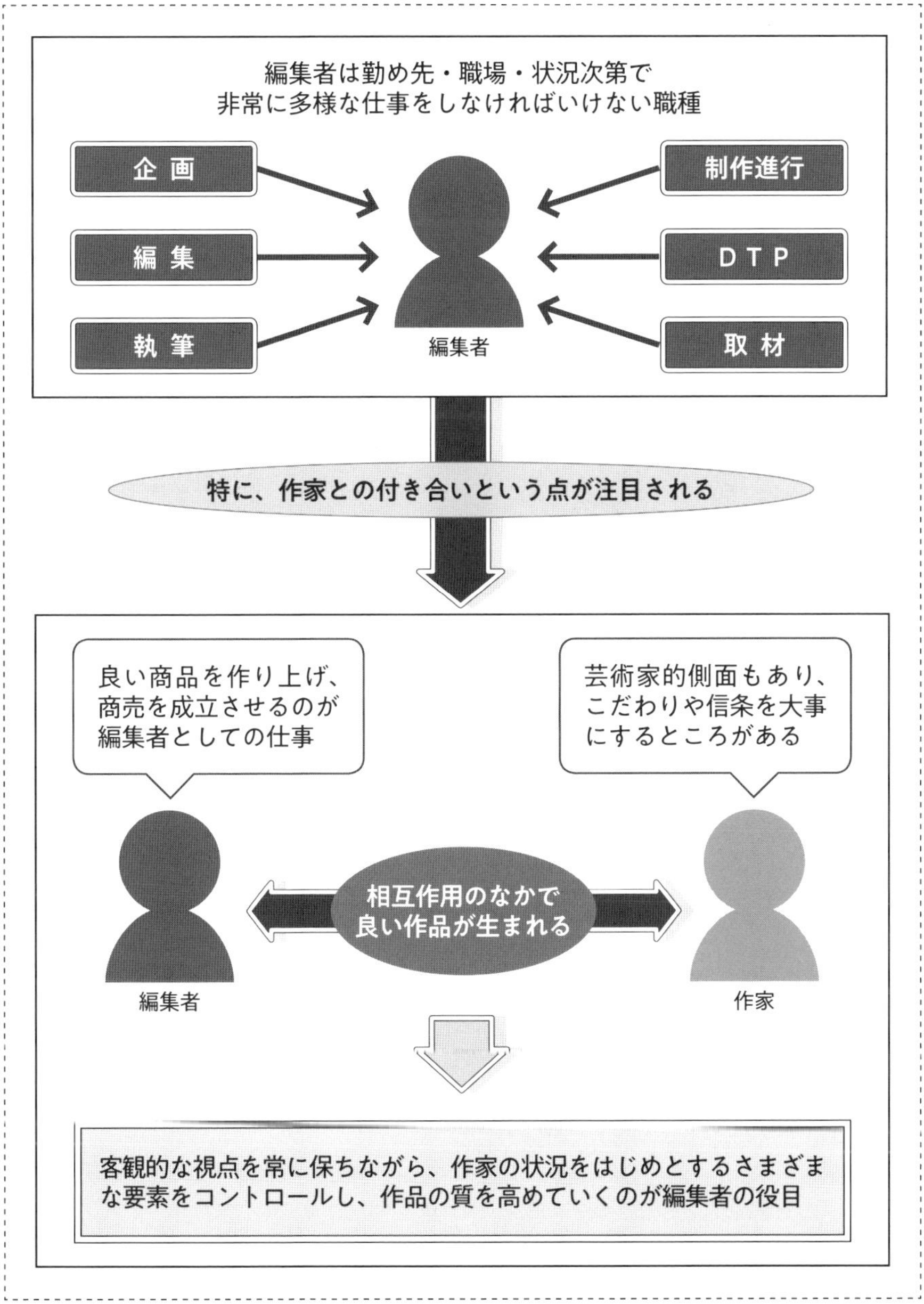
編集者は勤め先・職場・状況次第で
非常に多様な仕事をしなければいけない職種
企 画
編 集
執 筆
制作進行
D T P
取 材
編集者
特に、作家との付き合いという点が注目される
良い商品を作り上げ、
商売を成立させるのが
編集者としての仕事
芸術家的側面もあり、
こだわりや信条を大事
にするところがある
相互作用のなかで
良い作品が生まれる
編集者
作家
客観的な視点を常に保ちながら、作家の状況をはじめとするさまざま
な要素をコントロールし、作品の質を高めていくのが編集者の役目

編集者目線のポイント

編集者は何を考えるか

では、具体的にどんなポイントが「編集者目線」なのだろうか。以下、簡単にではあるが、編集者が作品を見る際のポイントを紹介する。

①編集者は市場を意識する

自らの内面に目を向けて「書きたい」が先立ちやすい作家に対し、編集者の目は市場や読者に向いていている。そのため、彼らは売れているパターンや流行を重視、また読者に嫌われそうな要素（未成年の喫煙や飲酒、犯罪描写など）に敏感だ。

この点において、書き手であるあなたが編集者的な視点を獲得したいのであれば、常にアンテナを高く保つ必要がある。

市場の動向を把握するためには、まず書店の棚をそれなりの期間ごとに見て回るのが良いだろう。『ダ・ヴィンチ』のような書籍にまつわる雑誌を購読するのも流行の把握には役立つ。インターネットにはなかなか刺激的な情報が載っているだろうが、ソースがはっきりしていない情報を信じるのは危うい……。

読者から嫌われる表現などについては、放送禁止用語リストなどを探して活用するといいだろう。ただ、これらの問題については出版社によって「基準」にある程度の幅がある。だからその辺は、受賞後やデビュー後に編集者と相談するものであり作家自身があまり頭を悩ませるものではないかもしれない。しかし一点だけ、「基準は出版社によるので、他の作家や作品でOKだったものが、別の条件ではダメになる可能性もある」ということは押さえておいたほうがいいだろう。

②編集者は本を売る方法を考える

市場に目を向け、そこにどうアプローチするかを考えるため、編集者はオリジナリティよりは人気のあるパターンを重視する。しかし、だからといって【人気作品のコピー】を出そうとは考えない。流行に乗った類似作品が多く存在するなかで、どう差別化するか、を編集者は常に考えている。

　もちろん、編集者もオリジナリティを否定するわけではない。むしろ、読者の目を引き、かつ面白さに直結するオリジナリティは心から歓迎するはずだ。ただ問題なのは、先述の通り、オリジナリティを重視すると「王道を外した結果、面白くない」ということになることがある。

　ここから派生して「どんな切り口で売るか」も編集者が大いに気にするところだ。「ごく普通のライトノベルです」では売りにくい。逆に、「こういうところがウリです」と明確にセールスポイントがあれば、売りやすい。これは以前紹介した「テーマ」や「キャッチフレーズ」がしっかりしているほど、編集者視点では良い作品と判断される、ということと同じだ。

　この話をさらに進めれば、「タイトル」や「帯のキャッチフレーズ」がどれだけ重要か、という話にもなる。読者が書店で本を目にした時、何を基準に購入を判断するか――序盤を少し読んで判断する、携帯電話やスマートフォンで書評を見るという人もいるだろうが、やはり大きな基準になるのはタイトル、イラスト、そして帯情報のはずだ。

　これらの情報から得た印象が好意的なものであれば読者は買ってくれるし、そうでなければ買ってくれない。だから編集者は、このような読者の目に止まりやすいポイントを重視するし、たとえばタイトルや帯は何十パターンも考えては廃棄し、少しでもいいアイディアを選ぼうとするのである。

　ちなみに、通称「俺妹」こと伏見《ふしみ》つかさ『俺の妹がこんなに可愛いわけがない』（電撃文庫）以降、短文的なタイトルが増えたという傾向がある。

　これはどんどん増えていくライバルから一歩先んじるために、帯キャッチや裏表紙・折り込みのあらすじよりさらに読者の目に止まりやすいタイトルの部分でストーリーを解説してしまうという手法である。

　さらにいえば、編集者は「この作品はレーベル傾向と合致しているか（カテゴリーエラーを起こしていないか）」にも注目する。

業界トップの存在である電撃文庫はどちらかというと「面白ければなんでも」のレーベルだが、中堅レーベルだと基本的に「傾向／レーベルカラー」があり、それに合致しない作品はどうしても敬遠されがちである（ただし、枠を広げるために意図的にレーベルカラーにそぐわない作品をラインナップさせることはある）。このため、新人賞突破のためには、レーベル研究が必要なのである。

③編集者はビジュアル面も重視する

前回も紹介したが、ライトノベルにおいてイラストを考えるのは、普通は編集者の仕事だ。だから、「この作品、絵にして映えるかな」「絵に起こす見せ場はあるかな」も考える。

つまり、ビジュアル的に表現しにくい、絵にしても映えない作品は、ライトノベルにおいて敬遠される可能性が少々上がってしまう（もちろん、それが全てではないのだが）ということなのである。これはなんとしても避けなければいけない。


そのために必要なのは、「書き手が頭のなかでビジュアルイメージをしっかりと意識しながら書く」ことであり、「自分が書いている文章で、イラストレーターや読者にこのイメージが伝わるかな」と考えることだ。

ライトノベルの表紙ではキャラクターが強調される。「背景なし」が多いのはそのもっともわかりやすい特徴だが、ではなぜそういうことになるのかといえば「ライトノベルがキャラクター小説だから」だ。

そのため、「表紙が魅力的になる」作品を作るためには、表紙にピックアップされるキャラクターを、その性格や能力だけでなく、外見においても具体的な要素によって魅力的にしなければならない。髪型、体格、表情（ここに性格が出る）、服装や武装などの点で、その時の流行や他キャラクターとの兼ね合わせなども考慮しつつ（金髪ツインテールのツンデレや、黒髪ロングの委員長……といったキャラ性まで含めた定番も存在する）考えていってほしい。

特に、背景、服装、武器、小物などのディテール面では作品の世界観が文章で書くよりダイレクトに読者に伝わるし、また伝えるようにしなければならない。基本的にこれらはイラストレーターが勝手に考えてくれるものではなく、書き手が作中でのディテール描写によって裏付けをしていく必要がある。

また、表紙だけでなく挿絵でもイラストについて考えることは多い。

普通、イラストレーターは構図（画面の中にキャラクターをどのように配置し、どんなポーズを取らせるか）やキャラクターの表情に大いにこだわる。これらの要素がもともと「絵にならない」ものだと、イラストレーターがどんなにがんばっても、良い結果は得られない。

特に、「ここは絵にしてほしい！」という重要なシーンでは、キャラクターの表情や他キャラとの位置関係、体の動き、背景などが「絵になる」かどうかが大事になる。そのためにもやはり、物語を作る段階で「絵になるかどうか」はしっかり考えてほしいものだ。

別にライトノベルを目指すのでなくとも、「絵になる物語」を追求することには、魅力的な作品につながる大きな意味があるのだ。

11章のまとめ

1冊の本は小説家やライターが原稿を書くだけで完成し、
読者の手に届く……わけではない！

↓

制作・流通の過程では多くの人が関わる

企画から流通・販売までの流れがあってこそ、
読者の手に1冊の本が届く

編集者

本が完成するまでの流れを
おおむねコントロールするのが仕事

↓

市場の動向やイラストとの相性など、
多角的な視点から本を考える

コラム　編集者以外の出版業界の人々

この章では編集者の仕事について紹介したが、もちろん出版業界で働く人は編集者ばかりではない。本ができるまでの流れで紹介した各工程ごとに、それぞれのプロフェッショナルがいて、彼らの活躍がなければ皆さんの手元に本が届くことはないのだ。

このコラムでは「出版業界とその周辺の人々」について、特に出版業界の特徴と関わっている人々を中心に紹介しよう。

①営業

本を作る、というのは出版業界にとっては商品を作るということだ。商品作りは業界の根幹といえる作業ではあるが、それだけでは商売が成立しない。出来上がった本を売り込む営業がいなければ、出版業界は成り立たないのである。

ただ、出版業界は関係する相手が幅広いので、単に営業といってもその内容は多岐にわたる。紹介してみよう。

出版社の営業といえば、書店を巡って「うちの本置いてくださいよ」と交渉するのが代表的な仕事だろう。これが「書店営業」。営業全般がそうなのだが、この仕事の人は特にあちこち（場合によっては日本中！）の書店の間を飛び回り、移動しっぱなしになることが多いようだ。

その他にも、出版業界独自の問屋である取次と交渉する「取次営業」や、「うちの雑誌に広告載せませんか」などと広告に関する営業を行う「広告営業」といったものもある。

②デザイナー、ＤＴＰオペレーター

表紙や誌面などのデザインを行うデザイナーや、実際に文章やイラストなどのデータを入れ込むＤＴＰ作業を行うＤＴＰオペレーターも、出版業界を支える重要な職業である。もちろん、本書もこれに類する人々の働きによって作られている。

フォントの選択や文字組によって変わる本の読みやすさ、また表紙デザインによる書店での目立ち具合には彼らの仕事がかなり大きな部分を占める。

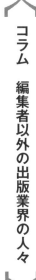

③書店、書店員、ネット書店

出版業界を取り巻く状況の変化によって転機が見えつつあるのが書店であり、そこで働く書店員だ。この人達が本を売ってくれなければ、作家や編集者がどれだけ頑張って本を作っても読者のところには届かない……というのは残念ながらもう昔の話。

Ａｍａｚｏｎのようなネット書店の登場、また電子出版の普及によって、書店という業態そのものが脅かされつつあるのは事実だ。

ちなみに、日常生活の中では感じないものだが、あのひらっとした紙も数千ページ分、数万ページ分となるとかなり重くなる。特にぎっしりとダンボールなどに詰まってしまうと実に重いもので、腰痛は書店員の職業病である。

ついでに、紙は先端が鋭利なので、手を切ってしまうようなこともあるのだとか。さらに、万引きによる経営へのダメージも深刻だ。お客さんからの「タイトルをまったく思い出せないが探している本がある」「昨日テレビでやっていた本がほしい、あれだよ、あれ」などという相談にも乗らなければならない。書店員は過酷なお仕事なのだ。

④ライター

小説家とよく似た職業として雑誌記事や本の原稿の一部あるいは全部を書くライターがいる。場合によっては「作家」「著述業」を名乗って、小説家と区別できないケースもあるかもしれない。

実際、現役で兼業だったり、昔はどちらかの経験がある、今は依頼がないからたまたまやっていないけど、どっちも仕事があればやる、というケースは珍しくないのだ。

「文章を書いて報酬をもらう」という点では小説家と全く同じだが、ライターを名乗る人たちが書くのは小説以外――雑誌記事であったり、何かを紹介する本やエッセイであったりする。

ただ、これがゲームやアニメなどのシナリオを書くライターということになるといよいよ小説家と見分けがつかなくなりそうだ。ライトノベル作家にも、ゲームシナリオライター出身、あるいはマンガ原作・アニメ脚本へ進出、というケースが少なからずある。

改めて、もう一度本書がどのようなものであるのか確認させていただきたい。

本書の目的は、プロの小説家になるための明確なロードマップを提示するべく、作家としての心構えから、プロなら知っておきたい出版・小説の各種事情、物語の作り方から文章テクニック、プロを目指すための具体的な方法まで、非常に幅広い内容を収録した。

これは専門学校で当時私が担当していた、小説創作の講義において使用していたテキストをベースにしていたためだ。そのため、ただ読むだけでなく、各章のおわりにある課題にも挑戦してもらうことで、学校での授業を擬似体験できる本となったことを、大きなウリと考えている。

現在、日本には小説関係だけでなく漫画やイラスト、声優・タレントなど、さまざまなクリエーター向け専門学校がある。これらの学校では有用な授業を受けることができる。しかし、敷居の高さを感じている人も少なからずいるようだ。どんな授業が行われているかを知るためにオープンキャンパス、体験授業なども頻繁に行われているのだが、もっと詳しく知りたい人も多い。

そこで、専門学校に行こうかどうか迷っている人、またどうしても立場的に専門学校へ通うわけにいかないが小説の勉強をしたい人のために、疑似体験できる本を作れないだろうか。それが旧版時代から変わらない、本書の基本的なコンセプトの一つである。

もちろん、本書に収録できたのは小説系専門学校における授業内容のごく一部にすぎない。また、あくまで榎本秋が関わった部分だけなので、他の先生方が実施される授業ではまた別の内容のお話や指導、演習が行われる。専門学校に行くもっとも大きなメリットである「ライバルと切磋琢磨しながら創作ができる」「細やかなアドバイスがもらえる」という点も、本の形にはしようがない。それでも、専門学校でどんなことが学べるか、という疑似体験にはなったと思うのだが、いかがだろうか。本書が皆さんの創作の一助、あるいは進学先を決める判断の参考資料にでもなれば、大いに喜ばしいところである。

おわりに

さて、本書のベースになったテキストを使用した講義を始め、さまざまな形で作家育成・創作支援のための活動をさせていただいているので、ここでご紹介したい。

専門学校での活動としては、従来通り大阪アミューズメントメディア専門学校、東放学園映画専門学校、アミューズメントメディア総合学院東京校、専門学校日本マンガ芸術学院、専門学校日本デザイナー芸術学院の各校で私あるいは榎本事務所のメンバーが講義をさせていただいている。

加えて不定期に図書館などでの講演活動や、大学やカルチャースクールで授業などもさせていただいている。もし本書をご覧になって講演や講義などのご用命があれば、ぜひ榎本事務所のウェブサイトからご連絡いただきたい。

また、ウェブサイトでは「エノマガ 榎本事務所情報マガジン」と称して、毎月一日に情報を発信している。新刊情報や既刊紹介、講演会・イベント告知、講演会レポート、コラム（お勧め小説・宝塚）などを掲載したもので、榎本事務所の情報はぜひこちらでご確認いただきたい。

この他、株式会社エレファンキューブさまと共同で展開したｅラーニング「小説家養成講座（http://elearning.enomoto-office.com/）」や、ブラウザから利用できる無料のＷＥＢ執筆ツール「ＬＥＶＯＮ」（書きたいシーンにすぐ飛べたり、設定を簡単に参照できるようになっている）などで、ウェブを介した創作支援はこれからも積極的に続けていくつもりだ。

これからも多様な形で作家志望者の応援・指導を続け、ひとりでも多くの人が「プロデビュー」、そして何よりも「作家としての成功」という夢をつかむお手伝いができるよう、頑張っていきたい。それが皆さんの直接・間接的な助けになれば幸いである。

榎本秋

この一冊がプロへの道を開く！
エンタメ小説の書き方

2019年3月20日　第1刷発行

編著者　榎本秋

著者　榎本海月・榎本事務所

表紙イラスト　難波遼

発行者　道家佳織

編集・発行　株式会社DBジャパン
〒151-0053 東京都渋谷区代々木 2-23-1
ニューステイトメナー 865

電話　03-6304-2431

ファックス　03-6369-3686

e-mail　books@db-japan.co.jp

装丁・DTP　菅沼由香里（榎本事務所）

印刷・製本　大日本法令印刷株式会社

編集協力　鳥居彩音（榎本事務所）

ISBN978-4-86140-047-6
Printed In Japan 2019

※本書は2014年２月22日に株式会社秀和システムより刊行された『本当に人を楽しませる！エンタメ作家になる』を底本に、大幅な増補・改定を行なったものです。

榎本秋・榎本事務所による同時期刊行書籍

**『増補改訂版
物語づくりのための
黄金パターン 117』**

小説、漫画、アニメなどエンタメ作品で見受けられるパターンを整理し、読み物としても、また事典としても使える一冊。本書を読めば、オリジナリティを発揮するためにはまず土台になるパターンがあってこそ、というのがわかる。旧版と比較して紹介パターンが増えただけでなく、創作にパターンを役立てるためのテクニックも追加収録。（2011 年に刊行した『図解でわかる！エンタメ小説を書きたい人のための黄金パターン 100』の増補改訂版）

**『増補改訂版
物語づくりのための黄金パターン117
キャラクター編』**

魅力的な物語はまず魅力的なキャラクターありき。そのため、エンタメ作品で見られるキャラクターの要素について、「物語の中での立場」「性格」「職業や社会的立場、能力」の三種類に分けて紹介する。旧版と比較して紹介パターンを単純に増やしただけでなく、キャラクター作りの練習法など各種テクニックを追加収録。（2012 年に刊行した『図解でわかる！エンタメ小説を書きたい人のための黄金パターン 100 キャラクター編』の増補改訂版）

今後刊行予定書籍

- ●ライトノベル三十年史（仮）
- ●ライトノベル作家のなり方（仮）
- ●エンタメ業界お仕事入門（仮）
- ●クリエイターのための宝塚入門（仮）